家康が最も恐れた男たち

吉川永青

集英社文庫

目次

本書は、「ｗｅｂ集英社文庫」二〇二一年三月〜九月に
配信されたものを加筆・修正したオリジナル文庫です。

本文デザイン／目﨑羽衣（テラエンジン）

家康が最も恐れた男たち

序章

人の一生は重荷を負て遠き道をゆくが如し　いそぐべからず
不自由を常とおもへば不足なし
こころに望おこらば困窮したる時を思ひ出すべし
堪忍は無事長久の基　いかりは敵とおもへ
勝事ばかり知てまくる事をしらざれば害其身にいたる
おのれを責て人をせむるな
及ばざるは過たるよりまされり

——薄い杉原紙にさらさらと筆を走らせ、家康は笑みを浮かべた。
ここには自らの生涯、その全てがある。天下までの道は、それは長いものだった。だが今、この病の床で思い起こせば、ひとつひとつが昨日のことのように鮮やかだった。

「大御所様」

廊下から静かな声が渡った。側近の儒者・林羅山（はやしらざん）である。

「入れ」

掠（かす）れがちな声で小さく返す。右手の障子が音もなく開き、初夏四月の陽光が無遠慮に差し込んできた。

「お召しに従い参上仕（つかまつ）りました。ご用の……」

ご用の向きは、の声が中途で止まる。いささか驚いているらしい。

「身を起こして障（さわ）りございませぬのか」

「今日はすこぶる良い。が、まずは入ってそこを閉めよ。眩（まぶ）しくて敵（かな）わん」

目を瞬（しばたた）きつつ眉を寄せれば、羅山は「あ」と急いで中に入り、障子を閉める。幾らか薄暗くなって目が落ち着き、家康は「やれやれ」と息をついた。

羅山は寝床の右側、枕元から三尺（一尺は約三十センチメートル）ほど離れたところに腰を下ろした。互いに向かい合っているなら膝詰めといった辺りである。

「これを」

家康は、先ほど書き付けた一文を差し出した。羅山が軽く頭を下げて受け取り、目を走らせている。十も数えた辺りで、概（おおむ）ね読み終わったろうかと口を開いた。

「子々孫々に申し伝えるべき遺言、遺訓をしたためてみた」

「これはまた。病の平癒を願い、祈禱をさせておりますのに」

気弱なことを言わないでくれ、と。臣下の身からすれば、誰もが同じことを言うだろう。だが家康は首を横に振った。ゆっくり、ゆっくりと、二度。

「人はいつか必ず、向こう側へ逝くものぞ。わしも、もうそろそろだ。何せ七十五よ」

自らの体のこと、分からぬはずがあろうか。気休めを言うより、この家康亡き後をこそ思うべし。柔らかな眼差しからそれを受け取ったか、羅山は軽く目頭を押さえて深々と頭を下げた。

「して、どうじゃ」

訓示として遺すに足るものかと問う。羅山は「はい」と顔を上げ、八分どおり満足、という眼差しを寄越した。

「まこと、良きお言葉の数々と思われます」

長く続いた戦乱の世を、家康は生きた。世の頂に立つ者は次々と代わり、そのたびに頭を押さえられながら時を待った。天下を取って江戸に幕府を開き、日本の遍く全てを手中にできたことも、時が来るまで急がずに待ったがゆえだろう。羅山はそう言う。

「加えて大御所様は幼き頃、人質として織田や今川にお命を握られておられました。その不自由を思われればこそ、欲を抑えよというお言葉にも、堪忍して怒りを抱くなというお言葉にも、真実が宿ると申すもの」

自身がどう歩んできたかを表した訓示なのだろうと言われ、家康は苦笑交じりに首を傾げた。

「そう読めるか」

「はい。ただ……総じて良きお言葉の数々なれど、ひとつお忘れではございませぬか」

「何をだ」

「大御所様は天下を統べられたお方。若き日より、それは壮大な気宇をお持ちあそばされたのでしょう。ご後胤にも同じ気構えを持つべしと、お伝えあって然るべしと存じます」

良ければ、自分が考えて書き加えようかと言う。家康は幾らか困ったような声音で「ふは」と短く笑った。

「無用じゃ。わしは、さほどに大した男ではない」

「お戯れを」

「その遺訓は我が生き様に重ねてあるが、実のところは違うのだ」

「と、仰せられますと?」

きょとんとした羅山に、ふうわりと頬を緩めて見せた。

「わしは怖がりであった。それはもう、この上なく恐ろしいと思うた相手が幾人もおった」

　しかし、それでも生き残って天下を握った。これほどの大業を成し得たのは、ひとえに他人を恐れてきたことの賜物（たまもの）だったのではないか――。

「遺訓の言葉はな、恐れた相手たちから学んだことよ」

「え？　ええ……その。されど昔から、大業を志してはおられましたのでしょう」

「ない、ない」

　右手を軽く持ち上げ、左右に払うように振った。

「わしが家督を継いだ頃は、まだ三河（みかわ）に城ひとつを持つばかりであった」

「存じております」

「斯様（かよう）な小勢、今川義元（よしもと）殿に従うより他になく……家を潰されぬよう、顔色を窺（うかご）うてばかりいたものじゃ」

　だが義元は、桶狭間（おけはざま）の戦いで織田信長（のぶなが）に討たれた。以来、今川家は凋落（ちょうらく）し、多くの家臣や国衆が離反していった。往時の家康――その頃は松平元康（まつだいらもとやす）の名であった――も独立するに至ったが、だからといって大それた望みを抱いた訳ではない。

「今川が衰え、滅び、それに乗じて三河と遠江（とおとうみ）は手に入れたがな。二つの国を得ると、今度はそれを守るだけで手一杯になった」

　武田信玄（たけだしんげん）、織田信長、豊臣秀吉（とよとみひでよし）――数え上げればきりがないが、常に難敵・難物に囲まれてきた。信長とは盟約を結んで背後を安んじたが、それだけで家と所領を守れるほど戦乱の世は甘くない。

「ほんに、怖い相手が後を絶たぬ。されどな……恐るべき者に道を塞がれるたび、その者たちから何かを学んできた。それが、わしを大きくしてきたように思える」

少しずつ、少しずつ、前へ進んだ。

我が身と家を守ることのみ考えていた男に、やがて野心が芽吹く。

その芽を育てるべく、難敵から学んだ諸々を活かした。急がず時を待ち、不自由に甘んじ、ならぬ堪忍をして他人を責めず、戦って負ければそれを糧とした。

羅山は「意外」という顔で黙っている。家康は苦笑交じりに続けた。

「竹千代の学問を其方に視て欲しいと、秀忠が頼んできておる」

秀忠は家康の子で幕府二代将軍、竹千代――家康の幼名を受け継いでいる――は秀忠の嫡子で、今年十三歳を数えていた。

「いずれ其方は竹千代を導く身となろう。その時には、この遺訓は我が一生を言い表したものと教えても構わぬところじゃが」

真実を知らずに説くのだとしたら、羅山はこの家康を大きく見過ぎたままだ。その時、遺訓は子孫を縛り付け、締め付けるだけのものに成り下がる。最も望まぬことだ。

羅山は「なるほど」と得心顔になった。

「ご深慮のほど、ようやく腑に落ちてござります。されど」

「まだ何かあるのか」

いささか呆れて返す。対して羅山は居住まいを正し、然る後に平伏の体となった。

「大御所様が恐れた相手につきまして、知っておきとう存じます」

家康を大きく見過ぎてはならぬ。その存念は承知した。だが仔細を知らぬままでは中途半端である。それでは竹千代に学問を付けるにせよ、生半なものになってしまうだろうと言って、真剣な目を向けてくる。

「お教えくだされ。誰の、何を恐れ、そこから何を得られたのかを」

「我が恥を知りたいと申すか」

「曲げて、お願い申し上げます」

藪蛇だったかと、溜息が漏れた。

だが、構わぬところか。我が生を彩った人々、この身を苛んだあれこれの難事でさえ、今となっては懐かしく思うばかりなのだから。

「仕方ない。まずは、他の誰にも言わぬと約束せい。でなければ話さんぞ」

「誓って」

苦笑をひとつ、家康は語り始めた——。

其之一　武田信玄

遠江浜松城、本丸館には板張りの狭い一室がある。諸々の薬種を蓄えた部屋で、それらが悪くならぬよう常に風通しを良くし、そして薄暗かった。

家康は多くの趣味を持つが、薬作りは特に好むところであった。和漢の本草について知るところは多く、下手な医師など足許にも及ばない。鷹狩りに出た折などにも、あれこれの草や木の実を採って来ることがある。それらを干しては薬研で潰し、擂り潰しては調合し、そうした静かな時を過ごしていると心が落ち着いた。

今日も薬種の部屋で薬研を使っている。気を落ち着けて、考えねばならぬことがあった。

昨今、嫌な噂をよく耳にする。室町幕府十五代将軍・足利義昭が各地に密使を放ち、織田信長を討つように命じているという話だった。

義昭は信長に奉戴されて上洛し、将軍位を得た男である。それゆえ二人の仲は、当初は良好だった。が、良い時は長く続かず、今や義昭は信長を疎んじている。巷間に囁かれる信長討伐の密命を、単なる噂と退けることはできない。

「まことの話であれば、我が徳川も」

薬研の手を止め、家康は軽く溜息をついた。

徳川にとって織田は無二の盟友である。義昭が信長討伐を唱えているのなら、徳川にも火の粉が飛んで当然なのだ。

そして、特に用心すべき男がいた。甲斐・信濃・駿河の三国を領する強豪、武田信玄である。徳川の故地・三河の北部は信濃と、この遠江は東に駿河と境を接している。従って武田との間もかねて険悪で、両家の間には度々の小競り合いがあった。

噂が真実なら、義昭は間違いなく信玄にも密命を発していよう。今の武田は関東の雄・北条氏康、および越後の上杉謙信と角突き合わせているのだが――。

「この際、上杉は当てにならん」

眉間の皺が深くなった。

謙信は誰よりも将軍家に従順な男、義昭が和睦を勧めたら真っ正直に従うはずだ。そうした人となりが知れ渡っている以上、義昭が信玄に声をかけているなら、間違いなく上杉にも矢止めを命じている。

つまり武田は、駿河と甲斐の両国で北条領の相模と武蔵に備えるだけで良い。武田領三国の石高からして総勢は三万から四万ほど、その半分も留めておけば十分だろう。

「だとすると、上洛の兵は二万」

徳川領国はきっと信玄の道筋となる。では、どこから西上するのだろうか。家康はまた薬研を使い、ぽつりと呟いた。わしが信玄なら、と。

「信濃から、であろうな」

駿河から遠江、三河、尾張と進むより、信濃から三河に入る方が、単純に行路が短い。戦を構えるべき数も少なくできる。

「とは申せ」

武田の二万に対し、こちらは掻き集めて一万五千がやっとの身だ。それを三河と遠江に振り分けては、果たして守りきれるのかどうか。家康は長く溜息をついた。

「領国を守る……か。何とも難しい」

三河に岡崎城を持つのみの昔であったなら、降ってしまうという道も取り得た。だが徳川は今や二ヵ国の大名であり、しかも織田信長という盟友がある。信長は今、越前の朝倉義景や北近江の浅井長政、さらには一向一揆勢とその総本山・石山本願寺を敵に回し、四方を囲まれている。

「守るべきは国のみにあらず。盟約……義理も守らねば」

守るべし。昨今、そればかり考えるようになった。自分でも嫌気が差す。

しかし、これが徳川家康なのだ。信長のように、天の時を得て権勢を握った訳でもない。そもそも、それほどの才覚に恵まれているとも思えない。齢(よわい)三十を数えてなお小さきに過ぎる、そんな我が身に守る以外の何ができようか。

考えろ。どうしたら良い。打つべき手は何だ——。

「信玄が三河に攻め寄せるなら」

まず北三河の備えを厚くせねばなるまい。あの辺りの国衆に援軍を出すなら、誰を差し向けたものか。

思案し始めた、矢先であった。

「殿、殿！　一大事にござる」

慌てた足取りが廊下を近付いて来る。徳川譜代の重臣・酒井忠次(さかいただつぐ)であった。

「何とした」

短く問う。酒井は固唾を呑(の)んで大きく喉を上下させ、震える声で答えた。

「奥三河の三方衆(さんぽうしゅう)、揃(そろ)って武田に寝返ったと」

がん、と頭に響いた。

三河北部、信濃に近い山沿いには山家(やまが)三方衆と呼ばれる国衆があった。作手(つくで)の奥平(おくだいら)定能(さだよし)、長篠(ながしの)の菅沼正貞(すがぬままささだ)、田峯(だみね)の菅沼定忠(さだただ)。武田の侵攻を阻む役割の、その三人が——まさに驚天動地の一報である。

「野田の菅沼は？」

ようやく、の思いで問う。酒井は強く眉を寄せつつ、幾らか安堵した声になった。

「定盈だけは与しておりませぬ」

家康は「おお」と肩の力を抜いた。菅沼定盈は田峯や長篠の同族だが、その居城たる野田城は三方衆の城より三河の中心・岡崎城に近い。ここが残っていれば三河がすぐに危うくなることはなく、また家康のいる浜松と岡崎の連絡も保たれる。

「何としてでも守らねば。野田の備え、急ぎ厚くせねばならぬ」

「然らば、設楽と西郷では如何でしょうや」

設楽貞通は酒井と共に幾度も戦働きをしており、互いに気心が知れている。また西郷義勝は菅沼定盈の縁戚であった。それなら、と家康は頷いた。

「分かった。両者には後々、必ず篤く報いると申し伝えい」

酒井は「承知」と一礼して足早に立ち去った。

再びひとりになると、うな垂れて瞑目した。

「信玄め。今まで小競り合いで済ませておったのは……」

三方衆の調略から目を逸らす、そのための隠れ蓑。何と周到、かつ慎重な男か。表向きの動きは控えめに、自らに有利な形ができ上がるまで時を待っていたとは。

この調略によって、既に備えの一枚が破られている。当面の手当ては施したが、それでどこまで持ち堪えられるだろう。心許ない思いが胸に広がり、どんどん面持ちを曇らせていった。

「信長殿に……。されど」

織田に援軍を頼まねばならぬだろう。が、諸国に包囲された信長に、果たしてそれだけの余裕があるのだろうか。

思うほどに、何ごとも悪い方へ、悪い方へと考えてしまう。家康は両手で挟むように自らの頰を張り、無理やりに気勢を絞り出した。

「いやさ。まだ時は残されておる」

信玄が足利義昭の密命を受けていたこと、それを容れて西上の兵を起こすと決めたことは、まず間違いない話となった。では何ゆえ真っ向から挑まず、山家三方衆に調略を仕掛けたのか。

「……然して多くの兵を出せぬから、か？」

武田が動かせるのは、精々二万ほどのはず。上洛の行路を戦い抜くには、いささか少ない。勝ち進めるかどうか分からぬからこそ、此度の調略なのだ。

周到で慎重な男であるからには、徳川の他にも——つまり織田にも似たような手を打っているだろう。だが信長からは、今のところ、そうした報せを受けていない。

「ならば、攻めて来るのは今少し後だ」

それまでの間に信長を説き伏せ、何としても援軍を仰がねばならない。また、織田にも警戒を呼び掛ける必要がある。

家康はすくと立って薬研を片付け、薄暗い一室を後にした。

＊

見通し違わず、信玄はすぐには兵を向けて来ない。少しばかり安堵して、領国諸城の守りをさらに固めさせていたのだが――。

「和議だと？」

内藤信成の一報を耳に、家康は目を見開いた。

「はっ。武田と北条、確かに和睦した由にて」

年明け元亀三年（一五七二）正月、驚愕の報せであった。

武田と北条は、かつて盟友の間柄であった。両家に今川家を加えた甲相駿の三国同盟である。だが今川義元が討ち死にすると、武田信玄はこの盟約を破って駿河に侵攻、今川を滅ぼした。これにて武田と北条の盟約もご破算となっている。

「それが、まさか斯様な」

家康は歯噛みして唸った。

上洛軍を動かすに於いて、信玄が何かしら手を打っていることは見通していた。恐らくは織田に楔を打ち込む動きであろう、と。

しかし、こともあろうに北条の側だとは。両家の関係がこじれた経緯からして、想像も付かぬ話であった。

「世の流れが武田に味方した……と、思うより外にござりませぬ」

内藤の渋面が示すとおり、武田には運があった。

昨年十月、北条氏康が逝去して嫡子・氏政が家督を継いでいる。氏政は当年取って三十五、当主たるに十分な歳ではあるが、如何にせん代替わりには混乱を伴うものだ。老練な信玄を相手に険悪なままではいられないと判じたのか。或いは信玄が巧みに交渉し、そう思わせたのかも知れない。

家康は力なく頷き、そして嘆いた。

「お主の申すとおりよ。じゃが、参った」

これで武田は北条への備えを薄くできる。差し向ける兵は二万ほどと見積もっていたが、三万から三万五千を繰り出せるようになってしまった。

武田信玄という男を見誤っていた。織田の攪乱、北条との和議、二つを比べれば前者の方が楽であったろう。にも拘らず、敢えて難しい道を選び、後顧の憂いをなくしてしまうとは。周到で慎重な男と思っていたが、それどころの騒ぎではない。さらに大胆不敵である。

何と恐るべき軍略だろう。全ては全力で西上するためなのだ。信玄は徳川を、そして織田を、確実に踏み潰す気でいる。

「忠次。忠次やある」

声を大にして叫ぶ。廊下に控えた小姓が「ただ今」と酒井忠次を呼びに走った。

もっとも家康は、居ても立ってもいられない。酒井が参じるまで待てずに腰を上げ、内藤を従えて侍詰所へと向かう。一方、酒井は小姓からの報せを受けて家康の居室へと急いでいたらしく、本丸館の玄関までもう少しという辺りで鉢合わせの格好になった。

「これは殿。お召しと聞いて参上するところでしたに」

つるりとした卵の如き顔が戸惑いを見せている。家康の目にはそれが暢気（のんき）なものに映った。

「ところでしたに、じゃあねえだら！」

ついつい、返す言葉も荒々しい三河弁になる。酒井は幾らか目を丸くしたものの、寸時の後には、この剣幕が狼狽（ろうばい）ゆえのものと察したようであった。

「まずは落ち着かれませ。何ぞ大事でもあったのでしょう」

家康はひとつ咳払（せきばら）いして仕切り直し、眉を吊（つ）り上げて応じた。

「武田と北条が和議を結びおった」

酒井が「う」と唸って眉を寄せた。家康は忌々しげに頷き、問うべきを問う。

「其方に任せた信長殿との談合、如何になっておる」

武田を迎え撃つべく、是非とも援軍を差し向けられたし。酒井を使者として幾度か申し入れているが、信長は容易に首を縦に振らない。織田と武田の間に盟約が結ばれているためであった。

「未だ、色好いご返答は」

言いにくそうに言葉尻を濁している。だがこれだけの材料が出揃った以上、いつ攻め込まれてもおかしくない。ことは急を要するのだ。

「ならば、これよりまた使いに立て」

信長の腰が重い理由は重々承知している。しかし徳川は、これまで幾度となく信長の戦に援軍を出してきた。それによって信長の窮地を救ったこともあるではないか。

「然るに徳川を見限るおつもりかと、左様お伝えせよ」

加えて言うなら、信玄は織田との盟約の裏で足利義昭に従い、信長を討たんとしているのだ。にも拘らず手を拱いているのなら、織田は早晩潰えるであろう——気迫に押され、酒井はたじろぎながらも、すぐに使者に立った。

それでも即時の援軍は得られなかった。ただし酒井は、武田が徳川に仕掛けた時には急ぎ援軍を送るという約定だけは取り付けて戻った。

いつ来るのか。どれだけの数を、信玄は動かすのか。備えを重ねて過ごすこと半年余り、ついに武田軍が進発した。

信玄が発した兵は実に三万、これを三手に分けて進んでいる。

一手は山県昌景と秋山虎繁の率いる五千。九月二十九日、これが山家三方衆の手引きで東三河に進み、設楽郡の武節城を攻略、然る後に南進して長篠城へ向かった。

もう一手は三千の数で織田領国の美濃に入り、岩村城を脅かして信長を牽制している。

残る一手は信玄本隊の二万二千。この大軍はいったん信濃の諏訪へ迂回、青崩峠を越えて遠江に入り、二俣城へと進んでいた。

「申し上げます。武田勢の先手・馬場信春、二俣城を囲んだ由」

三河への侵入を許してわずか半月、十月十三日の夜であった。さらには信玄本隊も二俣城へ向かっていると聞き、家康は奥歯を嚙み締めて震えを殺した。

「援軍は？」

傍らに目を向ける。酒井忠次が苦しげに応じた。

「三千を向かわせるべく手筈を整えていると、先触れがあり申した」

「三千……」

遠江と三河を同時に攻められているがゆえ、総勢一万五千のうち七千を三河に当て、遠江には八千しかいない。それを思えば少なきに過ぎた。だが信長は、ここに至ってなお武田との関係を憚(はばか)るのではあるまい。そもそも多くの敵に囲まれている上に、今は近江で朝倉・浅井の連合軍と対峙(たいじ)しているのだ。掛け値なしに三千しか出せないのだろう。

「致し方あるまい」

かくなる上は、肚(はら)を据えねば。家康は大きく長く息を吐いた。

武田勢が包囲する二俣城は天竜川(てんりゅうがわ)の東岸にあり、徳川本城・浜松と東方の掛川(かけがわ)城、高天神(たかてんじん)城を結ぶ要衝である。ここが落ちれば徳川勢は四分五裂の体に陥るだろう。織田の援軍が少ないことを思えば、助けを待って無駄に時を費やす訳にはいかない。二俣城を窺(うかが)うのは未だ敵の先手衆のみ、早々にこれを蹴散らして逆に時を稼がねばならぬ。

「平八(へいはち)に三左(さんざ)。夜明けと共に物見に立て。わしも追って後詰(ごづめ)に向かう」

広間に座する家臣の中から、本多忠勝(ほんだただかつ)と内藤信成に命じた。物見とはいえ、ただ敵を探るだけの役目ではない。家康が動くからには先手としての役割なのだ。二人は意気込んで「承知」と返した。

「俺と三左でひと当たりして、掻き乱しておきましょうぞ」

本多は徳川随一の猛将、張り詰めた気勢は既に戦場にあるかのようであった。

明くる朝、本多と内藤は各々五百で先駆けした。然る後に家康も三千を率いて浜松を発(た)つ。

「いざ、進め」

号令一下、兵が駆け足を運んだ。

武田の先手は馬場信春率いる五千。本多と内藤の手勢が襲い掛かり、城方との挟み撃ちに持ち込めば掻き乱すことはできよう。そこに家康の三千が加われば——目算を立てて天竜川を渡り、二俣城へ向かった。

しかし。

「む。あれは」

浜松から東へ十五里（一里は約六百五十メートル）ほど、天竜川東岸間近の一言坂(ひとことざか)まで来た時に、二俣城のある北方から猛然と駆けて来る兵があった。本多忠勝と内藤信成の手勢および、それを追撃する武田勢である。

「いかん」

家康はぞくりと身を震わせた。本多と内藤を追う兵は、とても五千では利かなかった。つまりは馬場の隊だけではない。思っていたよりずっと早く、武田本隊は進軍していたのだ。

どうする。否、取り得る道はひとつしかない。既に信玄の本隊が二俣城を窺っているのなら、数の違いからいって野戦は愚策である。退(ひ)くより他になかった。

と、逃げて来る兵の中から必死の大音声が届いた。

「殿！　いけませぬ。お逃げくだされ」

本多であった。そうと判じる間もなく、声の主が馬の足を緩め、共に退却する内藤に向けて呼ばわった。

「三左！　俺は殿軍を務める。お主は殿を」

「おう。死ぬでないぞ」

応じて内藤の指物が脚を速める。本多の思いを受け取って、家康は強く歯ぎしりした。

「いやさ皆の者、平八を救い出せ。共に退くのだ」

決死の思いで殿軍を買って出た忠臣を、むざむざ討たせてなるものか。その思いで発した下知である。が、近臣の大久保忠佐が「何を仰せられる」と諫めた。

「本多殿の心意気を無駄になさるおつもりか」

「たわけ。臣下を見殺しにして何の主君か」

負けずに言い返した家康に、大久保はなお異を唱えた。

「それでもお退きくだされませ。殿に万が一のことあらば、この戦はそこで負けなのですぞ」

「平八は徳川のみならず、日本一の勇士ぞ。これを失えば、わしの命があったとて負けである」

「聞き分けられよ。どうしてもと仰せられるなら、本多殿はこの忠佐が救い申す」

言い合ううちにも、武田勢の攻めは激しさを増していた。

「それ、突き崩せ」

一声と共に、本多の後ろを襲う者がある。馬印から見て、これなん武田の先手・馬場信春と思われた。

「ならぬ。皆々――」

「御免！」

本多を助けよ。その下知を発するより早く、家康は大久保に手綱を奪われていた。ぐい、と無理に後ろを向かされる。次いで、家康の馬の尻に強く鞭が入れられた。

「な、何と」

慌てる家康を余所に、馬が棹立ちになって大きく嘶く。そして西へ、西へ、猛然と駆けて戦場を離れて行った。

「忠佐め」

肩越しに振り向き、瞬く間に遠くなる戦場を見遣る。馬を落ち着かせれば取って返せるのかといえば、それもできそうにない。大将が退いたと見て、大半の兵が追い慕って退きに転じてしまったからだ。一方、大久保は最前の言葉どおりに本多に加勢していた。無念にまみれて退却する。そこへ、本多に促されて退いた内藤が追い付いて来た。

「殿！　ご無事で何より」

「三左。わしは……悔しい」

絞り出す声に、内藤は「いいえ」と呼ばわった。

「平八と忠佐が正しゅうござる。この三左衛門、二人の心意気に応えるべく、必ずや殿をお守り申し上げますぞ」

内藤に守られて天竜川を越え、家康は浜松に戻った。

本多はどうしたろう。大久保は。落ち着かぬ思いと苛立ちを持て余し、ひとり自室に籠もって爪を噛んだ。

だが、二人は討たれることなく帰って来た。

「本多平八郎、ただ今帰りましてござる」

「大久保忠佐、右に同じ」

その日の夜、遅くであった。多くの兵を四散させ、共に汗と土埃に汚れた顔である。二人の疲れきった姿が、家康にはこの上なく有難いものに思えた。

＊

一言坂の戦いで五百余りの兵を失い、遠江の兵は七千五百に減った。うち千二百は二俣城にあって武田勢二万二千に囲まれている。既に十一月も半ば、籠城は一ヵ月に及んでいた。

「援軍を送りましょうや」

酒井がそう言うのも分からぬではない。ここまで、これといった手を打てずにいる。だが、と家康は力なく首を横に振った。

「できぬ相談だ。悔しいが……な」

二俣の城方を差し引けば、残る手勢は六千三百ほど。しかも、その全てが手許にある訳ではなかった。二千余は二俣城のさらに東方、掛川城と高天神城の守りに当てており、浜松には四千と少ししかいない。

では掛川と高天神の兵を動かすかといえば、それこそ最悪の一手なのだ。両城の備えを薄くすれば、数に勝る武田勢は「待っていた」とばかりに兵を割き、たちどころに押さえてしまうだろう。東海道の要衝二つをただでくれてやる訳にはいかない。

酒井もそれは承知していたのだろう。苦しげな顔で小さく頷いている。

「では、三河から兵を動かしましょうや」

「山県昌景と秋山虎繁は？」

「長篠城から、この遠州(えんしゅう)に向かっておるとか」

山県・秋山の兵は五千。これが武田本隊に合流すればいよいよ危機ではあるが、一方で三河の危難は薄らいだとも言える。全ての兵を遠江に呼び寄せることはできないまでも、半分ほどなら何とかなろう。

「ならば、三河は岡崎と野田を固めるのみで良い。他の城にある者共には、急ぎ浜松に参じるよう申し伝えい」

「承知仕りました」

かねての約定どおり、織田からは既に三千の援軍が発せられたという。これを迎えた上に三河衆を加えれば一万余が揃う。敵の半分にも満たぬ数であれ、それだけあれば二俣城の救援にも目鼻が付く。元より地の利はこちらにあるのだ。これを活かし、敵の急所を見定めて夜討ち朝駆けを仕掛けるべし。その上で城方と挟撃に及べば、勝ちも見えてこよう。

そのはずであった。だが二俣城は、徳川勢の態勢が整う前に陥落してしまった。十二月十九日であった。

二俣城の攻め口は北東の追手口のみだが、ここが急な坂になっていることを利し、城方は懸命に防戦していた。が、この城には重大な弱みがあった。城内に井戸がなく、城の裏手を流れる天竜川に頼るしかない。川縁は断崖になっていて、ここに備えた井楼（せいろう）から釣瓶（つるべ）を落として汲（く）み上げるのが唯一の水の手だった。

それを封じられた。川上から筏（いかだ）を流して井楼に当て、壊す——信玄らしい大胆な手管であった。城将・中根正照（なかねまさてる）は多くの水を汲み上げて城内に貯（た）めていたが、千二百の数を長く賄えるものではなかった。

「兵の命と引き換えに、城を明け渡すしかなく……。申し訳次第もござりませぬ」

二俣城を退去した中根は浜松城に参じ、自らの首を献じる代わりに余の者を許して欲しいと嘆願した。家康は答えて言った。いたずらに死を求めるべからず、と。

「わしも一言坂で、こっ酷(ぴど)く負けた」

ゆえにこそ兵の士気も下がり、かつ数も足りずに援軍さえ出せなかった。中根ひとりに責めを負わせる訳にはいかない。

「織田の援軍を得て、武田にひと泡吹かせんと策を練っておるところだ」

その戦に加わって恥を雪(すす)ぐべし、今はひとりの命も惜しいのだと言って許した。

二俣城から退いた千二百が加わったところで、一万が一万一千余になるだけである。が、如何に戦が数の勝負だからといって、それのみで決まるものではない。

なぜなら、戦をするのは人だからだ。必ず勝つという気持ち、気勢。それがあれば、できぬはずのことも覆せる。中根が許されたという事実は、二俣の衆の意気を上げるに十分であった。

この熱気が伝わり、他の将兵を奮い立たせてゆく。好ましい流れが生まれ始めた頃、織田の援軍が到着した。

兵はやはり三千のみ、しかし信長はこれを率いる将として、佐久間信盛(さくまのぶもり)、平手汎秀(ひらてひろひで)、水野信元（みずののぶもと）、林秀貞（ひでさだ）の四人を寄越してくれた。いずれも織田家中の大身（たいしん）で、特に援軍の大将たる佐久間は戦巧者として知られている。数を出せぬ代わりに、という厚意の表れであった。

いざ、今こそ武田勢に目にもの見せてくれん。家康は意気込んで軍評定（いくさひょうじょう）を開いたのだが――。

「籠城するがよろしいかと存じますな」

開口一番、佐久間はそう言った。

「何を申される。其許（そこもと）らの援軍を得て、浜松に集った者共はどれも血気盛んなのですぞ」

城に籠もり続ければ、否応（いやおう）なく士気は下がってゆく。しかも籠城とは、援軍の当てがあって初めて成り立つ戦い方なのだ。織田の援軍をこれ以上頼めない中、進んで城に籠もるのは滅びを受け容れたに等しい。

しかし、佐久間はなお籠城すべしと唱えた。

「お考えあれ、徳川殿。二俣城を落とした武田勢にとって、次の狙いは間違いなくこの浜松ではござらぬか」

では、連戦連勝で意気軒昂（いきけんこう）な武田勢をどこで迎え撃つのか。二俣城を落としたからには、武田勢は苦もなく天竜川を渡り果（おお）せよう。川を渡ってしまえば、浜松までは見渡す限りの平野、田畑があるばかりだ。

「よしんば兵を伏せられる地があったとしても、敵がそこを避けて進むは明白にて」

それが見えており、しかも数に見劣るというのに、敢えて打って出るのは愚かしい。

佐久間の言は、悔しいが正論であった。

「それに、さらなる援軍の当てもあり申す上は」

「と、申されると？」

「我が主、織田弾正忠（だんじょうのじょう）にござる」

信長は今、近江で朝倉・浅井勢と対峙している。しかし朝倉は雪国の越前を本拠とするがゆえ、冬の間は長陣を構えようとしない。近江と行き来する峠道が雪に埋まり、糧道と退路が断たれる前に退くのが常なのだという。

「朝倉が退いて浅井のみとならば、近江に多くの兵を置かずとも良うなりますゆえ」

それまで籠城して時を稼ぎ、数を減らさぬが肝要。佐久間はそう言って譲らなかった。

家康は「む」と唸った。面持ちには、自らそうと知れるくらいに不服の色が浮かんでいる。

果たして佐久間が言うほど巧（うま）く運ぶのだろうか。武田信玄を動かしたのは足利義昭に違いない。朝倉や浅井とて同じ密命に従っていると考えるべきであろう。だとすれば、冬になって朝倉が必ず退くと考えるのは甘い。

しかしながら家康は頷いた。致し方ない、と。

「分かり申した。籠城致す」

皆が奮い立っている今、兵の強さだけなら敵に見劣りしない。だが如何にせん、二俣城が落ちる前とは状況が異なっている。浜松近辺の平地で大軍と野戦に及び、それで確かに勝てるという証(あかし)もない。

やはり戦は数――その真実が、ここへ来て重く伸(の)し掛かっていた。

＊

織田の援軍が到着し、一夜明けて十二月二十二日。武田勢が二俣城を発したという一報が届けられた。以来、引っ切りなしに物見の注進が入る。

「敵、全軍が天竜川を渡り果せてござります」

「申し上げます。武田勢、龍泉寺(りゅうせんじ)を過ぎて南西に向かっておる由」

龍泉寺は浜松城から北東に概ね二十五里、そこから南西へ進んでいるのなら、真北から攻め寄せて来るものと思われた。

「ここまで来たら正攻法か」

小競り合いの裏で山家三方衆を調略する周到な一手、険悪極まる間柄の北条と和睦する大胆な一手、これまで信玄は実に多彩な軍略を見せ付けてきた。しかし、此度こそは正面切っての戦いである。

精強で鳴らす武田の兵を迎え撃つ、それを思うと家康の胸中に生来の怖がりが染み出してきた。それでも「何を糞」と自らを奮い立たせ、即座に命じる。

「二之丸の備えを厚くせよ」

北か北東から攻め寄せるなら、信玄の狙いは二之丸の北側、明光寺口に違いない。その東にある古城――かつて曳馬城と呼ばれた――と挟み撃ちにするのが常道である。二之丸には酒井忠次を配し、古城には本多忠勝や榊原康政らの勇士を入れて守りを固めさせた。

敵軍は今や二万七千、これだけの数になると行軍は遅い。浜松に至るには丸一日を費やすだろう。その時に備えて武田勢の出方を幾通りも考え、各々の場合に応じた対処を練り上げてゆく。

そうしていると時は恐ろしく速く流れ、あっと言う間に午の刻（十二時）を過ぎていた。

この頃から物見の報せがおかしくなってきた。

「注進！　武田の兵、馬込川を越えて西へ」

家康は「ん？」と眉を寄せた。

「待て。西なのか」

「はっ、確かに」

おかしい。馬込川は北から南へ流れ、浜松城のすぐ東を通って遠州灘に注ぎ込む川である。これを越えたのなら、川沿いに真っすぐ下って来るはずではないのか。

訝しく思ううちにも、次また次と注進が入る。どれも武田勢が西へ進んでいるという報せであった。

まさか真正面から戦うと見せかけ、西から不意打ちを仕掛けるつもりなのか。

否、あるまい。浜松城は西側に本丸や天守郭があるが、東側の二之丸や古城と違って幾らか高台になっている。その丘の肌とて、削って急な崖に作り変えてあるのだ。さらに本丸の北から北西にかけては広大な池があり、堀の用を成す。これを渡って攻めようとする者などあるはずがない。

とはいえ相手は武田信玄である。意表を衝く軍略を幾度も見せられたからこそ、その「あるはずがない」を信じきれぬ。

城に拠って戦う利がある以上、まともなぶつかり合いなら易々と負けはすまい。だが思いも寄らぬ攻め方をされたら、今の備えは間違いということになる。

だめだ。如何にしても、敵の出方が読めない。

「……古城の衆に伝えよ。忠勝の兵を二之丸に回す」

家康はそう命じた。共に広間にある佐久間信盛が、軽く眉を寄せた。

「朝令暮改では下の者も狼狽えますぞ」

大将こそが動揺しているのではないかと、言外に含ませている。図星を衝かれた格好ではあった。しかし。

「佐久間殿は、やはり敵が北から来ると？」

「いえ。いささか、見通せぬようになって参りましたが」

渋面を向けられ、苦い笑みを返した。

「此方も同じにござる」

先を読めないなら、やはり敵の動きに逐一応じるしかない。そう言うと、佐久間も苦笑して頷いた。

だが、それすら正しい一手ではなかった。

「申し上げます。武田勢、なお西へ。或いは長篠へ向かっているものかと」

思いがけぬ一報を受け、佐久間信盛が「う」と唸って目を見開いた。

「素通りするつもりか」

家康は愕然とした。信玄は、徳川とは戦うには及ばないと考えているのか。

驚きは、次第に怒りへと転じていった。

おまえ如きに関わっている暇はないと言うつもりか。一言坂と二俣城で負け、縮こまっているのだろう。素通りされても挑む気概はなかろうと言うのか。

そうなのか、武田信玄！

「何たる」

愚弄された屈辱に、家康は身を震わせる。一方で、それとは全く別の震えも湧き上がってきた。武田勢は長篠へ、つまり備えを薄くした三河へ向かっている。こちらの急所を衝くと示しているのだ。

とは思いつつ、家康の胸には幾らかの疑念と躊躇いがあった。留守の三河を叩くことが、本当に信玄の狙いなのだろうか。

斯様に心が揺れるのは、信玄の動きが読めず、今の今まで困惑していたせいかも知れない。最前の怒りが澱み、湧き上がる恐れに呑まれ始めている。

「伝令、将たる者共を呼び集めよ。評定を行なう」

下知に従い、伝令はすぐに駆け出して行った。

一刻（一刻は三十分）の後、本丸館の広間に主だった将が参集する。それらに武田勢の動きを告げると、皆が一様に困惑の色を映した。

満座が静まり返った中、二十、三十と数えた頃か、酒井忠次が難しい顔で口を開いた。

「挑発ではございますまいか」

端から徳川など相手にしていないと示して籠城の構えを解かせ、野戦に持ち込んで叩く肚なのでは、と言う。この見立てに頷く者は多かった。

然り、まさにそれを疑わねばなるまい。しかし家康は、それでも打って出るべきなのかも知れぬ、と語った。

「皆も知ってのとおり、一言坂と二俣城の戦勝にて、武田勢は意気を上げておる」

加えて徳川勢は、武田の兵をほとんど削れなかった。この上で浜松を素通りさせることは、確かに危ういのだ。信玄の狙いが本当に三河なのだとしたら――。

「岡崎と野田の備えは厚くしたが、それだけでは時さえろくに稼げまい」

この見通しに、本多忠勝が声を上げた。

「恐れながら。それでも、打って出るのは如何なものかと存じます」

武田勢の動きが挑発であるなら、向こうは手ぐすね引いて待ち構えている。数の不利がある上で相手十分の戦となれば、家康の命とてどうなるかは分からない。

「一言坂での戦いと同じにござる。殿に万が一のことあらば、そこで負けなのです。徳川は潰えてしまうのですぞ」

本多の如き無双の勇士でさえ、軽挙を慎めと唱える。改めて突き付けられるにつけ、胸の不安が際立ってきた。余の者も同じなのだろう、皆が口々に自重を促すようになった。

喧騒（けんそう）の中、家康は思う。やはり城に籠もったままであるべきなのか。三河を奪われても、後日に再起を図り得る方が良いのかも知れない。

心が傾きかけた頃、織田の将から小声が聞こえた。

「我らは、どうなってしまうのだ」

誰が発したのか分からぬほどの呟き、或いは口の中だけで囁くほどの声音だったのかも知れないが、研ぎ澄まされた家康の耳は確かにそれを聞き拾っていた。

どうなってしまうのか。それは、三河が落ちれば次は織田の故地・尾張だという恐れだろう。さらに、信長との連絡が断たれてしまうことへの不安でもある。

「音に聞こえた本多平八も」

先の声に続いて、また聞こえた。

本多平八も勝てないと思っている。さもなくば、本多平八もこの程度か。そう続けたかったのだろう。侃々諤々、あれこれの言葉が飛び交う中、徳川家中の耳には届いていないようだ。

織田勢の本音には違いあるまい。咎めるつもりはなかった。

だが、どこか引っ掛かる。どうなってしまうのか。この程度か。その二つが頭の中を激しく回っている。

考えろ。何かあるはずだ。そこにあるのは、何なのか――。

「あ！」

小さく、小さく、家康の喉から驚きの声が漏れた。きょろきょろした目がさらに見開かれ、虚空を泳ぐ。

「まさか、信玄」

狙いは、やはり三河ではないのかも。それどころか、徳川を一気に追い詰める肚なのではあるまいか。

もしも武田勢を素通りさせ、三河を捨てる構えを見せてしまえば。

その時、国衆たちはどう思うだろう。

大名は領主でありながら、所領にある全ての者の主君ではない。君臣の間柄にあるのは飽くまで家臣のみ、国衆は個々の所領を守るべく、力のある者に付いているに過ぎないのだ。ゆえに、このまま信玄の動きを見過ごせば、きっと国衆はこう思う。

我らはどうなってしまうのか、と。

徳川家康も、この程度かと。

「いかん……」

頼むに足りぬと判じたが最後、国衆たちは平気で領主を裏切るものだ。そして此度、それを後押しする材料は確かにあった。山家三方衆――昨年の三月に調略で引き剝がされた面々の存在である。

家康、頼むに足らず。そう思われたら、三方衆に続けと離反する者は後を絶つまい。ことは三河一国を失うだけに留まらないのだ。下手をすれば遠江の国衆も根こそぎ奪われ、四面楚歌の体になってしまう。

もしや武田信玄は、初めからこれを狙って三方衆を調略したのか。考えられぬ話ではない。三方衆が寝返った頃の武田は、北条との関係が悪かった。上洛するにせよ、動かせる数は十分とは言えぬものだった。

だからこそ敢えて急がず、先々のために手を打っていたのだとしたら。北条と和議を結ぶまでの、時を稼ぐためでもあったろう。しかし、それのみではない。三方衆の寝返りは、今こそ痛烈な一手に化かされようとしている。

さあ来い、完膚なきまでに叩いてやろう。間違いなくそう思い、待ち構えて、信玄は笑っている。それが分かっていながら、乗らぬ訳にいかぬところまで追い込まれていたとは。

「……何という男か」

「甲斐の虎」の二つ名を取る男、その深慮遠謀に息が詰まる。

はっきりと、恐れを抱いた。

周到、慎重、大胆不敵。それが信玄だと思っていた。だが、さらに上だった。どこまでの奥行きがあるのか、どれほどの広がりがあるのか。あまりに開けすぎて地平しか見えぬ、進む先すら分からぬ野に立たされたような思いがする。

それでも人の主たる身は、立ち止まったままが許されない。ともすれば震えてしまう声を支え、家康は大きく呼ばわった。

「鎮まれ」

嘘のように喧騒が止む。一同を見回して、厳かに告げた。

「決めたぞ。打って出る」

途端、家臣たちが再び大騒ぎになった。すくと立ち、そこに一喝を加えた。

「戦に出とうない者は、来ずとも構わぬ」

誰も、何も言わなくなった。徳川家中の多くは荒々しい三河武士、怖じ気付いたと思われるのは恥でしかないのだ。

家康は長く溜息をつき、静かに言い添えた。

「時が惜しい。何ゆえ打って出るのかは、追って話す」

次いで織田の面々に向いた。

「それでよろしいな。方々も織田殿との間を断たれては困るであろう」

佐久間が「む」と唸り、余の三人が「ふう」と軽く息をつく。諒解を得て、家康は満座に向けて声を張った。

「ただし！　敵が待ち構えておるのは明白ぞ。ゆえに武田勢が三方ヶ原に至るのを待つ」

敷知郡、三方ヶ原。浜松から向かえば、その手前に祝田の坂がある。これを駆け下り、高所の利を以て一撃を加え、素早く退くべし。さすれば信玄も浜松を捨て置けまい。国衆を狼狽えさせることもなく、時も稼げよう。

それが、家康の出した答であった。

「織田殿が動けるようになるまで、我らは時を稼がねばならぬ。仕損じる訳にはいかぬぞ」

普段は幾らか甲高い声を努めて低く響かせる。心して掛かれと眼差しで示すと、皆が背筋を伸ばした。

＊

徳川勢は織田の援軍三千を加え、一万一千余――全軍で武田勢の後を追った。祝田の坂に至ったのは、夕七つ申の刻（十六時）。年の瀬の夕暮れは早く、空はもう紫に彩られている。

「敵、三方ヶ原に入って足を止めてございます」

物見の一報を受け、家康は「うむ」と頷いた。静かに大きく息を吸い込み、長く、長く吐き出して、自らに「落ち着け」と言い聞かせた。

信玄が行軍を止めたのは、兵を休めているのではない。戦場に透破は付きもの、こちらが打って出たことは先刻承知であろう。つまりは、待ち構えている。

それでも、仕掛けねばならない。

「陣立てに狂いはないな」

「はっ。取り決めのとおりにございます」

伝令の返答を聞き、家康は馬上で胸を張った。腰の刀を抜き、切っ先で暗い天を衝く。

そして振り下ろし、力強く真正面を指した。

「掛かれ」

一声に続き、法螺貝が鳴った。徳川方は鶴翼に広がり、夕闇の坂を駆け下って行く。

家康本隊もこれに続き、猛然と突っ掛けて行った。

本来、兵を広げるのは取り囲んで殲滅するためであり、数に勝る側の陣形である。しかし家康は敢えてこの鶴翼陣を取った。広がっているといっても、散らばっているのとは違う。兵と兵の間には後続の姿があり、隙間は埋まるものだ。すなわち敵はこちらの数を摑みにくくなる。少しでも兵を多く見せるための工夫であった。

しかし——。

「迎え撃て!」

向かう先、三方ヶ原に地鳴りの如き大音声が響く。鬨の声がこれに続き、猛烈な気勢の塊が押し寄せて来た。

然り。まさに塊だった。寡兵(かへい)が一点を突き抜けるための、魚鱗(ぎょりん)の陣である。武田本陣に焚(た)かれた多くの篝火(かがりび)が、兵の姿を後ろから照らす。一ヵ所に集まり、わずかの隙間もない兵の群れが、ただただ黒い。

「何と」

家康は息を呑んだ。

こちらは数を多く見せようとして、兵を広がらせた。対して信玄は兵を寄り集まらせた。では武田勢が少なく見えるのかといえば、それは違った。

大きく数に勝る側が隙間なく固まり、後続の様子さえ見通せない。すると逆に、どれだけの数を連れているのかという迷いが生まれる。一度でもそう思ってしまえば最後、かねて聞こえていた二万七千より多く見えてくるから恐ろしい。

恐れを抱いたのは将兵も同じである。迫り来る武田勢、黒い塊を目にして、味方に満ちていた熱が一気に冷めていった。

「あ、やぁああ！」

兵の中に裏返った叫び声が上がった。自らを励まそうとしたのだろう。が、それすら自身の怖じ気を認めた証でしかない。叫びが叫びを呼び、さらに周囲へと弱気を広めてゆく。

「やられた」

家康は臍を噬んだ。

自分は兵を広がらせ、その隙間を後続の姿で埋めようとした。信玄も埋めた。誰もが持っているはずの、心の隙間。そこに、恐れという面倒なものを埋め込んだのだ。大軍を一塊に固めるという、ただそれだけのことで。

こちらの策は幻惑、偽りである。

信玄の策は違う。心に生じる恐れとは、掛け値なしに真実なのだ。

「ま――」

負ける。確信しつつ、出そうになったひと言を押し止めた。既に兵の気持が呑まれている以上、迂闊なことは口にできない。

だが、どうする。すぐに退くべきか。思いつつ、それはできぬ相談であった。こちらの突撃が緩んだのに比べ、武田勢は逆に勢いを増している。退きに転じれば、何もせずに追撃を喰らうのみだ。

「やらねば、やられるぞ。皆々、意地を見せい」

自分こそ逃げ出したい気持ちだったが、捻じ伏せて懸命に声を張る。

そこに、重く迫る何かがあった。

気配だ。敵味方の兵を突き抜け、気迫に満ちた眼光が向けられている。

白熊の毛をあしらった兜に、楯無の具足――武田信玄。見えるはずもないその姿が、見えた気がした。

怖気(おぞけ)が走る。馬の手綱を握る手が、驚くほどの汗を湛(たた)える。そうした中で、両軍は激突した。

「囲め！」

左翼から本多忠勝の声が突き抜ける。が、兵の出足が鈍い。一群となった武田勢の横腹を窺うまでの間に、迎え撃つ形を作られてしまった。本多ほどの猛将でさえ、兵の気を支えられなくなっている。敵味方入り乱れての乱戦になると、徳川勢はたちまち壊乱して、足軽の中にちらほらと逃げ出す姿が見え始めた。

「加勢する！　者共、逃げるな」

さらに左から石川数正(いしかわかずまさ)の隊が寄せる。と、武田勢の魚鱗から後続の一隊が切り離され、石川の後ろに回って襲い掛かった。

右翼を見れば、織田勢も既に四分五裂の体である。これを支えんとして酒井忠次が気を吐いているが、何しろ兵が及び腰、長くは持つまいと見えた。

ぶつかり合うこと、どれほどか。そう長く過ぎてはいない。

「殿、殿！　もう、いけませぬ。お逃げくだされ」

小姓衆からひとりが馳(は)せ寄って嘆願する。しかし家康は「否」と答えた。

「皆が死を賭しておる。大将が先に逃げては――」

「殿！」

遠く向こうから鋭い声が飛んで来た。本多忠勝である。敵軍の篝火、双方の松明(たいまつ)に照らし出された顔が、返り血と土埃で赤黒い。その眼差しが語っていた。退いてくれ、ここで命を落としてはならぬのだと。

一言坂の戦いが脳裏に蘇(よみがえ)った。あの敗北で学んだではないか。家臣の思い、懸命の働きを無にしてはならない。

涙が滲(にじ)んだ。退かねばならぬ。徳川の命運も戦勝も、この命ひとつがあってこそだ。

「いやさ……。良くぞ申してくれた。わしは退く」

掌(てのひら)で目頭を拭い、家康は馬首を返した。小姓が安堵の面持ちで頷き、大声を発した。

「殿がお退きになられます。方々、お供を」

これを耳にして、周囲の者が追い慕って来る。だが乱戦の中、しかも壊滅を待つばかりという軍兵のこと、付き従うのは大久保忠佐を始め五、六騎の供回りのみであった。

夕刻に始まった戦は、わずか一時(いっとき)（一時は約二時間）で終わった。惨敗であった。

闇の中、必死に馬を追った。次第に、三方ヶ原の喧騒が遠ざかってゆく。家康の中にあるのは悔恨のみであった。

打って出る必要があった。信玄が待ち構えているのも分かっていた。ゆえに敵の気勢を殺(そ)ぐべく、兵を多く見せようと智慧(ちえ)を絞った。

然るに、それすら見切られていた。あまつさえ、呑まれた。武田信玄という底知れぬ男の、その気迫に。

「……わしは、信玄には勝てぬのか」

多くの兵を損じ、何ひとつ成せずに逃げるばかりで、いったい何の大将か。こうして逃げていることさえ、右に落ちれば死、左に落ちれば苦悩の綱渡りに等しい。

いっそ潔く腹を切るべきなのではないか――そうした迷いに苛まれるたび、供回りの者が嗅ぎ取って励ました。

「もう少し、あと少しですぞ」

大久保の声に、ちらりと目を向ける。強く頭（かぶり）を振り、胸に渦巻くものを払い散らして、家康は馬に鞭を入れた。

何も考えず馬を走らせること、どれほどが過ぎた頃か。家康はどうにか浜松に戻り果せた。

既に夜も更けていた。にも拘らず、物見の注進は後を絶たない。

重臣たちの討ち死にが、多く報じられた。二俣城から脱し、この一戦に賭けていた中根正照も含まれている。織田勢では平手汎秀が命を落としたらしい。

分かっているだけで、兵も二千以上を損じた。他も散りぢりになって、いつ浜松に戻るのかも分からない。足軽など、そのまま逃げてしまう者も多いはずだった。

加えて、最悪の一報が入った。

「申し上げます。山県昌景が五千、この城に向かっておりまする」

悲痛な声であった。さもあろう、こちらは全軍を出して惨敗したのだ。城にある兵は数えるほどで、敵に蹂躙されるのを待つばかりなのだから。

さすがに観念した。家康は瞑目して本丸館の天井を仰ぎ、然る後、伝令の者に笑みを向けた。

「全ての門を開け放って篝火を焚け。山県に、良う見えるようにな」

「え？　いや、それは」

「構わぬ」

どの道、何もできない。だからこその、最後の賭けであった。

疾きこと風の如く、徐かなること林の如く、侵掠すること火の如く、動かざること山の如し。武田信玄が旗印に使うのは、唐土に古くから伝わる「孫子」の一節である。それを思い、同じ唐土、三国時代の逸話が胸に浮かんだ。蜀の丞相・諸葛亮が魏の将軍・司馬懿に攻められ、兵のない城で迎え撃った「空城の計」である。諸葛亮が落ち着き払って琴を弾いていると、司馬懿は罠を疑って退却したという。

風林火山の旗印で戦う以上、山県もこの話は知っていよう。果たして司馬懿のように警戒するや否や。優れた者ほど真偽が見えなくなるはずだ。家康は、そこに賭けた。

一時半ほどの後、山県隊が浜松に至る。が、罠を疑って何もせずに退いていった。

家康はその時、疲れきって眠っていた。

*

多くの家臣が討ち死にした中、本多忠勝や酒井忠次、石川数正など名うての将が生き残ったのは不幸中の幸いであった。ただ、兵は大半を失っている。

年を越し、元亀四年（一五七三）を迎えた頃、武田勢は浜松を捨て置いて三河へ向かった。最早、家康は手も足も出ないと察してのことであろう。山県昌景を惑わした空城の計も、信玄には通じなかったらしい。

一月半ば、武田勢は三河の要衝・野田城を包囲に掛かる。それから半月ほどの後、酒井忠次が居室に参じて黒漆塗りの文箱を差し出した。

「織田様より書状にございます」

「おお」

先般、信長に再度の援軍を頼んでいた。待ちかねた返書とあって、家康は急ぎ中を検める。だが、すぐに肩を落とした。

「援軍は出せぬと」

酒井が「何と」と目を丸くした。

「近江では朝倉が退いたのでしょう。然らば織田様は兵を動かしやすいはず」

「ことは、そう容易くない」

家康は眉を寄せ、じわりとうな垂れた。

三方ヶ原の戦いに際し、援軍の大将として寄越された佐久間信盛が言っていた。信長は近江で朝倉・浅井の連合軍と相対しているが、朝倉は峠道が雪に埋もれる前に退くのが常で、さすれば増援も期待できるのだと。そう巧く運ぶのかと疑っていたが、その言に違わず、朝倉義景は年を越す前に引き上げたという。

それでも信長が援軍を出せないのには、また別の理由があった。

「将軍……義昭様が兵を挙げると報せがあったらしい」

室町幕府の将軍は直轄の領が少なく、自前の兵を多く揃えられない。それが挙兵するだけなら大した話ではないのだ。しかし将軍の権威だけは未だ健在である。

酒井の面持ちが、俄かに掻き曇った。

「将軍の挙兵とあらば、必ず助力する者がある。どれほどの数になるか」

「ああ、読めぬ。斯様な次第なれば、野田城は定盈に任せるしかない」

菅沼定盈――山家三方衆の菅沼一族ながら、武田の調略に応じなかった男である。その忠節以外に、家康には頼れるものがなかった。

とはいえ、野田城の構えは然して大きい訳ではない。南北を川に守られて東は断崖という要害だが、やはり多勢に無勢、二月十六日には陥落するに至った。

以後、武田勢は進軍しなかった。足利義昭の挙兵を待っているのか、或いは今少し暖かくなってから動くつもりなのかと見ていたが、どうやらそうでもないらしい。三月に入って義昭が信長と断交、開戦を待つばかりとなっても一向に動きを見せずにいる。

どうしたのか。怪訝に思ううち、武田信玄は全軍を引き上げ、甲斐へと帰って行った。

四月初めのことであった。

「透破の報せによれば、信玄が病ゆえに引き上げたと」

酒井の話を聞いて、家康は首を傾げた。

「命拾いした上で何だが……おかしくはないか」

徳川は満足に兵を整えられずにいる。あとひと押しで遠江と三河の大半を手中にできるのは、信玄とて承知していたはずだ。病で上洛が叶わぬまでも、所領だけは切り取ろうとするのが当然である。陣代を立てればできることであり、此度参陣している山県昌景や馬場信春ならば、その任も十分に務まっただろう。

にも拘らず、全軍が退いたとは。

「まさか」

家康が軽く目を見開くと、酒井は「あ」と驚いて眼差しを引き締めた。

「信玄の病はことの外に重く、明日をも知れぬ身なのやも」

控えめに、頷いて返す。飽くまで推し当てでしかないが、そうでも考えねば辻褄(つじつま)の合わぬ話であった。

*

信玄の撤退と前後して、足利義昭の挙兵は信長の手で鎮められた。然るに七月、義昭はまたも兵を挙げて信長と戦い、敗れて京から追放されるに至った。

十五代に亘(わた)る室町幕府は、これを以て滅亡した。

信玄が義昭の密命を奉じていた以上、再び西上を企てるに十分な理由であったろう。何らかの動きを見せて当然のところである。然るに武田は、これといった手を打たずにいた。

ここに至って、家康は得心した。やはり信玄の病は重かったのだと。そして恐らく、もうこの世にない。

浜松城、本丸館の薄暗い一室で、家康は今日も薬研を使う。その手を止めて、軽く溜息をついた。

「武田信玄か」

これほど恐ろしい男もあるまい。心の底からそう思う。

将軍から求められた折、二万ほどの兵ならばすぐに動かせたはずだ。しかし信玄は急がなかった。二万では道中の敵――すなわち己、徳川家康の一万五千を蹴散らすのに時を食うと判じたのだろう。そして兵を動かす代わりに山家三方衆を調略して時を稼ぎ、関東の雄・北条との関係を整えた。万全を期したのだ。

「大業を成すには、ことを急ぐべからず。周到に、慎重に……幾重にも罠を張るべし。学ばせてもろうたわい」

独りごち、次の薬種を薬研に入れて、ごりごりと擂り潰した。

「薬とて、すぐに効きはせぬものな」

信玄も同じだった。時を稼ぐべく打った一手、すなわち三方衆への調略も、下地を整えるだけには留まらなかった。後々に効いてくるものが確かにあったのだ。

浜松を素通りせんという構えを見過ごしていたら、多くの国衆はきっと徳川に失望し、三方衆に倣ったことだろう。だからこそ、不利を承知で打って出た。信玄が待ち構えていると分かっていながら、仕掛けざるを得なかった。

全ては、三方衆が離反した時に決まっていた。この家康が自ら罠に飛び込むよう、定められていた戦だったのだ。

信玄はことを急がず、しかし勝つべくして勝つ形を作り上げていた。こちらは終始、あの男の掌（たなごころ）で踊っていたに等しい。

「とは申せ」

手が止まり、またひとつ溜息が漏れた。

味方のみならず、敵さえ思い通りに動かすほどの大才。それを思えば、信玄に抱くのはただの恐れのみではなかった。見習うべき男、越えねばならぬ壁という、確かな畏敬の念があった。

なのに、何たることか。それを知った時には、既に当人が常世（とこよ）に渡っているとは。

「良き薬のひとつもあらば、信玄も幾らかは長生きしたろうか」

呟いて、苦笑が漏れた。

誰より恐ろしい男だったのだ。死んでくれて助かったではないか。寂しさを覚えるなど、何と滑稽な話であろう。

自分はきっと命を永らえよう。そして、ことを急がず、勝つべくして勝つ男になるのだ。この先に如何なる敵が立ちはだかろうと、必ず徳川を守るために。

思いを定め、薬研からひと摘（つま）みを口に入れて呟いた。

苦いな、と。

其之二　織田信長

かつて「海道一の弓取り」と謳われた人があった。駿河と遠江の国主・今川義元である。さらに今川家は、遠江の西の隣国・三河にも力を伸ばした。元康の松平家も、父・広忠の頃にはその傘下に取り込まれていた。

義元はなお西へ所領を拡げんとした。ゆくゆくは上洛して将軍を供奉し、天下に号令せん――その大志を胸に。

だが永禄三年（一五六〇）五月十九日、桶狭間の戦いで尾張の織田信長に討たれた。

あれから二年、元康は信長の居城・清洲にあった。

「変わらぬな、ここは」

廊下を進みつつ軽く息をつき、口の中だけで呟いた。

聞き拾ったか、前を行く案内の者が「おや」と眼差しを寄越す。にこりと笑みを返し、何かあったかとばかりに首を傾げて見せた。

幼い頃、元康は——幼名を竹千代といった——この清洲城にあった。

十五年前、六歳の折に、人質として今川へ遣られるはずだった。だが道中で田原(たはら)城主・戸田康光(とだやすみつ)が裏切り、かねて今川と険悪だった織田家へと送られてしまった。

後に織田と今川が争い、信長の庶兄・信広(のぶひろ)が囚(とら)われの身となる。往時の織田当主・信(のぶ)秀(ひで)は元康を今川に差し出して信広を助けた。

元康が清洲で過ごしたのは、それまでの二年のみ。さほど長い間ではない。だが改めてこの城に来ると、どこか懐かしいものを覚えた。背の低い木が六つ、七つと植えられた庭も、廊下に漂う古びた木の香りも、あの頃と何も変わらない。ただ、庭に点々と置かれた飛び石だけは、それぞれの間隔が狭くなったように見えた。或いは自身が長じたから、そう感じるのかも知れない。

「松平元康殿、ご到着にございます」

本丸館の広間に至り、案内の者が声を上げる。織田家中の重臣が左右に数人並ぶ奥、畳が重ねられた主座の男が笑みを見せた。

「竹千代。いや、今は元康殿か。久しいな」

つるりとした卵のような顔、切れ長の鋭い二重瞼(ふたえまぶた)、まばらな口髭(くちひげ)。信長であった。元康は一礼して進み、広間の中央に腰を下ろして丁寧に平伏した。

「お久しゅうござる。此度は両家盟約をご承知いただき、まこと有難く存じます」

信長は軽やかに「はは」と笑った。甲高い声音は、何とも平らかであった。

「俺とおまえの仲だ。堅苦しい挨拶はいらん」

織田の人質であった頃、幼い元康は常に行ないを正し、また人の顔色を窺い続けていた。自らの命が危ういと、薄々感じ取っていたがゆえである。

そういう息苦しい日々の中、信長は元康を弟の如く扱ってくれた。時には将棋を指し、相撲を取った。信長の小姓衆に交じって城下を歩いたこともある。気性が激しく、笑っているかと思えば急に怒り出すような人ではあったが、そういう信長を元康は慕っていた。

盟約の起請文は既に交わされていて、この日は答礼の挨拶のみである。難しい決めごとがないためであろうか、互いの言葉は昔を懐かしむものが多かった。にも拘らず、信長の声に熱を感じない。どうしたのだろう。長く顔を合わせずにいたことで、互いの間に溝ができてしまったのだろうか。

躊躇いがちな面持ちを見て、信長が「それにしても」と目を細めた。眼差しには、どこか突き放すようなものがあった。

「まさか、おまえが今川を見限るとはな」

織田から引き渡されて以後、元康は今川の本拠・駿府（すんぷ）で養育された。人質の身ではあったものの、粗略な扱いを受けていた訳ではない。十六歳を数えた時には、義元の縁戚から瀬名(せな)姫を正室に宛がわれている。松平家の首根を摑んでおく算段でもあったはずだが、自らの縁者を嫁がせる以上、それだけが理由ではあり得なかったはずだ。

あれほどの厚意を受けていながら、ということなのだろう。元康の頰に苦しげな微笑が浮かぶ。対して信長は、軽く鼻で笑った。

「察しておるようだから、はっきりと言おう。沈む泥船から逃げたく思うは人の常だ。逃げるのが正しくもある。されど正直なところ、おまえがそうしたというのが、少しばかり気に入らん」

元康はいったん目を伏せ、再び瞼を上げると、真っすぐに信長を見た。

「然らば何ゆえ、盟約をお容れくだされました」

「……今少し、おまえを信じたかった。人の顔色を窺ってばかりいた竹千代が、正しい断を下せるようになったと、それを喜ぶことにしたのだ」

ありがたい話ではある。が、このままでは寂しい。

「義元公の縁戚として尽力せん……とは思えど、松平は三河に岡崎城を持つのみの、力なき家にござる」

英主・義元を失ってから、今川は急激に衰えを見せている。桶狭間の戦いからわずか三ヵ月の後、盟友・北条氏康に援軍を求められたのが発端であった。

北条の要請は、越後の上杉謙信――往時の名乗りは長尾景虎――に攻められたことによる。今川の家督を継いだ氏真はこれに応じ、関東に兵を差し向けた。

氏真にとって、父・義元の残した盟約を重んじることは、一方の供養のあり様だったろう。しかし、それによって義元の弔い合戦を起こす余裕がなくなった。今川家中や傘下の国衆はこれを以て、氏真を弱腰と侮った。以来、離反が後を絶たない。

「氏真殿はそれがしに、岡崎にあって尾張との境を固めよとお命じあられた。決して弱腰ではないのです」

然るに、と元康は溜息をついた。英主を失った以上、今川にとって北条との盟約は命綱だったはずだ。氏真の下した断は一面で正しい。離反した面々は、それを解していないのだ。義元が討たれたことに憤るのは当然としても、報仇を果たさんという情念に凝り固まって国を守り果せようか。

そう漏らすと、信長の纏う空気が明らかに変わった。大声で、さも嬉しそうに「ははは」と笑っている。

「斯様な盆暗共が今川を離れて、おまえの城を囲む格好ではな。ひとり今川に従うままでは、皆で攻めてくれと申すようなものよ」

だとすれば、元康は今川を離れる以外にないところまで追い詰められていた。周りに引き摺られて主家に背いた訳ではなく、むしろ他の面々よりずっと義理堅い。信長はそう言ってまた笑い、然る後に深々と頭を下げた。

「すまぬことであった。致し方なき仕儀とも知らず、俺はおまえを疑った」

元康の胸に爽やかな風が吹く。清々（すがすが）しく洗われた心から、この上なく素直な笑みが滲み出した。

「お分かりいただければ十分、これに勝る喜びはござりませぬ」

「そういうところも、俺を慕ってくれた竹千代のままだ。だからこそ、俺との縁（えにし）を頼んだか」

元康は即座に「はい」と頷き、しかし、それだけではないと付け加えた。

「貴殿は実に手堅い。頼むに足る御仁と思うたのです」

四海に聞こえた東海の雄・義元を討ったのだ。世の常なる者なら、そのまま今川領を切り取りに掛かったろう。だが信長は今川領には目もくれず、尾張に残る敵を平らげ、足許を固めんとしてきた。

「それは自らの今が正しく見えている証。それがしは左様に思うたのです」

信長の頬に喜びが浮かぶ。しみじみとした声が向けられた。

「縁のみにあらず……かつて大うつけと蔑まれた俺を、そうまで認めてくれたとは」

「常なるやり様と違うからと、それだけで侮る方が愚かしゅうござる」

交わす笑みに、遠い昔と同じ暖かさが漂う。それが幾らか気恥ずかしく、元康は「さて」と居住まいを正した。

「これより先、信長殿は如何に所領を拡げるおつもりか」

信長も笑みを流し去り、真剣そのものの面持ちになった。

「まずは尾張一国だ。然る後は美濃を攻める」

「美濃……斎藤義龍ですな」

信長正室・帰蝶の兄である。義龍は六年前、実の父・道三を討って美濃一国の主となった。それが許せないのだと、信長は吐き捨てた。

「おまえも清洲におったゆえ知っておろう。俺は実の母に疎まれて育った」

だが父の信秀と舅の道三だけは、この大うつけを認め、先行きに期待してくれた。

その道三に弓引いた義龍は、俺を愚弄したに等しい。信長はそう言う。

「かかる次第ぞ。俺は義龍を狙い、松平の背は決して脅かすまい。元康殿は心置きなく三河を固め、今川を呑み込んでゆくが良かろう」

美濃を攻めるのは、この人の激しさゆえであったか。しかし一方で、親しんだ人にはこの上ない情を寄せる人でもある。それこそ信長を好ましく思う理由であった。元康は柔らかな笑みを浮かべ、広間の右向こうに広がる庭へと目を向けた。

「変わりませぬな。信長殿も、この城も」

「おまえと話して分かった気がする。人の心根というのは、育ちはすれど、変わるものではないのやも知れぬな」

声を聞き、顔を戻す。信長の目に優しげなものが映っていた。

しばらくして、元康は徳川家康と名を改めた。そして永禄十一年（一五六八）、甲斐の武田信玄が今川との盟約を破って駿河を攻めると、家康もこれに乗じて遠江を攻め取った。

一方、信長は永禄十年（一五六七）には美濃を制し、翌十一年に足利義昭を奉じて上洛を果たした。これにて義昭は将軍位に昇った。

当初、義昭は「信長を父とも思う」とさえ言っていた。しかし、良い時は長く続かなかった。義昭は、信長が「将軍のため」と各地に軍を発することを嫌った。両者の間は次第に険悪になってゆき、そしてついに義昭は諸国大名に信長討伐の密命を発するに至った。

元亀三年（一五七二）九月末、この密命に応じた武田信玄が西上の戦を起こし、徳川領を侵してゆく。家康は遠江の三方ヶ原で武田勢と決戦に及ぶも完敗、徳川は存亡の危機に見舞われた。

ところが翌元亀四年（一五七三）四月、武田勢は大将・信玄の病を理由に軍を返す。信玄はそのまま病没した。武田を動かした足利義昭は、同年七月に信長と戦って敗れ、京を追われた。

室町幕府滅亡から二年。家康、三十四歳。

天正三年（一五七五）夏五月、徳川領は再びの危機を迎えていた。敵は信玄の後を継いだ武田勝頼、兵は二万五千。対して徳川勢は三方ヶ原の時と同じ、掻き集めて一万五千であった。

三方ヶ原の戦いの折、家康は完膚なきまでの敗北を喫した。信長が満足な援軍を出せなかったことも一因である。しかし、此度は違った。

「殿！　織田様の援軍、ただ今ご到着となりましたぞ」

岡崎城に入った家康の許に、重臣・酒井忠次が一報を届けた。諸国による信長への包囲は足利義昭の滅亡を機に崩れており、今や織田は多くの兵を動かせる。援軍、実に二万三千であった。

酒井の一報に応じ、家康は力強く「おう」と笑みを浮かべた。

癇が強く気性が激しい一方、親しんだ相手には情を傾ける。信長の人となりは変わっていない。家康にはそれが有難く、そして心強かった。

＊

陣張りの最中、信長と二人だけの軍評定に及ぶ。そこに注進が入った。篝火の明かりが空の漆黒に吸い込まれる頃であった。

「敵軍に動きあり。長篠城に押さえの兵のみ残し、二万でこちらに向かっております」

三方ヶ原の戦いに際し、長篠城は武田に寝返った。だが武田信玄が兵を退いて後、家康はこれを奪い返している。以来この城は、かつてと同じく武田を食い止めるための拠点であった。

とはいえ、常に多くの兵を入れている訳ではない。そもそも足軽とは、大半を戦ごとに雇い入れるものだからだ。常に多くの兵を抱えておくには、これを賄うに足るだけの財が要る。三河北部、山間（やまあい）にわずかな野が開けているだけの奥三河では、できぬ相談であった。

武田勝頼もそれを見越して奥三河に入ったのだろう。家康は右手の親指を口に運び、爪を噛んだ。

武田領の信濃と徳川領の三河、両国を隔てる山々は透破や物見の一報を遅らせがちである。此度、長篠城が敵の動きを知ってから集め得たのは五百ばかりでしかなく、この寡兵で敵の大軍に抗(あらが)っている。

「ことほど左様に、守るということは難しい」

「長篠は遠からず落ちると、そういう顔だな」

こちらの呟きを聞き拾って、信長が声を向けてきた。平然とした響きに苛立ちを募らせ、家康は最前から噛んでいた爪をついに噛み千切った。

「勝頼とて優れた大将にござる。その男が落ちると判じておるのですぞ」

織田・徳川連合は長篠の救援に動き、その手前、設楽原(したらがはら)に布陣を終えたばかり。そこへ武田本隊が向かって来ている。救援を許さじという構えなのだ。

「あの城を与えては、武田勢は長陣にも耐えられるようになりましょう。何ゆえ信長殿は、そうまで落ち着いておられますのか」

が、どうしたことか。信長はもう話を聞いておらず、ひとり目を細めて何やら考えているらしい。呆気(あっけ)に取られて見ていると、口の中でぶつぶつと独りごち、小さく頷いては再び沈思するに至っている。

「信長殿！」

「ん？　ああ、すまぬな」

ようやくこちらに目が向き、強気の笑みを映した。

「この戦、すぐに勝てるぞ」

「何と。では長篠は」

「落ちぬ。とは申せ、全ては俺の打つ手が間に合えばの話だ」

信長は、真剣そのものの眼差しになった。

「家康殿の下に、不意打ちの巧い者はおるか」

何を考えているのか判じかねる。信長は昔からそういう人だったが、それとて、ものごとの見方が余の者と違うというだけで、訳を明かされれば得心のゆくことが多かった。その人が「すぐに勝てる」と言うのなら、聞いてみなければ始まらぬ。家康は肚を括(くく)り、居住まいを正して返した。

「それなら酒井小五郎(こごろう)にござる」

重臣・酒井忠次。織田との談合、交渉を多く任せており、信長も良く知った男である。

「あやつか。然らば、これへ呼ばれい」

応じて、陣幕で囲われた外に「おい」と呼ばわる。交わされた言葉は小姓も聞き拾っていて、即座に「はっ」と返して走り去った。

「さて。不意打ちとは、武田の本隊に仕掛けるのでしょうや」

きょろりとした目を、わずかに細めて問うた。或いは寡兵で敵の横腹を窺い、自分たちが正面から仕掛けて挟み撃ちにするのか、と。

やれやれ、という眼差しが返された。

「違う。不意打ちは鳶ヶ巣山砦だ。小五郎の他、俺の下から金森兵部も遣わそう。兵は四千、さらに鉄砲を五百」

長篠は東、南、西の三方を川に守られた要害の城で、北側には土塁と堀の備えがある。わずか五百の兵で未だ抗い続けているのは、これがあってのことだ。そういう堅城を攻めるに当たり、武田勢は川を挟んだ東側、鳶ヶ巣山に砦を築いた。この砦は長篠城より幾らか高いところにあって、城の中を窺いながら攻められる。

そこを襲うと聞いて、家康は「あ」と眉を開いた。砦は城攻めの要というだけであって、長篠を囲む五千の全てが入っている訳ではない。四千の兵、五百もの鉄砲で朝駆けを仕掛ければ確かに落とせよう。

「では先に長篠を救い、勝頼の背を脅かすと」

「まあ、そういうことになる。が、それのみではない」

武田勝頼は長篠城を背に、こちらに向かっている。城を救援すれば、すなわち敵の退路を断てるのだ。

「勝頼の打つ手を、ひとつに絞るのだ」

退路を断ち、腹背に敵を抱える形を作ってやる。これを打破せんとするなら、数の少ない背後を捨て置き、織田・徳川の本隊を蹴散らすより外にない。信長はそう言って不敵な笑みを見せた。

「勝頼の本隊は二万、我らは数で勝る」

その上で敵の出方が分かっていれば、万全に迎え撃てるだろう。家康は小さく頷いた。

「武田の兵は強うござる。特に騎馬隊は」

「案ずるな。小五郎と兵部に鉄砲五百を割いても、まだ俺の手許には三千ほど残っておる」

馬が速く走れるのは精々三里（一里は約六百五十メートル）ほどだが、その距離を一気に詰めて来ることこそ恐ろしい。しかし、と家康は得心した。

「なるほど、馬は鉄砲に弱い」

足軽衆なら竹束——竹を束ねて二尺（一尺は約三十センチメートル）ほどの太さに整えた楯を使える。如何な鉄砲とて、竹の硬い筋を幾つも突き抜けられるものではないのだ。ただし束ねた竹は重く、騎馬隊がこれを使うには、足軽に運ばせるか車に乗せて運ぶかだ。いずれにしても、足の速さという馬の利を殺す。ゆえに騎馬隊がこれを使うことは、まずない。

信長は、にやりと頬を歪（ゆが）めた。

「分かったようだな」

「鉄砲で騎馬の足を止めてしまえば、徒歩（かち）勢同士の戦と変わらなくなる。数に勝る我らに分がありますな」

家康は大きく頷いた。力強い笑みであった。

しかし、胸中には自らを恥じる気持ちも強かった。

三方ヶ原の戦いでは、一から十まで武田信玄の掌に踊らされて大敗を喫した。味方のみならず、敵まで思い通りに動かす――信玄のそういう軍略には、恐怖と共に畏敬の念を抱いたものである。

あれから思い続けてきた。自分も信玄の如く、勝つべくして勝つ男になるのだと。然るに未だ甘いままだとは。

信長は此度、敵の動きを知るや、たちどころに思い通りの形を作って戦に臨もうとした。信玄の域に達しているのだ。対して自分は、信長の思惑を看破することさえできなかった。才の違いなのか――自身の至らなさを思うにつけ、笑い顔に寂しいものが混じってくる。

「家康殿。どうした」

信長の声で我に返る。向けられる笑みを見て「何の」と胸を奮い立たせた。

「いえ、何でも」

確かに自分はまだ甘い。しかし信長の先行きを信じ、この人との盟約を選んだ。人を見る目だけは、間違っていなかったではないか。

信長の力と情に頼ってでも、まずは此度の戦に勝つことである。そしていつの日か、この人と本当の意味で支え合える男にならなくては。その思いに、ぶるりと総身を震わせた。

半時（一時は約二時間）足らずの後、酒井忠次が参じた。夜半、酒井は織田家中の金森長近と共に四千を率いて出陣していった。

果たして、日の出を待たずして鳶ヶ巣山砦は陥落した。酒井の奮戦も然ることながら、織田の赤母衣衆、つまり信長の近習である金森も、さすがの戦上手であった。

明けて五月二十一日、設楽原に対峙した武田勢が朝靄を割って突撃して来た。信長の打った一手は、武田勝頼を思い通りに動かしていた。

織田の鉄砲隊は武田の騎馬武者を存分に叩き、先手衆を蹴散らした。が、武田勢はなお勇猛に押し寄せて来る。

「敵、二番手！　山県昌景」

陣に構えられた櫓から声が飛んだ。武田騎馬隊の中でも最強と謳われる者共、具足に朱色を配した一団——山県の赤備えが猛然と突っ掛けて来る。

「あと二町（一町は約百九メートル）」

櫓からの声に応え、信長の号令が飛んだ。

「放て！」

馬防柵の内から、千挺の鉄砲が一斉に火を噴いた。雷鳴の如き音に続き、赤備えの中に具足の朱とは違う血煙の赤が舞う。

「一番、屈(かが)め。続いて二番！」

先に斉射した千が屈み、その後ろに控えた千の鉄砲が武田勢を襲った。赤備えと共に突撃していた相備(あいぞな)えの武者が、そこ彼処(かしこ)で落馬している。すると二番手が屈み、さらに三番手の千挺が追い討ちの斉射を加えた。

山県の赤備えは、蹴散らされた。

以後も武田は三番手、四番手と繰り出してくる。その度に織田の鉄砲隊が射貫(いぬ)き、そこに徳川の徒歩勢が襲い掛かって蹴散らした。

朝に始まった戦は、昼過ぎには終わった。織田・徳川連合軍の圧勝であった。

内藤昌秀(まさひで)、原昌胤(はらまさたね)、山県昌景、馬場信春、真田信綱(さなだのぶつな)、土屋昌続(つちやまさつぐ)――この戦いで多くの重臣・勇将を失った武田は、以後、急速に衰えを見せてゆく。

＊

「信長殿が？」

家康本拠・遠江浜松城に、三河岡崎城から書状が届いた。奉書紙に包んだだけの書状を取り次ぎ、小姓が「はい」と困惑顔を見せた。

浜松に移って以来、それまで本拠だった三河岡崎は長子・信康に任せていた。

信康は信長から名に偏諱を受け、かつ信長の娘・五徳姫を正室に宛がわれている。つまり信長は信康の舅なのだが、鷹狩りのために三河の吉良まで出向き、ついでにと岡崎城を訪ねたらしい。長篠の戦いから三年近くの後、天正六年（一五七八）正月十八日のことであった。

「ついては康忠殿より、ぜひとも殿にお報せせねばと……」

書状の送り主は松平家の庶流、松平康忠。そうと聞いて、家康は眉をひそめた。信康は康忠と不仲だからだ。或いは讒言かと疑いつつ書状を開く。が、読み進めるほどに別の意味で面持ちが曇っていった。

「……すまぬが、急ぎ忠次をこれへ」

酒井忠次を呼ぶように命じて小姓を下がらせ、家康は溜息をついた。

「信康の阿呆め」

書状には、讒言に当たるものは何もなく、事実だけを書き送って来ている。

信長が岡崎を訪ねたのは、鷹狩りのためではない。それが証に、鷹狩りなど一時もしていなかったそうだ。つまりは婿の信康に会うのが第一の目的なのである。

「何ごとです、殿。急ぎの御用とは？」

ほどなく参じた酒井に苦い面持ちを向け、無言で手招きした。と、幾らか困惑顔で入って来る。そこへ手中の書状を力なく差し出した。

酒井は「はて」と書状に目を落とし、少しの後に家康と同じ顔になった。

「織田様がわざわざお越しになられるとは」

「しかも、わしには一言（いちごん）もなくだ」

とは言え、それが気に障ったのではない。

「若と五徳様の不仲……まさか織田様もお聞き及びとは」

酒井が嘆いたとおりである。信長が岡崎を訪ねたのは、恐らく婿と娘を仲裁するためだ。それを家康に報せずにいたのは、気を使わせまいとする厚情に他ならない。

家康は、しかめ面で酒井に向いた。

「ことは徳川家中の話ぞ。如何に五徳の父御なりとて、信長殿を巻き込む訳には参らぬ」

「仰せ、ごもっとも。では、それがしをお召しあられたのは」

「ああ。ちと岡崎まで信康を叱りに参る。その間、浜松を任せようと思うてな」

二日後の早暁、家康は浜松を発った。供回りの者にも馬を使わせ、先を急いで岡崎へ。到着は夜になったが、先触れの者を走らせていたとあって、信康も城に篝火を焚いて父を出迎えた。

「急なお越しで驚きましたぞ。して、如何なる御用にござりましょうや」

本丸館の広間、信康は主座を父に譲りつつ、むすりと発した。もっとも、家康の不機嫌はそれ以上なのだが。

「用向きは承知しておるという顔だ」

「……やはり舅殿のことですか。大方、康忠辺りが報せたのでしょう」

「それは、どうでも良い！」

一喝に、信康は「何を」という目を見せた。そういうところが母の瀬名――家康の正室で家中に「築山殿」と呼ばれる――を思わせ、大きく嫌気の溜息が漏れた。

「何ゆえ五徳を蔑ろにする。あれほど仲が良かったろうに」

「それは五徳が狭量ゆえ。俺は徳川の嫡子、和子を儲けるべく側室を取るも当然にござろう。然るに、ことある毎に厭味を言われては」

五徳は二年前に登久、昨年には熊と、二人の姫を生んだ。しかし男子には恵まれていない。それを案じた瀬名の勧めで、信康は二人の側室を取っている。それぞれ浅原昌時の娘と日向時昌の娘で、瀬名の部屋子をしていた者たちであった。浅原と日向は共に、長篠の戦いに際して武田から降った身。この出自を五徳が嫌うのだという。

「元は武田の者であれ、徳川に降ったからには家臣にござる。その娘を側室に取ったとて、正室なら泰然と構えておるだけの度量がなくては」

信康が目を吊り上げる。なるほど、この言い分は正しい。しかし。

「そも舅殿とて、俺の妹を奥平の室に差し出せと申されたではござらぬか」

奥平は三方ヶ原の戦いで武田に寝返った一族である。その当主・信昌（のぶまさ）を呼び戻すため、家康は信康と同腹の妹・亀（かめ）姫を嫁がせていた。

この手管を取ったのは、確かに信長の助言によるところが大きい。その折も信康は、かつて裏切った者に妹が嫁ぐことへの不満を示していた。とはいえ武田の内情を摑むためには、奥平の帰参はぜひとも必要だったのである。そこは重々言い聞かせてきたというのに。

「舅御を悪（あ）し様（ざま）に申すとは！　それに信昌とて帰参の後は、徳川のため骨身を惜しまず尽くしておろう。勝頼の兵を蹴散らした折も、あの者は長篠を支え続けたではないか」

然り。長篠の戦いに於いて、寡兵で城を支えていたのは、他ならぬ奥平であった。

信康は寸時口を噤（つぐ）んだが、胸の不平は抑え込めないらしく、すぐに大声を返してきた。

「奥平の一件は良しとしましょう。されど舅殿は、徳川には武田の者に娘をくれてやれと言いながら、織田の娘なら武田に不平を申しても構わぬと仰せられたようなもの。岡崎へのお出ましは、そういう話ではござらぬか」

生来、気性の荒い子である。ゆえにこそ槍働（やりばたら）きでは群を抜いて強いが、これでは領国を束ねるにも家臣に大きく苦労をかけるだろう。徳川の嫡子が、それではならない。

「駆け引きとは、そういうものだ。信長殿は徳川を軽んじてなどおらぬ」

「どうだか。およそ此度のことも、五徳が舅殿に告げ口したのに違いありませぬ」

「この、たわけが！　心得違いも甚だしい」

叱るつもりでここに来た。だが、腹を立てるつもりはなかったというのに。

「おまえの不行状が、外に漏れぬとでも思うておるのか」

仲がこじれて以来、信康と五徳の間には言い争いが絶えないと聞く。その苛立ちゆえであろう、昨今の信康は家臣領民への粗暴な振る舞いが目に余った。

「このままでは家臣に見限られよう。領民にも嫌われよう。それで家を守れるのか。いざ敵が攻め入って来た時に、手引きをする者を出すのが関の山だ」

怒りに任せて怒鳴り付けるも、家康は努めて自らの心を落ち着けた。そして、言葉を尽くして諭す。おまえは徳川の嫡子、ゆくゆくはこの家康の後を継ぐべき身なのだぞ、と。

「三河と遠江、二つの国を守るのが如何に難しいか。分かるであろう」

「分かりますとも。そのために父上は、舅殿の家臣にも等しき扱いを容れておられます」

落ち着けていたはずの胸に、再び激しい火が点いた。家康とて荒々しい三河武士である。ひとりでに腰が浮き、右手が固く握られた。

振り上げた拳に、信康が「殴りたければ好きにしてくれ」という顔を見せる。我が子を情けなく思う気持ちに、ゆるゆると拳が下りた。

「……頭を冷やせ。わしも、そうする」

いずれ、また話しに来る日もあろう。そう残して広間を後にした。

家康は、宛がわれた一室に眠れない夜を明かし、日の出と共に浜松に帰った。

以後、信康の行状は目を覆いたくなるほどに荒れていった。

ある時は鷹狩りに出て、ひとりの僧侶を縄で縊り殺した。狩の折に法体に出会うと獲物が減ると言われるが、それゆえ、偶然に出会った僧に腹を立てたのだという。

夏になって領民が盆踊りを楽しんでいると、信康は、身なりの貧相な者や踊りの下手な者を面白半分に矢で射殺したという。あまつさえ、これを聞いた家康が咎めると、信康は臆面もなく言った。殺した者は敵の間者だった、と。

「え？　いや殿。これは。まこと……よろしいのでしょうや」

手渡した朱印状を一見して、酒井忠次が声を震わせた。

「若を見限れと、そういうことでは」

家康は「そうだ」と大きく頷いた。三河国衆は今後、岡崎に詰めること無用なり――それを命じる朱印状であった。父としては無情な差配なのかも知れない。しかし。

「口で言うて分からぬなら、殴るしかない」

行状定まらぬ者には、国衆とて従いたくはなかろう。彼らを安んじ、かつ信康に灸を据えねばならない。辛(つら)い決断、差配であった。

*

信康にきつい灸を据えて、ほぼ一年が過ぎた。その間、徳川領は平穏だった。長篠の戦いで手痛い敗北を喫し、武田勝頼が侵攻の手を緩めているがゆえである。

とはいえ、武田は未だ甲斐・信濃・駿河に大国を保っている。それだけに、折に触れて織田との談合は欠かせない。天正七年（一五七九）八月にも酒井忠次を使者に立て、互いの知るところを報せ合っていた。

その酒井が浜松に戻った。予定より二日も早い。

「と、殿」

居室に参じた酒井は明らかに慌てていた。或いは武田に見過ごせぬ動きでもあったかと、家康は目元を引き締めた。

「何とした」

「まずは、これを」

嗄(か)れた喉を大きく上下させ、文箱を差し出してくる。黒光りする漆塗りは、信長が使うものであった。やはり大事があったかと紫の紐(ひも)を解(ほど)き、中を検める。

目を走らせるほどに、家康の身が小刻みに震え始めた。

家康正室・築山殿、ならびに嫡子・信康、武田に内通せり。ついては両名、誅されんことを望む。そう記されていた。

「忠次……これは、いったい」

教えてくれ。どういうことなのだと眼差しで語る。酒井は息苦しそうに、幾度も言葉を切りながら語った。

「昨年の九月、殿より、若に折檻の儀。若が、これを恨んで……と」

三河国衆に、岡崎に出仕は無用と命じた。勘当同然の扱いを恨んだ信康が、母と共に武田に内通した。伝手は信康側室たちの父、浅原昌時と日向時昌。それが信長の言い分であるという。

「五徳様から、左様に報せがあったと。それがしが、書状を。運んで……しまい」

使者に立つに当たり、酒井はまず浜松から岡崎に向かい、一夜を逗留するのが常であった。信康の様子を見て家康に報じるためである。それが此度、五徳に召し出されて書状を託されたのだという。

「まこと、申し訳次第もございませぬ」

落ち着かぬ息で平伏している。家康は「いや」と身の震えを抑え込んだ。

「其方のせいではない」

折檻を受けた身であれ、信康が嫡子であることに変わりはない。そして五徳が信康の正室である以上、酒井にとっては主筋なのだ。五徳が信長に宛てたものなら紛うかたなき親披――親展の書状である。何が記されているか、酒井が検める訳にはゆくまい。五徳の讒訴か。それとも本当に信康は父に背き、舅に背いて武田に通じたのか。

「帰り道で、岡崎には？」

「寄り申しました。若に問い質しましたところ、身に覚えなしと」

そう聞いて、家康は心中に「阿呆め」と自らを一喝した。内通、謀叛の疑いをかけられて、認める者がどこにある。分かりきった返答ではないか。そして、ことは申し開きひとつで済むものではない。織田と徳川の盟約、その根幹を揺るがす一大事なのだ。

「信長殿は、他に何か仰せられていたか」

やっとの思いで掠れ声を出す。酒井が平伏の体から顔だけを上げた。

「はっ。俺を認めぬ者を、許す訳にはいかぬ……。家康殿も、不肖の子を成敗できて安堵するのではないか、と」

家康は固唾を呑んだ。信長は信康の不行状を承知していた。折檻を加えるに至った経緯とて、知っていたと思って間違いない。或いは、信康のあることが両家の障りになると考えたのか。

思う一方、ひとつ引っ掛かるものがあった。

「おい。それだけか。もっと他に何か」

胸中の違和を持て余し、なお問うた。酒井は目を固く瞑り、思い出せ、思い出せと焦燥の面持ちになる。そして再び目が開かれた。

「もうひとつ、仰せられました。家康殿は変わらず俺を認めてくれているかな……と」

「む？」

先と同じ違和があった。信長の言葉。信康は俺を認めぬ。家康は変わらず俺を認めてくれているか。認めるという一語に、どこか穏やかならぬものを感じた。

ゆっくりと瞼が下がってゆく。どういうこと、なのだろうか。

いや待て。何か分かりそうな気がする。頭の奥、幾重にも重なる扉の向こうに——。

「うっ」

呻き声ひとつ、ぴくりと眉が上がった。

ひとつだけ、思い当たることがあった。遠い昔、清洲で盟約を結んだ日である。

『かつて大うつけと蔑まれた俺を、そうまで認めてくれたとは』

あの時も信長は、確かに「認める」と口にしていた。

両家盟約の後、信長は美濃の斎藤義龍を攻めると言った。実父・斎藤道三を討って美濃を奪った男を許す訳にはいかぬと。

母に疎まれて育った。皆に大うつけと侮られてきた。そういう身を、父の信秀と舅の道三だけは認めてくれた。道三に弓引いた義龍は、この信長を愚弄したに等しい。そういう話を聞かされた覚えがある。

では、認めるとは何か。

信康は俺を認めぬゆえ討てと、信長は言う。なるほど、謀叛や内通は認めるということの対極であろう。とはいえ、不肖の倅でも我が子である。殺せと言われて殺せるはずがない。それが親の情というものだ。元来が情に篤い信長のこと、この気持ちを伝えて嘆願すれば、或いは。

そう思うも、しっくり来ない。違和は消えるどころか、さらに膨らんでいる。

「認める。認めない……」

そこに答があるはずなのだ。信長と自分の関わり。信長という人の、これまで。

清洲で盟約を結んだ。美濃を制した信長は足利義昭を奉じて上洛、天下の権を摑んだ。然る後に朝倉義景を討伐に向かうも、義弟・浅井長政の裏切りに遭って大敗。やがて信長は義昭にも疎まれて——。

「いや待て。まさか」

「と、殿？」

途切れ途切れの呟きに、酒井が怪訝な声を返す。だが今は、それに答えるだけの余裕がない。

「裏切り。浅井長政。認めない。公方様も」

頭の中が、どろどろに捏ね回されている。あれこれの話が渦を巻く。

「殿！」

強い呼びかけに驚き、顔が撥ね上がる。

その拍子に、全ての糸が一本に繋がった。

「……忠次。信長殿は申されたのだな。家康は変わらず俺を認めてくれているか、と」

「え？　あ、左様にござります」

「如何な佇まいであった」

確かめるべく問う。酒井は何が何やら分からぬ、いたたまれない、という顔で返した。

「その。平然と、笑っておられました。ただ、目だけは恐ろしく」

息を呑んだ。もしや、こういうことではないのか。

認めて欲しい。信長は、ただそれだけで生きてきたのでは。

母に疎まれて育った。子が誰より頼みに思うのは母であり、母の慈愛は得られて当然のもの。それを、信長は得られなかった。

だからこそ、代わりになるものを求めてきた。皆に認められることで、心を保ってきた。そういうこと、ではないのか。

辻褄が合う。信長は徹頭徹尾、自らを裏切った者に容赦がない。裏切られ、否を突き付けられることは、信長にとって安息と静謐を乱す絶対の悪。それ以外の何物でもないのだ。

今にして思えば、それは初めから見えていた。織田との盟約に際し、清洲に出向いたあの日からである。

信長は初め、いささか冷たかった。この家康が自らの意思で今川を見限った、つまり裏切ったと誤解していたからだ。家康はいつか自分をも裏切り、否を突き付けるのではないか。その警戒こそ、あの冷ややかな姿の土台ではなかったか。

頭の中で一本に繋がった糸に、次々と別の糸が撚り合わさって、次第に太くなる。もしや、の仮定が強い確信に変わってゆく。

家康は「何たることか」と大きく嘆息した。

「わしは長らく、取り違えておったのやも知れぬ」

「織田様を？」

身震いと共に頷き、たった今行き着いた「織田信長という人」について語った。話すほどに酒井が色を失ってゆく。

「されど殿は、織田様は情に篤いお方だと」

「長らく左様に思うてきた。いや……それに間違いはなかろう。ただし」

その厚情は「信長を認めている限り」に過ぎない。認めぬ者は、すなわち敵。その場では良い顔を見せたとしても――。

「いつか必ず、息の根を止めずには置かぬ」

「織田様の情とは。左様な」

「ひと言で申さば、歪んでおる。呪われておると申しても良い」

認めて欲しい。だから大業を成した。さあ認めてくれ。

もっと大きなことを成した。

よし、次はもっと大きなことを。

それを繰り返して信長は生きてきた。この先も、さらなる大業を望んでゆくだろう。だが立場が上がり、力が増せば増すほど、それを認めてやれる、つまり頭を撫でてやれる人は少なくなる。そして。

世の頂に立った時、信長を認めてやれる者は、誰もいなくなる。

「その時、信長殿には全ての人が敵に見えるであろう」

家康はうな垂れて、ゆっくりと首を横に振った。信康を殺せと求めてきたのだ。長らく手を取り合ってきた盟友の、嫡子を。それが何よりの証ではないか。

「信長殿の望みは永劫に満たされぬものぞ。左様なものを抱いたがゆえに」

心こそが、人を人たらしめる。そのはずだ。何かを望むのも、人ゆえにこそと言えよう。にも拘らず、際限のない望みを抱いた途端、心は猛毒と化して人を壊す方に働く。

「左様なお人なのだ。心底……恐ろしい」

酒井は、がたがたと震え始めた。

「まさか殿」

小さく頷いて返した。断腸の思いである。それでも容れざるを得ない。この、無念を。

「信康と瀬名を、討つ」

信長の真実が見えた以上、他に道はない。信康を庇(かば)うとは、信長に異を唱えること。さすれば信長は、間違いなく徳川を敵と看做(みな)す。

「我らの兵は一万五千。織田は十万、二十万と動かせるのだ」

かつて信長を苦しめた者たち、朝倉と浅井は既に滅んでいる。密命を発して諸国を動かした将軍・足利義昭も京を追われた。武田は長篠の戦いで大きく傷を負い、しばらくは動けまい。一向一揆勢も、越前と伊勢長島(いせながしま)の門徒を潰されて以来、すっかり力を失った。

この状況なら、信長は迷わず全力で徳川を潰しに掛かる。万にひとつも勝ち目はない。

そこについては酒井も得心したらしい。が、涙を落としつつ、なお異を唱える。

「とは申せ、若は殿の、御自らのお子ではございませぬか」

45th ANNIVERSARY
集英社文庫
http://bunko.shueisha.co.jp

よまにゃ

一冊あれば、
旅に出るより遠くに行ける。

「わしとて辛い！」

悲痛な叫びと共に、涙が溢れ出た。

「されど……されど。親子の情に流されて、道を違えては」

当主の決断には家臣領民の命も懸かっている。滅びると分かっていながら、その道を選ぶ訳にはいかないのだ。

「信長殿は心の望みに従うのみであろう。わしは、押し殺すぞ。我が望みを」

「承知……仕りました」

震える声で語り、力なき身を嘲って薄笑いを交わす。然る後、二人は声を上げて泣いた。

数日の後、八月二十九日。家康正室・瀬名は、徳川家臣・岡本時仲と野中重政に首を刎ねられた。そして九月十五日、家康嫡子・信康は自害に追い込まれた。

以後、徳川は織田と対等の盟友ではなくなった。家臣同然、かつての信康の言葉そのものであった。

徳川を潰さぬため。信長に睨まれぬため。家康が思うことは、他に何もない。

＊

天正十年（一五八二）三月二十四日、信濃は諏訪大社本宮の隣、法華寺。森に囲まれた寺の薄暗い本堂、織田家中の面々に加わって列を成す中、家康の名が呼ばれた。

「右近衛権少将（うこのえごんのしょうしょう）、徳川家康殿」

畏（かしこ）まって「はっ」と応じ、前へ進む。主座から二間（一間は約一・八メートル）を隔てて座り、丁寧に頭を下げた。

「面を上げられい」

信長の、やや甲高い声。幾度となく耳にした響きが喜悦に満ちている。これに従い、ゆっくりと平伏を解いた。

「武田征伐の大勝、まことに、おめでとう存じます。全ては上様がご威光ゆえのこと、敬服の至りに存じ奉ります」

同年二月、信長は武田攻めの戦を起こした。三月十一日には武田勝頼を自刃に追い込み、戦は大勝に終わった。徳川勢も遠江から駿河へ進軍、調略を駆使して武田勢を切り崩している。上々の戦果であったが、全て信長の力あってこそと、家康は「認める」ことに徹した。

信長は幾らか照れ臭そうな笑みを見せた。

「そう畏まるな。俺と其方の仲であろう」

「身に余るお言葉にございます」

互いの仲という言葉を、そのまま受け取って良いのだろうか。緊張は解けない。と、信長は少し湿っぽい溜息をついた。

「竹千代」

幼き日、清洲で過ごした頃の名である。いささかの驚きに、家康の顔から力が抜けた。信長が昔を懐かしむような笑みを浮かべる。当年取って四十九、やや面長のつるりとした頬にも、少し皺が目立つようになっていた。

「おまえは長らく俺の友でいてくれた。が、ゆえに辛い目を見せた日も多かったな」

それに報いたいのだと、信長は言う。次いで笑みを流し去り、厳かに続けた。

「徳川殿。駿河一国を取られるが良い」

甲斐、信濃、駿河、および上野（こうずけ）の西半国。攻め取った武田領のうち、一国の全てを与えるという。この厚遇は徳川を敵と看做していない証であろう。そこに胸を撫で下ろす気持ちにこそ、笑みが漏れる。駿河一国の沙汰など余禄（よろく）でしかなかった。

諸将に新恩や褒賞が与えられてゆき、やがて論功行賞が終わる。信長が下がるのを見届け、家康は寺に宛がわれた宿坊に入った。

その、途端であった。

「おまえが何をした！」

遠く――とはいっても、同じ法華寺の中であろう、激しい罵声が渡って来た。信長の声だ。共にある重臣たちが驚いて顔を見合わせ、外に控える小姓が「殿」と慌てた声を寄越す。

ひやりとしたものを覚え、腰を上げて障子を開けた。剣呑な物音、信長の乱れた叫び声、それに紛れた苦しげな悲鳴。何が起きているのか朧げに察せられ、思わず足が竦んだ。

信長の怒号と物音は少しの後に消え、廊下を荒く踏み鳴らす足音が遠ざかっていった。詰まっていた息が、大きく抜けた。

「様子を見て参る。其方らは、ここにおれ」

家臣たちを残し、先に音がした方へ。行き着いた先の廊下には、織田家中第一の重臣・明智光秀が倒れていた。顔を腫らし、鼻からは血が。痛みのせいで思うように動けず、芋虫の如く身をよじっていた。駆け付けた織田家中も、惨状を目の当たりにして遠巻きに見守るのみである。

正直、関わり合いになりたくない。だが誰も助けようとしないのが不憫に思えて、家康はおずおずと近付いた。

「明智殿」

抱え起こし、まずは、と座らせる。

「……徳川様。忝う存じます」

口の中を切ったか、唇の端からも血を滲ませている。

「何があった。上様のご機嫌を損ねるもの言いでも？」

問うと、明智は悲しげに涙を滲ませた。

「滅相もない。此度の戦勝、我らも骨を折った甲斐があった……とだけ」

返される言葉も小声である。背筋に嫌な痺れを覚え、家康は息を呑んだ。

明智はただ戦勝を喜び、平穏な日々が戻ったことを安堵しただけである。だが信長には、違う聞こえ方をしたのではないか。我らも骨を折った甲斐があった——そこには信長の存在を「認める」言葉が含まれていない。大業を成したのは、家臣が懸命になったから。信長には、そう聞こえたのだ。

家康は「嗚呼」と嘆息した。

立場が上がり、成し遂げる業が大きくなるほどに、認めてくれる人は少なくなってゆく。信長自身、ぼんやりとかも知れぬが、それに気付いているのだ。詰まるところ、明智への仕打ちは不安の表れなのである。

信長の心は、ついにそこまで来てしまった。果てのない望みに蝕まれ、自らを壊し、壊れたことへの自覚がないまま不安に怯えている。

「上様が」

このまま上り詰めてしまったら、どうなるのか。その思いが家康の胸に伸し掛かった。

「上様が？」

明智の怪訝な声に、我に返って目を向ける。殴られ、蹴られた当人は、その理由を未だ察していないようであった。

「いえ、何でも」

有耶無耶に言葉を濁した。

しかし、明智は切れ者である。話したところで、すぐに信じてもらえるとは思えない。いずれ己と同じ見方に行き着くのではないか。この男なら、織田に仕え続けた日々の記憶から、いずれ己と同じ見方に行き着くのではないか。ただ、そうだとしても少しばかり時を要する。

「ともあれ、まずはお体を労られよ」

言い残して立ち、未だ身を強張らせたままの織田家中に目を向けた。努めて胸を落ち着け、一同に頷いてやる。ひとり二人と、縛めを解かれたように明智に近寄り始めた。

明智とはいずれ、信長について何かを語り合う日が来るかも知れない。が、今日のところはここまでであろう。

家康は後を任せて宿所に戻った。足も体も、ずっしりと重かった。

＊

「京の町は華やかにござりましたな」

堺の町に至って宿所に入ると、酒井忠次が柔らかな笑みを向けてきた。家康は「ん」

と軽く頷きつつ、呆け顔であった。

「おや。如何なされました」

「大事ない。ちと疲れてな」

疲れている。或いは、気が抜けている。訳があった。

武田征伐の論功行賞から二ヵ月余、五月も末である。家康と供回りの重臣たちは、昨日まで信長の案内で京を見物していた。その前には武田攻めの大勝を祝し、織田本拠・安土で歓待を受けたものだ。しばらく信長と共にあって気の休まる暇がなかった。心身を縛る見えない縄から解き放たれ、ほっとしたというのが正直なところである。

家康は両手を「うん」と突き上げ、体を伸ばした。腕を下ろして総身の力を抜くと、頭から血が引いて軽く眩暈がする。

「今宵は早々に休む。其方らも、遅うまで浮かれておるでないぞ」

重臣たちが「はっ」と頭を下げた。

小姓のみを連れて宿所に入り、すぐに寝床の支度をさせて身を横たえる。灯明を消して暗い天井を見上げ、ぽつりと呟いた。

「毛利攻めに、四国攻めか」

西国の雄・毛利輝元と織田は、かねて山陰・山陽で争っている。それに加え、六月を期して四国の長宗我部元親を討伐に向かうという。総大将は信長の三子・信孝で、この閲兵のため信長は京に留まっていた。

「毛利はさて置き、四国は」

一年を待たず織田の軍門に降るのではないか。数年後には毛利とて危うい。

「それにしても。明智殿は気の毒よな」

安土で歓待を受けた折、家康の饗応役は明智であった。だが信長から「膳が違う」と叱責されて役目を免じられ、毛利との戦に遣られてしまった。明智は未だ信長の真実に——少なくとも自分はそう確信している——辿り着いていないのだろうか。

「長宗我部を下さば、またひとつ。毛利を下さば、さらにひとつ」

信長の立場が上がる度に、心の歪みは増してゆくはずなのだ。

「明智殿……それでは」

散々な扱いを受けて、明智とて諸々を自問してきたはずだ。早く気付いて欲しい。あの男となら、この息苦しさを分かち合えるだろう。二人でなら、或いは信長の歪みを正す道とて見付かるやも知れぬ。何より、ひとりで耐え続けるのは辛い。

思いつつ、眠りに落ちていった。

徳川主従はその後、数日を堺に逗留した。豪商たちの町はあれこれの文物、南蛮渡来の品々に満ち溢れている。珍しいものを目に楽しみ、皆が土産などを買い求めて過ごし。

そして、その朝を迎えた。

「も、申し上げます」

六月二日、朝餉を終えた頃であった。参じた小姓は慌てふためいて、青い顔をしている。

「どうした」

怪訝に思って眉をひそめ、問う。驚愕の一報が届けられた。

「お、おお、織田様！　討たれてござります。謀叛、明智が謀叛」

愕然とした。

明智の謀叛。法華寺の一件を腹に据えかねたのか。或いは安土でのことか。もしや、あの男も信長の真実に辿り着き、討つ以外になしと判じたのか。

仔細は分からない。しかし、死んだのだ。明智の謀叛で。

あの、信長が！

「皆を、皆を集めよ。す、すぐに。早う！」

動転して命じる。しばらくの後に参じた供回りも、皆が家康と同じ面持ちであった。

「殿は織田様とは無二の盟友、遠からず明智の兵はこれへ向きましょう」

ぐずぐずしている暇はない、早々に逃げなければと酒井が言う。石川数正、本多忠勝、井伊直政、榊原康政、大久保忠佐など、並みいる重臣たちも同意した。

「されど、どこから逃げる」

堺から三河、遠江へ向かうなら、京に戻って東山道を取るか、さもなくば紀州を海沿いに回って伊勢を目指し、そこから船を使うより外にない。だが京には明智の兵があり、また紀州には地侍・雑賀衆がある。雑賀衆は一向一揆に与して信長に抗い続けた者共である。徳川が織田と一心同体と見られている以上、この道も取り得ない。

すると、供回りから服部半蔵が声を上げた。

「然らば、伊賀を越えては如何かと」

本来、それも危うい話であった。信長はかつて伊賀を攻め、三万人を撫で斬りにしている。徳川主従を見逃してくれるとは思えない。だが服部は真剣そのものであった。

「我が服部家は伊賀忍びの出、この伝手で必ずや道を拓いてご覧に入れましょう」

服部の父・保長は、伊賀を抜けて室町十二代将軍・足利義晴に仕え、後に家康の祖父・松平清康に仕え直した男である。清康が五十年近く前に没していることを思えば、服部と伊賀の繋がりなど既に消えているに等しい。が、それでも唯一の伝手には違いなかった。

「致し方あるまい。参るぞ、皆の者」

堺を出て東へ、東へ。山を越え、谷を越えて伊賀に踏み込む。

服部はひとり先駆けし、伊賀衆を説き伏せに掛かっていた。幸い、これに応じる者はあった。が、そうでない者もあって当然だった。

「掛かれ！」

細い山道の両脇から地侍たちが湧き出で、家康一行に襲い掛かった。

「何の。殿、ここはお任せを」

井伊が奮戦し、伊賀忍びたちを食い止める。本多が手を貸し、余の者もこれに加わった。

「すまぬ。死ぬでないぞ」

如何にせん多勢に無勢である。この身が潰えれば徳川は滅亡、それだけは避けなければと、家康は家臣たちを恃(たの)んで先を急いだ。

ただ、ただ逃げ走った。味方に付いた伊賀衆を信じ、その手引きに従って。

夜に至って、どうにか伊賀を抜けた。地侍を食い止めていた者たちも、三々五々、合流してくる。命を落とした者はなかった。

そして、夜明けの少し前――。

「殿、殿！　船を借りられましたぞ」

酒井の声に、家康は「おお」と安堵の息をついた。船を出してくれたのは、伊勢の商人・角屋七郎次郎(かどやしちろうじろう)であった。

主従を乗せた船が湊(みなと)を滑り出して行く。夏六月の波頭(はとう)に目を泳がせ、家康の面持ちはどこまでも平らかだった。

「ようやく、人心地が付きましたな」

酒井に話しかけられ、ぼんやり「ああ」とだけ応じる。拍子抜けした顔が向けられた。

「伊賀越えを終えたばかりで、ずいぶん落ち着いておられますな」

「ん？　ああ、いや。やはり、あれは生きた心地がせなんだわい。ただ」

「はい。ただ、何でしょう」

狐につままれたような顔を見て、家康は「ふふ」と含み笑いを漏らすのみであった。

酒井の言うとおり、自ら驚くほどに落ち着いていた。

いつどこから襲われるか分からぬ伊賀は、確かに恐ろしかった。が、信長の恐ろしさに比べれば幾らか気が楽だったとさえ思える。

あの人が消えて、この先の世はどう転んでゆくのだろう。それを思えば不安は尽きないが、今ばかりは信長の恐怖が消えた安楽の方が勝っている。

織田信長。永劫に満たされぬ望みを持て余し、胸中に毒を生んで怪物と化した男――。

「望み……か。上様はそれゆえに、不自由であり続けたのだろうな」

だが、生きてゆく上で諸々が自由になる方が稀なのだ。自分にはそれが良く分かる。幼き日を人質として過ごした。信長の盟友となり、力で自由を奪われてきた。挙句、我が子さえ死に追いやらねばならなかった。そうやって、これまでを生きてきたのだから。

「はて。殿の仰せ、それがしには何とも」

困惑顔の酒井を見て、またひとつ「ふふ」と笑った。今度は含み笑いではない。力強い笑みであった。

「忠次。信長殿がいなくなったのだ。わしにも天下の目があるとは思わぬか」

「お？　おお！　天下とは、これまた大きく出られましたな。されど」

大志を抱くのは良いことだと、酒井は顔を紅潮させる。乱世に生を受け、数奇な生い立ちの上で三ヵ国の大名にまで成り得たのだ。上を見ようではないか、と。

家康は波へと目を戻した。大志、野心。そういうつもりではないのだ。

常に上を見て、どれほどを得ても満ち足りず、なお多くを求める——信長に似た者では、周りを、ひいては世を不幸にするだろう。だが自分は、この家康は、重々承知している。不自由な思いなど常なる話、人と世の理(ことわり)なのだと。世の頂に立つのは、そういう者の方が良いはずだ。全き自由や満足など絵空ごとだと、人々に言ってやるべき立場なのだから。

険しき道ではあろう。だが、胸に定めた思いには一片の迷いもない。当年取って四十一歳、孔子の「論語」に言う不惑も過ぎている。

「お。あれは」

家康の頬に、柔らかで力強い笑みが浮かんだ。

紺碧(こんぺき)の先、朝靄の中に陸(おか)の影。左手にある知多(ちた)と共に内海を抱え込む、渥美(あつみ)の地である。

三河が、見えてきた。

其之三　真田昌幸

障子を開け放った広間は明るく風通しが良い。ただ、涼しいとは言い難かった。ゆるゆると流れ込む風が夏草の青臭さを運び、蒸し暑さを助長する。そうした中、家康は依田信蕃（よだのぶしげ）を三河岡崎城に召し出した。重臣・酒井忠次を従えて接見している。

「早速だが、信濃に入って欲しい」

数日前、天正十年（一五八二）六月二日。天下人・織田信長が京の本能寺（ほんのうじ）に横死した。明智光秀の謀叛による。

その折、家康は京にほど近い堺にあった。兵は連れておらず、共にあるのは近臣のみ。狙われては敵わじと、決死の思いで伊賀を越え、二日後にこの岡崎に辿り着いた。

疲れを口にしている暇はない。戻るなり、世の動きに応じるべく諸々の手を打ってきた。依田に命じた信濃入りも、そのひとつである。

「お主が父は芦田の城主であった。ゆえにお主も、佐久郡の辺りは良う存じておろう」

「はっ。して、それがしは何をすれば」

この年の三月、信長が武田勝頼を滅ぼしている。武田旧領のうち駿河は徳川領、甲斐と信濃、西上野は織田領となった。それからわずか三ヵ月で信長が横死したのだから、織田領となった各国は混乱していよう。依田も心得たもので、確かめるように問うてきた。

「織田の領を奪うべく楔を打ち込む。で、よろしいのでしょうや」

「先々は……な。されど、まずは織田と手を携えねば」

武田旧領には織田に所領を奪われた武田旧臣が多く潜んでいる。それらにとって、信長の死は巻き返しの好機であろう。徳川領となった駿河にしても事情は大差ない。

「一揆でも起きれば、駿河まで乱れる恐れがある」

第一にこれを防ぎたい。また、織田に助力する裏で武田残党を手懐ける必要もある。所領を切り取るのは、その後で良かった。なぜなら、少し経てば織田の家臣たちは自ら甲斐や信濃から退去するはずだからだ。

「三七郎殿の文をな。透破が届けて参った」

信長三子・信孝である。明智に弔い合戦を仕掛けるゆえ、徳川も兵を出して欲しいという申し入れであった。

「織田の者にしてみれば、いつ一揆が起きるか分からぬ地におるより、これを機に弔い合戦に行きたくなる。それが人情であろう」

「なるほど。委細、承知仕った。お助けいただいたご恩に必ずや報いましょうぞ」

太い眉、肚の据わった顔で一礼し、依田が下がって行く。その足音も聞こえなくなると、ずっと黙っていた酒井が小声を寄越した。

「信用して良いのですか」

「信蕃か？　無論だ」

織田や今川の人質であった幼き頃は、人の顔色を窺い、誰を信じて良いのか見極めながら育ってきた。そうして培った目には自信がある。

「口にしたことは違えぬ男よ。二俣城の時のこと、覚えておろう」

依田はかつて武田に仕えた男で、織田・徳川連合が武田勝頼を圧倒した戦――長篠の戦いの折には遠江の二俣城に入っていた。武田本隊を蹴散らして後、家康はこの二俣城を攻めたのだが、依田の見事な防戦に阻まれ、どうしても落とせなかった。

そこで、将兵の助命と引き換えに城を明け渡すよう求めた。籠城を続けても武田の援軍は見込めないのだから、時と命を無駄にするべからずと。

酒井は「ふむ」と頷いた。

「確か……雨降りの中で退くは敗残の者のようで見苦しいゆえ、晴れた日にしてくれと申したのでしたな」

「その約束を、きちんと守った」

しかも、城の隅々まで掃除してあった。これには大いに感心したものだ。

二俣城を退去の後、依田はそこから東の高天神城に入って固く守り、徳川に抗った。武田滅亡の戦では駿河の田中城を守り、勝頼が自害に及んでなお、主君が黄泉に渡った証がなければ降る訳にはいかないと言って信濃に戻った。

忠実無比、かつ戦上手で心が強い。だが勝頼の没後まで織田に抗い続けたとあって、信長に粛清される見込みは大きかった。家康は依田の人柄を惜しみ、密かに浜松に迎えて、そのまま遠江に匿ってきた。同じように身を安んじてやった武田旧臣は幾人かいる。

「そういう奴が、我が恩に応えたいと申したのだ。決して違えまい」

「なるほど……。言われてみれば、まさにそのとおり。然らば信濃は信蕃に任せましょう」

ひとつ頷き、酒井は「ところで」と話の向きを変えた。

「先に甲斐へ遣った三人からは、何ぞ報せて参りましたろうか」

「ない。未だ何も」

家康は小さく頭を振り、ぼやくように返した。

酒井の言うとおり、幾日か前、甲斐にも三人を送り込んでいた。まず岡部正綱を駿河に近い巨摩(こま)郡の下山(しもやま)に入れた。さらに国主・河尻秀隆(かわじりひでたか)の許には、本多信俊(のぶとし)と名倉信光(なぐらのぶみつ)を遣わして助力させ、もし河尻が本領に引き上げるつもりなら援護するよう命じてある。だが、何より知りたいのは武田旧領の内情である。信長亡き今、世の動きは恐ろしく速い。信を置く家臣を差し向けているのは、打つ手を過たぬための備えだった。

「とは申せ、甲斐に三人を遣ったのは一昨日(おととい)だ。今は待つしかあるまい」

依田を含み、皆の顔を思い出して、心中に「巧くやれよ」と念じた。

数日の後、依田が父の故地・芦田城に入った。以来、諸々を報せてくる。中でも耳寄りな話は、信濃国主・森長可(もりながよし)が本領の美濃へ引き上げを考えているという一報だった。

一方、甲斐からは何の音沙汰もない。三人もいながら何をしているのかと焦(じ)れ始めた頃、ひとりが戻って来た。本多信俊と共に河尻秀隆の許へ遣った、名倉信光である。

だが、様子がおかしい。ほうほうの体という有様である。

それもそのはず、驚愕の一報を携えていた。

「信俊が斬られ申した。河尻に」

「何と」

寸時、言葉を失った。名倉は身を小さくして仔細を語った。

聞けば、甲斐では武田残党の一揆が囁かれていたらしい。そして河尻は、家康こそが一揆を唆(そそのか)していると邪推したのだという。

「引き上げを助けると申すのは、徳川に都合が好すぎる話ぞ……と。左様に勧めることこそ、武田残党を操っておる証じゃと、河尻は申しまして」

「河尻……目が曇ったか」

家康は嘆いた。信長を失い、織田の者はこうも取り乱しているのか。

確かに武田旧臣を手懐けようとはした。だが、誓って河尻の言うようなことはしていない。一揆が起きれば徳川にも火の粉が飛ぶやも知れぬ。それは望まないのだ。

そもそも、少し考えれば分かりそうなものである。本多と名倉が甲斐に入ったのは六月十日、対して家康が伊賀越えで三河に戻ったのは六月四日。どれほど策略に長けた者でも、この短い間に一揆の扇動などできる訳がない。

「信俊も左様に申したのですが」

しかし河尻は聞く耳を持たず、本多を斬り捨てた。これを知った武田残党は、その明くる日に一揆を起こした。盟友の使者を疑うほどに乱れているなら、十分に勝ち目ありと踏んだのであろうか。

ここに至り、河尻は慌てて逃げに転じた。しかし六月十八日、あっさり一揆勢に討たれてしまったという。

家康は眉を強く寄せた。

「いかん。忠次、元忠！　これへ」

大声に応じ、酒井忠次と鳥居元忠が参じる。顔を見るなり即座に命じた。

「忠次、今すぐ兵を整えよ。甲斐に出陣致す。元忠は信濃へ向かうべし。信蕃が連れた兵は少ないゆえ、五百ほど増してやれ」

「え？　あ……はっ。では甲斐と信濃を取るのでしょうや」

こちらの剣幕に幾らか戸惑いつつ、酒井が問うた。家康は力なく頷き、大きく溜息を返す。そして本多信俊が討たれたこと、河尻が一揆勢に敗れたことを手短に語った。

「武田残党を手懐けてからと思うておったが、急がねばならぬ」

武田旧領のうち、西上野には既に関東の雄・北条が兵を差し向けていた。その数、実に五万六千。そうと知りつつ確かな報をこそ重んじ、また地均しを先に立てた訳は、二つあった。

まず、徳川が北条ほど兵を持たないからだ。手に入れて未だ三ヵ月の駿河には軍役を命じにくい。すぐに動かせる数は、やはり元々の領国・三河と遠江の一万五千のみであった。

次に、北条が西上野を奪うには少し時を食うと見ていた。西上野を守るのが、歴戦の雄・滝川一益だったからだ。

滝川はかつて、長らく一向一揆勢と戦った男である。どれほど蹴散らそうと、後から後から湧いて出る――そういう敵を相手にしてきたのだ。混乱の中で北条の大軍に攻められたとて、しばらくは持ち堪え、体面を保って退くだけの力はあるはずだった。ならば、その間に甲斐と信濃を調べ上げれば良い。そして武田残党を語らい、少ない兵と手数で両国を切り取るべし。そのつもりだったのに、甲斐の一揆で筋書きが乱れてしまった。

「河尻が一揆に討たれたと知らば、武田の残党は気が急（せ）いてくる」

河尻秀隆は織田の黒母衣衆筆頭だった身である。信長近習の中でも抜きん出た男が易々と討たれるほど、今の織田は危うい。それが明るみに出てしまった。

「さすれば武田の残党はこう考える。この勢いのまま、織田を蹴散らせまいか……とな。然るに所詮は一揆勢よ。数が足りぬ」

鳥居が「む」と丸い目を細めた。

「北条を頼むやも知れぬと？」

そのとおりである。織田に踏み付けられているより、武田の盟友だった北条を迎え入れ、少しでも旧来の知行を取り戻そうとするのではないか。無理からぬ話である。

だが、それだけは見過ごせない。北条領は本拠の相模に加え、武蔵、安房（あわ）、上総（かずさ）、下総（しもうさ）、西下野（にししもつけ）、東上野に及ぶ。この上さらに西上野を取り、甲斐と信濃まで呑み込めばどうなるか。徳川は織田——信長亡き後がどうなるかは未だ不明だが——と北条、桁外れの大国二つに挟まれて苦境に陥る。

「されど怪我の功名と申すべきか」

家康は「ふう」と溜息をついた。甲斐は北条にとって本拠北西の隣国、にも拘らずこれを後回しにしている。一揆の動きを承知していたのだろう。もしや北条こそ、それを唆していたのではあるまいか。事後、武田残党が頼ってくるという目算の下に。

「北条は既に大軍を動かしておる。わしが甲斐に入っても、すぐには兵を回せまい。ついては」

酒井が「はっ」と目元を引き締めた。

「甲斐には未だ、下山に入った岡部正綱が残っており申す。正綱に命じ、武田旧臣に向けて知行の安堵状を出させましょう」

かくて徳川軍は八千を整え、甲斐に進軍した。酒井の手配りが利いたのか、家康を拒む者は少なかった。或いは、依田信蕃を始めとする武田旧臣を匿ってきたことが一助となったのかも知れない。

一方、北条は滝川一益を瞬く間に蹴散らしている。河尻秀隆が一揆勢に惨敗したのと同じで、滝川ほどの男でさえ信長を失った動揺は大きかったようだ。ただ、これについてはひとつだけ朗報もあった。信濃佐久郡に差し向けた依田信蕃が、滝川の退路を保つ見返りに小諸城を受け取っていた。

＊

甲斐、新府城──武田勝頼が本拠とした地だが、滅亡の折に火を放って捨てたため、今は焼け跡でしかない。家康はここに入り、長陣に耐え得る備えとして新たな普請を進めていた。とはいえ未だ縄張りも終わっておらず、日々を過ごすのは粗末な陣小屋なのだが。

「真田？　あの真田にござるか」

鳥居元忠が驚いて問い返した。小さな明かり取りの光が目の辺りだけ照らすせいで、元々丸い目がさらに丸くなったように見える。

「そうだ。味方に付けよと、信蕃が申してきた」

返しつつ、家康の顔は幾らか渋かった。

武田旧臣・真田昌幸。依田とは互いに友と認め合う間柄らしいが、それゆえの推挙ではない。昌幸の父は武田二十四将にも数えられた切れ者・真田幸綱である。昌幸はその血を濃く受け継いで、楠流軍学に通じた戦上手。これを従えれば信濃は掌にあり、という理由であった。

「よろしいではございませぬか。昌幸は武田信玄に『才気絶倫』とまで評されたとか」

鳥居は首を傾げ、何ゆえ浮かぬ顔なのかという目である。家康はつまらなそうに鼻から息を抜いた。

「わしは、その信玄に手もなく捻られたのだ」

忘れもしない、十年前の十二月二十二日、三方ヶ原の戦いである。味方のみならず敵まで思いどおりに動かす軍略には、手も足も出なかった。

鳥居が「やれやれ」という眼差しを見せた。

「だから渋ると？　子供じみたことを」

「いや、それはな。だが、どうにも、こう……気持ちが悪い」

「真田の本領は小県にて。信濃を呑み込むなら真田も従えるという話になりましょう。それに小県を得れば上杉を睨むにも良うござる」

然り。信濃を巡る争いには、北条の他に上杉も絡んできていた。

武田信玄が信濃を攻め取った折、北部四郡は上杉先代・謙信を頼んで抗った。此度その縁を以て上杉景勝が出兵、関東甲信の鎮撫を掲げて海津城を奪っている。かつて武田と上杉が争った川中島、その要衝の城であった。

北条だけでも頭の痛いところ、上杉が出て来ては煩わしい。そして鳥居の言うとおり、真田領小県郡は川中島から東に指呼の間、上杉への牽制にはこの上ない位置にある。

だが、ひとつだけ障りがあった。

「さは申せ、真田は上杉に降ってしもうたではないか」

「それを召し抱えよという進言、すなわち調略でしょう」

むすり、と顔をしかめて見せた。それは固より承知、だが如何にしても拭い去れない躊躇い、或いは真田への嫌気があった。武田信玄に負けたからでもなければ、調略の難しさを厭うからでもない。

「真田は表裏者ぞ」

武田滅亡の頃より、真田は表裏を使い分けてきた。武田に後がないと悟るや、父の代から仕えてきた義理を捨てて北条に降伏を申し入れている。そして北条がこれを容れると決めたにも拘らず、反故にして織田に降った。信長が死んで北条が西上野――元々は武田の代官として真田が治めていた――に侵攻すると、これを取り戻すため上杉を頼んでいる。

こうした者ゆえ、難易を言うならむしろ楽な調略であろう。所領の加増と庇護を約してやれば良い。だが、その「楽であること」が二の足を踏ませる。

「わしら以上の条件を出す者があらば、容易く寝返るぞ。斯様な者を信用せよと？」

「信を置けぬ者と知りつつ、北条、織田、上杉は降を容れており申す」

それだけ能のある男なのだと言い、こう続けてきた。

「再び表裏を使い分けぬよう、巧く扱うのが殿のお役目ではござらぬか」

鳥居は頑固者で、言い合いになると翻意させるのは難しい。この男に相談したのは間違いだったか――とは思えど、依田に増援の兵を届けさせて以来、信濃のことは鳥居にも多くを任せている。耳に入れぬ訳にもいかぬ話であったかと、家康は観念した。

「……致し方ない。信蕃と共に調略を進めよ」

言い負かして満足したのか、鳥居は「承知」と残し、嬉々として下がって行った。

その姿には腹を立てたものだが、数日すると、言い負かされて良かったとさえ思えるようになった。なぜなら北条本隊が上杉に対抗すべく、上野を捨て置いて信濃に入ったからである。

こうなると真田の調略は別の重みを持つ。真田の小県郡は信濃東部で、西上野との境目でもある。一郡で精々千ほどの兵しか抱えられない小県が、上杉と北条の双方を睨む要石に化けてしまった。

調略は、果たしてどうなったか。気を揉みながら数日、ついにその結果が報じられた。

「は?」

鳥居の一報を耳に、家康の顔に呆けた薄笑いが浮かんだ。

「いや。聞き間違いか？　その、北条だと？」

「……はっ。真田昌幸、北条氏直に降ってございます」

開いた口が塞がらなかった。かつて降を容れてもらいながら、手前勝手に反故にしたのであろうに。その相手に再び降るとは、真田は何を考えている。しかも上杉に降ってわずか一ヵ月ではないか。あまりの図太さに、おかしな具合に感心してしまった。

「いやはや。厚顔無恥。まさに外道。北条も良くこれを容れたものよ」

「つい先ほど分かったことですが、実は北越後の新発田重家が謀叛を起こしたとか」

越後は上杉の本国である。ここに不意の騒乱が起き、信濃に連れた兵を半分も戻さざるを得なくなったらしい。ところが、そこで北条が信濃に入った。矢面に立つ格好の真田は、上杉の援軍は見込めないと判じ、生き残るために離反したのだという。

「まあ北条にしてみれば、小県と真田の才、一挙両得ですからな」

鳥居にそう聞かされ、面持ちが曇った。

「真田は気に入らぬ男なれど、小県を取られたのは痛い」

依田の推挙を受けてすぐに動いたのだ。後手に回った訳ではないというのに。

北条の大軍に比べれば、此度甲斐に連れた八千でさえ寡兵である。この状況で信濃を得る、或いは少なくとも甲斐を手放さずに済む立ち回りとは如何なるものか。家康は右手の親指を口に運び、強く爪を嚙んだ。

七月、北条は信濃に入って小県の上田原で上杉と戦った。とはいえ両軍とも本気で戦った訳ではない。上杉は本国に謀叛を抱えて苦しく、北信濃を侵されぬよう牽制するのみで良し。北条は真田領・小県を守る姿勢を見せれば良し。言うなれば、今はこれ以上進軍しないと、互いに確かめ合うような小競り合いだった。

以後の北条は甲斐に兵を進め、七月末から若神子(わかみこ)城——新府城の北方十余里（一里は約六百五十メートル）の地に入って徳川勢を牽制している。甲斐の一揆を鑑みて後回しにしたものの、やはり本国からすぐ北西の隣国は奪われたくないのだろう。信濃までの糧道を短くできるのだから、当然と言えば当然か。

「兵糧か。信蕃も」

気懸かりなのは佐久に遣った依田信蕃であった。依田は北条勢の数に押されて小諸城を捨て、南西の山間・三澤(みさわ)に陣小屋を構えたのだが、この三澤小屋も北条の勇将・大道寺(だいどうじ)政繁(まさしげ)に囲まれて苦戦している。

若神子城を押さえられ、徳川本隊と信濃の間は寸断された。かつ、三澤小屋も囲まれているとあっては糧道を作れない。依田の手勢は八百余、さほど多くの糧秣(りょうまつ)を使う訳ではないが、このままでは長くは持たないはずだ。

「かつては高天神や田中の城に籠もって、わしを苦しめた男だが」

高天神城の戦いで、依田は長きに亘る兵糧攻めを耐え抜いた。そういう者の心なら、しばし食えぬくらいで折れることはない。だが、従える兵が音を上げれば退く以外になくなるだろう。三澤が落ちれば南信濃は北条一色、再び楔を打ち込むのも難しくなる。

しかし。糧道と考えたことで、ふと思い付いた。

「ん？　兵糧……。兵糧か」

にやりと笑みを浮かべ、鳥居を呼んだ。仮普請の済んだ新府城の本丸館、鳥居はすぐ隣のひと間から「これに」と顔を出した。

ここも戦場である以上、どこに透破が潜んでいるか分からない。鳥居に手招きして膝詰めの辺りまで寄らせると、互いに顔を寄せて小声を交わした。

「思うたのだが、わしが新府を押さえておる以上、北条の小荷駄は相模から真っすぐ若神子には向かえまい」

「ですな。相模や武蔵から上野を抜けて信濃へ、信濃から若神子という道筋に」

言葉が途切れ、鳥居の目が軽く見開かれた。どうやら分かったかと、ひと言で手短に伝えた。

「信蕃だ」

依田を動かすべし。三澤小屋は囲まれているが、山間の地だけに抜け道のひとつ二つはあるだろう。小勢を利して包囲を抜け、上野に入って北条の糧道を脅かせばどうなるか。

「面白うござる。それから」

もうひとつ打つべき手がある。語る眼差しに、小さく頷いて返した。

八月半ば、依田信蕃率いる五十の兵が碓氷峠に潜み、北条の輜重を襲って兵糧を奪った。伸びきった糧道を叩き、かつ兵糧に窮する三澤小屋を保つための、一石二鳥の一手である。

そしてこの一石は、さらにもう一羽の鳥をも狙っていた。碓氷峠は浅間山の南、西上野と信濃佐久郡の境目である。この地を知る者、つまり真田昌幸が徳川に鞍替えするため北条の小荷駄を襲った——併せてその流言を発した。

「首尾はどうだ」

八月末、流言の効き目が出ている頃ではないかと問うと、鳥居は「してやったり」の顔で頷いた。

「目論見どおりにござる」

北条当主にして此度の大将・氏直は若く、戦慣れしていない。家康の流言に惑わされ、真田を疑い始めているという。そう運ぶよう、わざわざ西上野の碓氷峠で小荷駄を襲わせたのだ。

西上野は元々、武田の代官として真田が治めた地だ。そして信長没後、真田は巧みに手を回してこの地の支配を回復している。

然るに此度、北条はまず西上野を呑み込むために出兵した。その北条に真田は降ったのだが、では西上野を寄越せと言われたら、諾々と従えるだろうか。利害は明らかに食い違う。この辺りは氏直も承知の上、その下地あってこそ流言は効き目を持った。

「昨今では、小荷駄を動かす頃合と道筋を真田に明かしておらぬようで」

「ようやく次の一手だな」

　ほくそ笑んで自ら文机に向かい、さらさらと紙に筆を走らせた。鳥居が言っていた、そして家康自身もかねて見据えていた、もうひとつの手——改めて真田昌幸を調略するための書状であった。本領は安堵。北条と上杉を退け、信濃を手に入れた暁には諏訪一郡を与える。上野は切り取り勝手。それが家康の条件である。

　北条に疑われている身に、これは覿面に効いた。十月十八日、真田昌幸は依田信蕃と共に北条の小荷駄を襲い、翌十九日を以て北条氏直に手切れ状を送り付けた。

　一報を受け、家康は得意満面であった。

「のう元忠。これは、わしが信玄に勝ったと思うて良いであろう」

「で、ありましょうな」

　かつて信玄の思うがままに踊らされ、三方ヶ原で完膚なきまでの大敗を喫した。然るに、その信玄が「才気絶倫」と評した真田昌幸を踊らせ、従えたのである。長らく抱えていた溜飲が、やっと下がった。胸のすく思いであった。

＊

「和議とな」

鳥居の報せに家康は眉を寄せた。北条から、それを求めてきたのだという。

「甲斐と信濃は我ら徳川の、上野は北条の切り取り次第として、互いに手出し無用。それでどうかと申してきておりますが」

腕組みで「ふむ」と思案する。応じて良いものか。家康には迷いがあった。

昨今、南信濃は目に見えて徳川の旗色が良い。真田が徳川に付いて十日足らず、依田と共に北条方国衆の城を三つも落とした。また真田は西上野にも兵を潜ませ、北条の糧道をあちこちで寸断している。

「十月も、そろそろ終わりか。これから冬も厳しゅうなるが」

北条は、信濃や上野の道が雪に閉ざされる前に退路を整えておきたいのだろう。だとすれば、和議の申し入れになど乗ってやる義理はない。何しろ向こうは大軍、糧道を塞いだまま戦を続ければ自滅するはずだからだ。

もっとも、鳥居は乗り気なようであった。

「悪い条件ではござりませぬぞ」

軽く首を傾げ、確かめるように問い返した。

「織田の動き。そうだな？」

信長亡き後、織田の家督は嫡孫・三法師（さんぼうし）と決まった。だが三法師は当年取って三歳の稚児、実際は家老衆の談合で動かす形である。この家老衆のうち、羽柴秀吉と柴田勝家が織田の舵取りを巡って争っていた。早晩、戦を構えることになるだろう。

「其方はどちらが勝つと思う」

「そこは何とも。されど」

両者は織田家を二分する力を持つ。ぶつかり合えば、どちらが勝とうと大きく傷を負うのではないか。鳥居はそう言う。

「織田領のうち尾張や美濃は豊かにて、できることなら呑み込みたいものです」

羽柴と柴田の勝った側に、主家簒奪の汚名を着せる。そして織田第一の盟友として干渉し、織田領を徳川領に変えてゆく。それは紛うかたなき天下への道筋であった。

「良かろう。北条が甲斐と信濃に手出しせぬと申すなら、しばし時を稼げる」

戦乱の世で和議は絶対ではなく、いったん戦を収めるための方便でしかない。しかし他国への信用を思えば、和議が成ってすぐ反故にはしにくいものだ。その少しばかりの猶予があれば、織田の領を切り取る足掛かりをも作れよう。

「ひとつだけ気懸かりだが、真田はどうする」

「上野を切り取り次第という、あれですか。追って他の国に代地でもくれてやりなされ」

如何にせん真田は小勢、小県で千かそこら、西上野でも二千に満たぬ数を集めるのがやっとの身である。実り豊かな地を少し宛がえば足りると言う鳥居に、家康は「うむ」と頷いた。

十月二十九日、徳川と北条の和議が成立し、互いに起請文を交わした。

甲斐、信濃、上野、三国を巡る騒乱はひとまず沈静を見た。北信濃には上杉勢が残っているが、本国・越後に謀叛を抱えている手前、大軍を置いている訳ではない。むしろ北条が絡んで来ないだけ、やりやすくなった。

織田の動向を睨みつつ、家康は甲斐で年を越す。そして天正十一年（一五八三）二月も半ばを過ぎた頃、あの男が出仕挨拶のため新府城に上がった。

「初めてお目にかかり申す。真田安房守、昌幸にござる」

頬骨の張った細面に切れ長の目、一見して線が細い。歳は未だ四十に届かぬくらい、恐らく三十路の半ばであろう。それも手伝って、武田信玄や織田信長に比べれば与しやすいかと映った。

「家康じゃ。良くぞ我が下に参じてくれた」

笑みを浮かべて二度三度と頷き、続けた。この先、信濃については鳥居元忠と依田信蕃に多くを任せる。真田も二人に助力し、まずは上杉の動きを封じて欲しいと。

「そのために必要な話は遠慮なく申せ。できる限りのことはしよう」

と、真田の目がどこか剣呑な光を放った。

「然らば遠慮なく。北条との和議、上野は北条の切り取り勝手という話にござりますが、真田としては容れる訳には参りませぬ」

西上野を失えば、ろくに数を動かせなくなる。それで信濃の攻略をと言われても無理な話だと言って憚らない。肚の据わった物腰に、家康は少しばかり気圧された。

「いやさ。其方が都合は承知しておるが、ことは徳川の全てに関わる話ぞ」

諸々を説いて聞かせた。織田家中に新たな火種があること、それ次第で徳川の立ち回りも変わること、ゆえに甲斐と信濃にしばしの平穏が必要なこと——。

「北条を得心させねばならぬのだ。上野の代わりに、いずれ実り豊かな所領を宛がう。それで良しとせよ」

「上野は小県と地続きにござる。代地を頂戴したとて、本領と離れていては本意にあらず。どうか、お考え直しくだされ」

一歩も退く気配がない。それどころか、わずかに、ともすれば見落とすくらいに、小さく目元を歪ませている。挑むような眼光を真正面から受けて、あろうことか寒気を覚えた。

これは何だ。表裏者だの、武田信玄に才を愛でられていただの、そういうところに感じるものではない。もっと違う何かが強く迫り、胸の内を掻き乱していた。

「聞き分けのないことを——」

申すでない。そう続ける前に、広間の入り口、末席の辺りから声が渡った。

「御免。急ぎ、お耳に入れたきお話が」

鳥居であった。幾らか救われた思いで小さく頷き、先を促す。落ち着きのない会釈ひとつ、話が続けられた。

「依田信蕃、討ち死にしてござります」

最悪の一報だった。依田は信濃国衆・大井行吉の岩尾城を攻めていたのだが、その際、鉄砲の流れ弾に当たって世を去ったという。

こうしてはいられない。すぐに信濃への手当てをせねば。立ち上がる家康に、真田が低く押し潰した声を寄越した。

「殿に言上仕る。信蕃は我が友、弔い合戦を所望致す。ぜひとも大井を叩き、そのまま兵を進めて信濃一国を取られませい」

北信濃には上杉の兵がある。容易い話ではない。思いつつ、言葉に詰まった。真田の寄越す眼光が、先ほどの得体の知れぬ気配から打って変わって、友を失った怒りと悲しみに満ちていたからだ。

否、これは真っ当な心の動きのはずなのだ。交わりの短い家康でさえ、依田には一目も二目も置いていた。依田と互いに友と認め合っていた真田なら、怒り悲しんで当然ではないか。にも拘らず、そこにこそ言い知れぬ違和が漂う。先に見せた、寒気を覚えるほどの笑み。今ここで見せている、人としての素直な情。この二つがどうしても噛み合わない。

躊躇う家康に、真田は平らかな声音を向けた。

「策があり申す。上杉まで、まとめて退けてご覧に入れましょう」

そして笑みを浮かべる。またも、あの嫌な笑みであった。

*

「何と申したものか。やはり図太い男よな」

天正十一年四月、千曲川（ちくまがわ）沿いに開ける上田原で真田が城普請を進めている。その様を遠巻きに眺めて、家康は呆れ声を漏らした。

依田の討ち死にが報じられて十日、家康は真田の策に従って甲斐から北に兵を進め、大井行吉の岩尾城を奪った。この動きに続いて、真田の兵が上杉方の虚空蔵山（こくぞうさん）城を落としている。以来、徳川と上杉は上田原で睨み合うに至った。城普請はその睨み合いの場、つまり両軍が対峙する真ん中なのである。

「まあ、これも策のひとつですからな」

返しつつ、鳥居も真田の胆力には舌を巻いたという顔だった。

虚空蔵山城を奪い、上田原に上杉を牽制する城を築く。さすれば上杉は、これを圧するために北信濃四郡から兵を掻き集める。四郡が留守になったら、北信濃唯一の徳川方・小笠原貞慶を動かし、これを攻め取る。それが真田の策であった。

「巧くいくかどうか」

家康は長く鼻息を抜いた。

上田城を普請すれば、確かに上杉は牽制のために兵を増すだろう。だがその次、北信濃の兵を動かして留守にさせるには、もうひとつの策が奏功する必要がある。

「まあ……これ以上は当てにせぬがな」

織田家中では、ついに羽柴と柴田が戦を構えるに至った。ひと月ほど前、三月から近江で対峙している。今のところは両軍睨み合いと報じられているが、何か重大な動きがあれば本国・遠江に戻らざるを得ない。その時の備えを講じられるだけでも、この築城に財を叩く値打ちはある。そう考えて軽く膝を叩き、床几を立って陣屋に下がった。

と、さほど時を置かずに真田が訪ねて来た。何だろうかと引見すれば、真田は喜色を——相変わらず嫌な気配を滲ませているが——浮かべていた。

「最後の策、首尾良く運びましたぞ」

家康は「お」と身を乗り出した。上杉を退け信濃一国を手にする、そのための最後の策とは、越中の佐々成政を動かして越後に攻め込ませることであった。謀叛を抱えた越後に他の侵攻が重なれば、上田城の牽制は北信濃四郡の兵に頼る以外にない。

「良うやった。まさか、この策まで成るとは思うてもみなかったわい」

「殿のお名前を借りて、書状を発したからこそ」

とはいえ、家康の名ひとつで片付くほど容易くはなかったろう。何しろ佐々は柴田勝家の配下に付く身である。羽柴との争いの中、柴田の背を安んじるべく越中に残っていたところを動かすという話なのだ。

「如何な手管を使うたか、後学のために聞いておきたい」

「容易きこと。越後を乱してくれれば柴田に味方すると申し送ったまで」

こともなげに言われ、寸時に怒りが湧き起こる。同時に色を失った。

「待て！　いや待て、おい！　それがどういうことか、分かっておるのか」

羽柴と柴田は共倒れが最善、さにあらずとも、勝った側も大きく傷を受ければ良し。片方に味方すれば、この目算に狂いが生じる。口から泡を飛ばして咎めるも、真田はどこ吹く風という顔だった。

「佐々さえ動けば、柴田への助力など知らぬ振りで構わんでしょう。己が益のため他を利用するは、戦乱の世の常かと」

あんぐりと口が開いた。

「まことに……正しい。いや、正しくはあるが、されど！」

「巧く、立ち回られませい」

真田は頰を歪め、一礼して下がった。

「昌幸……おのれは」

お陰で気を配るべきことが増えてしまった。ともあれ、まずは諸々の動きを見定めねばなるまいと、日々を苛立って過ごす。すると十日ほどの後、驚くべき報せが舞い込んだ。

柴田勝家が滅亡した。四月二十一日に東近江の賤ヶ岳で大敗、追撃を受けて二十四日には本拠の越前北ノ庄も落城したという。羽柴の損耗は少なく、あまつさえ柴田からの降兵を容れてさらに膨らんでいるらしい。

これほど早い決着は、さすがに考えていなかった。柴田が滅んだ以上、いつまでも佐々成政を当てにする訳にもいかない。家康は信濃攻略を急ぎ、かねて決めていたとおり、小笠原貞慶に北信濃を襲わせた。

だが小笠原は惨敗し、上杉方の一郡さえ切り取れなかった。

こうなると、上杉とは睨み合いを続けるより外にない。南信濃を取っただけで良しとして、家康は遠江への帰還を決めた。柴田との対決を制した男、羽柴秀吉への対処が急務となったためである。

引き上げに当たって真田を召し出し、上田城の普請を続けるよう命じた。だが、厭味のひとつも言っておきたかった。

「其方の策は見事なれど、詰めが甘かったな」

すると「何かおかしい話でもあったか」という面持ちを返される。悪びれもしない様に腹が立ち、右手親指の爪をぶつりと嚙み千切った。

「北四郡の攻略、任せる者を間違うたろうに」

「小笠原貞慶にござるか。確かに力の足りぬ者なれど、仕損じたのは殿にござろう。あの者を動かすのが早すぎたのです」

小笠原が動いた折、北信濃四郡はまだ「空き家」になっていなかった。上田城の普請がもう少し進めば、上杉は嫌でも四郡への軍役を増したはずだと言って憚らない。

「留守を待って奪うよう、言上したはずですが」

自らの過ちを認めないのか。器の底が知れるぞ。そう言いたげな顔であった。

「……もう良い。ともあれ其方に上田の城を預けるゆえ、きっと上杉を封じ込めよ」

本当なら依田信蕃を置きたいところだったが、既に討ち死にしている。では他の誰が徳川方の信濃衆を束ね得るのかといえば、真田を頼むより外になかった。

正直なところ、真田には幾らか気持ちの悪いもの——人となりを摑みきれないという思いがある。人を見極める目には自信を持っていたが、このような相手は初めてだ。ゆえに過信は禁物だが、やはり策略と度胸に於いて真田は衆に優れている。

「されど、くれぐれも勝手は慎むべし。折に触れて元忠を遣るゆえ、諸々談合の上で万全を期するように」

「委細、承知仕った」

返された笑みに、家康は少し身震いした。

＊

「断ってきた？」

浜松城・本丸館の広間で、家康は声を裏返らせた。一間（一間は約一・八メートル）を隔てた先、鳥居は居心地が悪そうである。

「上野の領を失わば、上杉を睨むだけの兵を得られぬと申しまして」

浜松に引き上げてすぐの五月、北条から上野の明け渡しを求められた。和議の取り決めである以上は従わねばならず、西上野を握る真田に退去を命じたが、一蹴されてしまった。

「分からず屋め……」

家康は歯ぎしりした。

西上野を失えば、確かに真田が動かせる兵は減る。小県の一郡では千そこそこなのだから、正論には違いない。だが真田の策を容れ、徳川の財で上田城を普請させたのである。堅牢な城があれば、数の不利を補い得るだろうに。

「如何なされます」

沸々と怒りが沸き上がってきたところへ、鳥居が控えめに問う。それによって、堪えていたものが破裂した。

「どうもこうもない！　重ねて命じる。上野の明け渡し、必ず言うことを聞かせよ。良いか、必ずだぞ。早々に下がれ。わしは忙しい」

大声を浴びせ、足音も荒く居室へ下がった。

然り。確かに家康は忙しかった。

羽柴秀吉が織田家を差配する身となった。だが飽くまで織田家は織田家であり、羽柴家ではない。あの男が全てを握るには今少しの時を要する。そのわずかの隙に、織田家中に楔を打ち込んでおく必要があった。

「されど」

居室に戻って腰を下ろし、家康は溜息をついた。鳥居には「必ず」と言ったが、果たして真田は下知を容れるだろうか。自分はと思い返せば、あの男に言うことを聞かせたと胸を張れるようなものは何ひとつない。上田の城普請も然り、越中の佐々成政を動かしたのも然り、真田に命じて成さしめた諸々は、全て真田の策そのままなのだ。

このまま逆らい続けるなら、北条との関係がおかしくなる。それでは羽柴と北条に挟まれて窮するのみだ。

「あの食わせ者めが」

上野の明け渡しについては、丁寧に説いて聞かせた。だが依田信蕃の討ち死にが報じられ、話は中途で途切れている。確かに「承知した」と言わしめた訳ではない。それを良いことに、こうまで主家を困らせるとは。

どうにも腹が立ってならない。文字どおり頭を抱え、胡座（あぐら）の膝をばたばたと動かす。

その動きが、ぴたりと止まった。

「……いっそ。攻めて潰すか」

思うも、すぐに「だめだ」とうな垂れた。やはり羽柴の存在が足枷（あしかせ）となる。双方の兵力に開きがあるのだ。

徳川は三河と遠江、駿河を領し、此度さらに甲斐と南信濃を手に入れた。とはいえ駿河は領国となって一年余、やっと徳川の統治に慣れてきたばかりで、あまり多くの兵を集められない。甲斐と信濃に至っては、まず国衆を手懐けねば一揆を起こされる恐れがある。

「三河と遠江で一万五千。他は……合わせて一万が目一杯か」

羽柴は柴田との戦いでも総勢六万を動かしていた。これを睨むなら、真田に無駄な兵を割いている余裕などない。痛し痒し、眉間に皺が寄った。

以後も鳥居を通じ、上野の明け渡しを求め続けた。だが真田は時に聞き流し、また、はぐらかして、一向に容れる気配がない。

そうこうするうち、北条が痺れを切らして西上野に攻め込んだ。

やはり図太いのだろう、真田は当然とばかりに援軍を求めてきた。家康はこれを退けた。下知に背く者など助けるものか――というのが本心だが、そうでなくとも援軍は出せない。真田攻めの兵を出せないのと同じで、援軍に数を割けば羽柴への備えが疎かになる。

二つの大国に挟まれるとは、ことほど左様に苦しい。まさに八方塞がりの体である。

しかし、家康には奥の手があった。

「織田様から書状にござります」

酒井忠次が居室に参じ、文箱を差し出した。送り主は信長二子・織田信雄。黒漆塗りは信長が使っていたのと同じで、父に肖ったものであろう。

「上々だ」

にんまりと笑みが浮かぶ。中を検めずとも内容は分かっていた。北条と徳川の所領争いは談合で解決すべしという、和議の仲立ちであった。

「両家の仲を取り持ち、信雄これにありと示すべし……喫した甲斐がございましたな」

織田信雄は、父の信長でさえ愚昧と認めた不肖の子である。そのせいか、昨今では羽柴に押されて家中での影が薄い。ここを衝いた策の妙に、酒井がほくそ笑む。家康は「うは」と噴き出した。

「唆したとは人聞きの悪い。わしは信雄殿に助けを求めたのみぞ。ともあれ北条にも書状が届く頃ゆえ、談合は其方に任せる」

再び和議が成る目は十分にあった。北条は西上野を奪いに掛かったが、以来、上野に加えて下野の国衆たちが抗戦、かつ常陸（ひたち）の佐竹義重（さたけよししげ）まで出陣して、包囲を布かれているからだ。

この動きには、どうやら真田が一枚嚙んでいるらしい。所領を襲われ、徳川の援軍も期待できぬとあって智慧を絞ったのだろう。見事な策略であった。

酒井が下がり、居室にひとり。家康は囁くように漏らした。

「己が益のため他を利用する。それが戦乱の常と申しておったのう、昌幸」

なるほど、正しい。自分も織田信雄の愚鈍と真田の策を利用し、それで窮地を脱しようとしている。真田に教えられた格好なのは癪（しゃく）に障るが、羽柴のひとり勝ちを阻むためには手段を問うていられない。

「覚えておれよ昌幸」

上田城を普請して与えたというのに、なお言うことを聞かない。挙句、北条との間をこじれさせた。徳川を主家と仰ぎながら、散々に困らせてきた。

だが。困ったら他を利用すべしと、この家康に教えたのが運の尽きだ。徳川は再び北条と和議を結ぶ。これにて背を安んじ、そして――。

「羽柴をどうにかしたら、次は」

家康の顔に、剣呑な笑みが浮かんだ。

果たして北条との和議は成り、上野については談合の上でと決まった。織田信雄を踊らせた甲斐があったというものだが、そのためだけに求めた誼ではない。これは取りも直さず、いずれ羽柴を叩く日への布石である。二万余の兵を集められる信雄と手を組めば、十分に戦になるはずであった。

そして見通しのとおり、羽柴と戦を構えることになった。羽柴は織田を掠め取る肚、これに屈して良いものかと織田信雄を焚き付け、兵を挙げさせる。家康自身は、亡き信長の盟友として信雄を助けることを大義名分に出陣した。天正十二年（一五八四）三月七日であった。

もっとも、羽柴が主家を簒奪するか、徳川が織田に取って代わるかの違いでしかない。信雄の兵力を利用して羽柴を下し、信雄に織田を握らせた上で呑み込むのが家康の目論見である。信雄は四海に聞こえた愚物で、羽柴に比べて遥かに御しやすい。利用できる者は利用するという、真田のやり口に倣った戦であった。

そして家康は、戦の上では羽柴に勝ったと言える。

織田・徳川の連合軍が尾張の小牧山城に陣取り、羽柴勢は北方の犬山城および楽田の地に布陣して、互いに睨み合っていた。

四月初め、羽柴勢が中入りの軍——別働隊を組み、迂回して三河を窺おうとしたことで、戦が動いた。だが家康はこれを察し、尾張と三河の境に兵を回して待ち受けて、逆に羽柴勢を蹴散らした。長久手の戦いである。

以後、戦は膠着した。

我慢比べである。だが幼少の頃には織田や今川の人質として過ごし、長じては今川に縛られ、また織田に組み敷かれてきた身ゆえ、我慢なら誰にも負けない。そう思って長陣に耐える中、開戦から八ヵ月余の十一月十二日、驚くべき一報が舞い込んだ。

信雄が、羽柴と和議を結んでしまった。

「阿呆か、あやつは！」

家康は地団太を踏んだ。否、信雄の愚昧はかねて承知していたのだ。だが勝ち目のない戦ではなかったのに、どうしてあとひと踏ん張りが利かないのか。その痛憤は如何にしても隠しきれなかった。

これは飽くまで信雄と羽柴の戦であり、徳川は信雄の友軍に過ぎない。信雄が和議で手を打った以上、家康も退かざるを得なかった。

全てが徒労に終わった無念と苛立ちを持て余し、浜松に帰る。虚(むな)しさの中で天正十三年（一五八五）を迎えた。

この先、如何に羽柴と渡り合ってゆくべきか。頭を悩ませているところへ、追い討ちをかけるような報せが入った。真田に与えた上田城の、城下に関わる話である。

「東向き？」

「はっ。この目でしかと見て参りました」

上田城は上杉を睨むために築いた城である。その城下町が東向き、つまり徳川領に向いているのだという。報じた鳥居元忠も苦虫を噛み潰したような顔であった。

「何たる悪党か」

家康は荒々しく立ち上がり、たった今まで左肘を預けていた脇息(きょうそく)を思いきり蹴飛ばした。

城下はただの町ではない。いざ戦になって城が攻められた時、敵を阻む楯としての役割も併せ持つ。それが徳川領の側にあるということは、徳川の兵が上田に向かった時に、これを阻むという意味なのだ。

「わしは何だ。ええ？　わしは昌幸の何だ。主ではないのか！」

にも拘らず、真田は主君の下命を悉(ことごと)く蹴飛ばしてきた。家康が天下を睨んでいることを承知しながら、北条と諍(いさか)いを起こして足許を危うくした。あまつさえ、いざ羽柴秀吉と雌雄を決すべく戦っていた裏で、徳川をこそ敵と見立てて町普請をしていたとは。

「もう許せぬ。羽柴の猿など後回しで良い。まずは真田を討つ」

怒鳴り散らし、畳を激しく踏み鳴らして居室を歩き回る。そして障子を蹴り壊した。

「元忠！　兵八千を預ける。上田の城を落とし、昌幸が首を引き抜いて参れ」

＊

七月、鳥居元忠を大将とする徳川勢八千が上田攻めに向かう。すると、これを知った真田は手切れ状を送り付けてきた。

ここまでは見通していた。が、酒井忠次が添えたひと言で声が裏返った。

「は？　何と言った」

或いは聞き間違いかという顔に向け、酒井は呆れたような、一面で感心したような溜息をついた。

「確かな話にござる。真田は上杉と盟約を結んだ、とのこと」

「……上杉も、良く容れたものよな」

家康も感心してしまった。真田は上杉を裏切って北条に付き、北条も裏切って徳川に付いた男だ。これほど表裏の定かでない者を、二度まで受け容れるとは。

「脅したのでしょう。徳川に従うて、北条に上野を渡して良いのか……。上杉は徳川と北条の挟み撃ちになるぞ、とでも言って」

徳川、北条、上杉。大国三つの狭間が真田の小県である。どの国に付いても先手の楯となる以外にない、それを逆手に取るとは。

「恐るべき立ち回りよ。されど」

家康は「ふふ」と含み笑いを漏らした。北信濃は上杉方だが、真田の援軍に回される兵はさほど多くはなるまい。かつて真田自身が講じた策、この家康の焦りによって潰えた策——北四郡の留守を衝こうとしたことを、上杉も覚えているからだ。

「策士、策に溺れる。この言葉どおりよな」

真田が揃えられるのは、小県の千余と西上野の二千足らず。北条が隙を窺っていることを思えば、上野の兵は動かせまい。上杉の援兵が多少あったところで、鳥居ほどの将が八千を率いて攻めれば、上田城は必ず落ちる。

そう思っていたのだが。

「何と……」

閏八月十日、家康の許に届いたのは、鳥居の大敗を報せる書状であった。

真田昌幸が掻き集めた兵は、千二百だったという。合戦は八日前、閏八月二日。真田の先手衆は鍬や竹槍を手にした百姓兵だった。その数、わずかに二百。徳川勢は瞬く間にこれを蹴散らし、勢いのままに突っ掛けて城下町を抜け、上田城に詰め寄った。

しかし、そこから城方は猛然と抗戦した。そして徳川勢が城下の狭い道にひしめき合うのを見計らい、自ら町に火を放った。城下ごと焼き殺す構えであった。

驚いた寄せ手は、慌てふためいて逃げる。それらの兵を北からの濁流が襲った。戸石(といし)城に回していた兵が、かねて堰(せ)き止めてあった川の堰(せき)を切ったものであった。

真田勢は上田城と戸石城、さらに矢沢(やざわ)砦の三つに兵を分けていた。寡兵を散らして守るのは拙(つたな)い戦だが、それこそが真田の策であった。

多くの兵が流され、徳川勢の足軽が逃げ始めた。これを見て城方は打って出る。三ヵ所から押し寄せた兵は、徳川勢を包囲する格好になった。いったん蹴散らしたはずの百姓兵も、再び集結して追い討ちに加わっていた。

「千三百も損じたと」

敗報の書状を持つ家康の手が、小刻みに震える。惨敗であった。

「元忠……何ゆえ」

どうして先に城下を焼き払わなかった。町が城の楯である以上、これを焼いてから城攻めに掛かるのが常道ではないか。家康は怒りに任せ、手中の書状をくしゃくしゃに丸めて膝下(しっか)に叩き付けた。紙玉が跳ね、居室の下座、廊下の際まで転がってゆく。

「直政！　直政やある」

憤怒の朱に顔を染め、叫び声を上げる。そう長くを待たせずに井伊直政が参じた。

「直政、これに。如何なるご用向き――」

「それだ！」

跪いた井伊の右脇、先に跳ね転がした紙玉を指差して怒鳴り声を上げる。井伊は拾って開き、目を走らせた。

「手勢を率い、元忠の阿呆を連れ戻して参れ」

読み終わるのを待たずに命じる。井伊はちらりとこちらに眼差しを寄越して頷くも、すぐに敗報へと目を戻し、やがて得心したように「ああ」と漏らした。

家康は、その様子にも嚙み付いた。

「何が『ああ』だ。申してみよ」

井伊は躊躇いがちな面持ちだったが、二つほど数えた後、思いきったように口を開いた。

「鳥居殿が下手な戦をしたと、左様にお思いなのでしょう」

「当たり前だ。城下も焼かずに城攻めとな。聞いたこともないわ」

小さく、首を横に振って返された。

「百姓兵を先手に立て、手もなく負けて見せる。罠にございましたな」

地侍は日々田畑を作りながらも、いざ戦となれば槍を取る。足軽は戦ごとに雇われる戦屋である。しかし百姓は百姓でしかない。頭数にもならない者共なのだ。

真田は百姓に頼らねばならぬほど追い詰められている。その百姓兵も使いものにならぬ。何と弱い。これなら――。

「士分の者はいざ知らず、足軽は真田を見くびったはず。ならばと、一気に城まで押して参ったのでは」

家康は「何を」と荒く鼻息を抜いた。

「そこを制するのが将の役目ぞ」

「確かに。されど」

井伊は言った。自分も兵を率いる身ゆえ分かる。殺すか殺されるかの戦場に臨んだ時、人の心ほど危ういものはない。あまりに目覚ましい勢いで敵を蹴散らせば、兵の心は大いに揺れて勝ちに驕る。将の下知でこれを食い止めるのは難しい、と。

「鳥居殿ではござりませぬ。足軽共の心を操られたものと、それがしは見立てます」

「とは申せ、負けてはならぬ戦であった。元忠とて分かっておったろうに！」

なおも声を荒らげる家康に、井伊は平伏して応じた。

「恐れながら。負けてはならぬ戦なら、何ゆえ殿自らご出陣なさらなかったのです」

次いで顔を上げ、真っすぐに見据えてきた。

「鳥居殿にも油断はありましたろう。されど」

そこまでで口を噤む。そして「鳥居殿をお迎えに参る」と下がっていった。

残されたのは、酒井と自分のみ。家康は何を言うこともできなかった。

井伊の言葉が耳に痛かった。皆まで言われずとも、否、皆まで言われなかったからこそ、胸に重く伸し掛かっている。

自身に問うた。自ら兵を率いて攻めなかったのは、油断ではないのか。真田に危うさを覚えていながら、上田城を与えてしまったのは誰だ。

酒井が「殿」と呼び掛けてくる。思わず苦笑が浮かび、長く、長く息が漏れた。

「わしは……勘違いをしておったのだな」

真田昌幸。何と恐るべき者であろうか。大国三つを相手取り、寡兵で生き残った立ち回りの巧さを以て、そう思うのではない。井伊は言った。あの男は戦場で敵兵の心を操ったのだと。しかし、もっと前から操られていた者があるではないか。

誰あろう、この家康である。

真田を調略した折、武田信玄に賞賛された者を踊らせてやったと思った。だが実のところ、踊らされていたのは自分ではなかったか。それを棚に上げて――。

「このところ、何かと怒ってばかりいた気がするわい」

いかんな、と右手に拳を固め、こめかみを軽く叩いた。

真田は分かっていたのだろう。徳川に鞍替えしたまでは良し、しかし、いつか必ず裏切る日が来ると。北条との和議条件、上野は北条の切り取り次第という一条が全てである。だからこそ、何かにつけて困らせてきた。この家康を苛立たせ、怒らせてきた。

「わしは怒りの余り、ものごとを正しく見られぬようになっておったのだろう」

酒井が、強張っていた顔から力を抜いた。

「あまり、ご自身を責められますな。鳥居殿から聞きましたが、真田の策は全て、信蕃の弔い合戦に端を発しておるとか。友を悼んで然るべきところ、逆に信蕃の死を弄ん(もてあそ)だようなもの。殿は外道の毒に当てられたに過ぎませぬ」

「信蕃……依田信蕃か」

思い出した。あれは初めて真田に目通りを許した時であった。

真田に気味の悪いものを感じていた。挑むような目に寒気がしたことを覚えている。しかし依田の討ち死にを知るや、真田の顔つきは明らかに変わった。怖気の走る眼光と、友を失って怒り悲しむ眼差し。二つの食い違いに何とも言えぬ違和を覚えたものだ。

その正体が、ようやく分かった気がする。

「昌幸は確かに悲しんでおった。いや、多分だがな。そう思える」

参った。心の底から参った。家康の口元に、悔しさゆえの笑みが浮かぶ。

「昌幸め、切り分けたのではあるまいか。己が怒りは怒り、策は策だと」

友の死まで利用するなど、まともに考えれば気が咎める話だったはずだ。だが必要であると判ずれば、自らの情さえ蹴飛ばして、ただそれを成すのみ。言うなれば真田は、心という厄介なものを飼い慣らしている。

「斯様な奴は恐い。万にひとつも誤った手を打たぬだろう」

そして、なお恐ろしいことに、その真田は未だ生き残っている。

翻って自らを思えば、良いように踊らされ、怒りに流され通しだった。心を飼い慣らしている真田に比べて何と情けない。非才――それ以外に何と言おう。

「えい！」

弱気に駆られてはならじと、両の掌で胡座の膝を強く叩いた。

「のう忠次。わしが外道の毒に当てられたと労わってくれるのは嬉しいが、それは違うぞ。やはり、怒りで自らを御しきれなんだのが悪い」

此度のことで学んだ。怒りは万事に於いて人の敵なのだ。堪忍ならぬ話も、曲げて堪忍する。そうやって心を平静に保てば、自ずと道は拓けよう。齢四十四、未だ学ぶことは多い。

「ひいては、それが無事長久の基にもなる。そうであろう」

「ご高明なお考えと存じます」

家康は照れ笑いでひとつ頷き、長く息を抜いて続けた。

「そしてな。わしも、昌幸の如き外道の所業を覚えねばなるまい。如何に徳を積んだとて、あやつの如き者は従えられぬ。世を統べるには、悪辣なる手管も厭うべからずだ」

「では真田を許すと？」

「何を申すか。それとこれとは別ぞ。今は呑み込んでおくが、いつか必ず詫びを入れさせてやるわ」

酒井が首の力を抜き、がくりと頭を落とす。

そして安堵したように、くすくすと笑った。

其之四　豊臣秀吉

武田信玄、織田信長、真田昌幸。三人の男について語り終え、家康は長く溜息をついた。

「今になって思い出しても、恐ろしき面々よ」

元和(げんな)二年（一六一六）四月初め。駿府城の、病の床にある。右の傍らに座する林羅山が軽く息を抜いた。

「少しお疲れでは？」

「障りない。が、少し水が欲しいな」

羅山が「然らば」と腰を上げ、枕元の湯呑みと水差しに手を伸ばそうとする。家康は右の掌を向けて「自分でやる」と制し、三口ほど湯冷ましを含んだ。

「これまで話した三人は、お主が生まれる前だな」

「真田昌幸殿のお話の頃には生まれておりました。とは申せ、上田城の戦いは……三歳の時ですが」

家康は「大して変わらん」と笑った。

「ならば、わしが秀吉殿に従うことになった経緯も、詳しくは知らぬだろう」

すると羅山は「おお」と目を見開いた。

「太閤様も、それは恐ろしいお方でしたな。京に暮らしておりましたゆえ、色々と存じております」

羅山は天正十一年（一五八三）に京で生まれ、幼少から俊才と謳われた。齢十三の頃には建仁寺で仏法を学び、二年後に家に戻ってからは儒学に親しんでいる。家康に仕えたのは慶長十年（一六〇五）のこと、既に関ケ原の戦いも終わって日本が徳川の世になり始めていた頃であった。

そういう身が太閤・豊臣秀吉を「恐ろしいお方」と言う。しかし、と家康は苦笑を漏らした。

「端から見ておるのと、顔を合わせておるのとは大きく違うぞ」

羅山が小声で「それは」と発し、深々と頭を下げた。

「賢しらに、申し訳ございませなんだ」

こうして語っているのは、家康が遺訓に込めた真意を教えるためである。それを知らぬまま将軍家の子らに教えを施しても、生半なものにしかならない。

「真意を知らずして語るなかれ。まさに大御所様が仰せのとおりにござります」

「構わぬよ。知らぬなら、知れば良いだけじゃ」

そして家康は、こう続けた。秀吉は恐るべき天下人だったが、実は天下を取る前の方がよほど恐ろしかったのだ、と。

「次は、その辺りを聞かせようか」

家康の目が、遠い昔を眺めるものになっていった——。

＊

「危ないところだったわい」

山裾を見下ろし、家康は安堵の息をついた。眼差しの向こうには黒母衣を象った大ぶりな指物——池田恒興の馬が、じめじめした長久手の野を進んでいる。率いる兵は概ね五千、山中の徳川勢には未だ気付いていないらしい。

やがて池田隊は右から左へ、すなわち西から東へと過ぎて行った。二里（一里は約六百五十メートル）ほど離れてこれに続くは、敵の二番手・森長可である。

家康は「む」と唸った。仕掛ける頃合だろうか。

しかし思い止まった。自らを律するべく、口中に呟く。

「急いてはことを仕損じる。まして相手は」

此度の戦、敵は羽柴秀吉であった。

発端は二年前、織田信長が明智光秀の謀叛で横死した一件に遡る。

信長亡き後、織田家の舵取りを巡って柴田勝家と羽柴秀吉の間に争いが起きた。この争いを制した秀吉は、主家の実を握って「織田家」を「羽柴家」に作り変えんとしている。

これに憤った者があった。信長二子・織田信雄である。そして一ヵ月前、天正十二年(一五八四)三月に兵を挙げた。

家康は信雄の友軍として兵を差し向けた。織田領を切り取る絶好の機会であった。そうまで首尾良く運ばずとも、秀吉のひとり勝ちだけは阻まねばならない。

徳川勢は尾張の小牧山城に入り、羽柴勢はそこから北東へおよそ十里の楽田に布陣して、睨み合うに至った。

すると四月六日の夜半、敵におかしな動きがあった。どうやら中入りの軍――別働隊を組んで小牧山を迂回、徳川本領の三河を侵す構えと見えた。

羽柴勢の兵力に対抗するため、ほぼ全軍を率いて来たのだ。留守同然の三河を襲われては堪らじと、家康は一万一千余を動かして先回りしていた。

「とは申せ……。遅い」

軽く溜息が漏れた。仕掛ける頃合と知りつつ動かないのは、大事な報せがまだ届いていないからであった。

正面を行く先手の池田恒興、二番手の森長可から離れて、敵には三番手、四番手がある。この後続を叩くべく、五千の兵を差し向けていた。そちらの戦いがどう転ぶかで、家康本隊の動きも変わらざるを得ない。味方が負けたなら、敵の全隊をやり過ごした上で後ろを取って襲い掛かる。そして、もし味方が敵の三番・四番を蹴散らしていたなら――。

「注進、注進！」

不意に、その声が山肌を駆け上がって来た。思わず床几を立って目を向ける。少しの後、伝令の背に躍る指物が見えた。源氏車は敵後続に当てた大将・榊原康政の印である。

「勝ったか。どうだ」

待ち望んだ報せと知って、自分から口を開く。伝令は幾らか気圧されつつ、すぐに跪いて返した。

「お味方、中入りの大将・三好秀次（みよしひでつぐ）を蹴散らしてござります。引き続いて三番手・堀秀政（ほりひでまさ）を叩くべく、既に動いておりますれば」

「よし！」

家康の顔が、ぱっと血気の朱を纏った。振り向いて馬廻衆に下知を飛ばす。

「馬印、掲げい」

応じて、三尺四方（一尺は約三十センチメートル）の金扇が高々と掲げられた。と、しばらく東に行った先で法螺の音が響き、鬨の声が湧き上がった。左翼を固める井伊直政の赤備えが、軽い地鳴りと共に山を下って行く。

「掛かれ！」

井伊に続いて、家康も手勢を動かした。

横合いからの喊声を受け、敵軍は狼狽えている。そこへ、山から駆け出た赤備えの騎馬が突っ掛けた。井伊直政以下が縦横無尽に馬を駆り、池田恒興隊を掻き乱してゆく。寸断された敵を、家康の徒歩勢が囲んで叩く。敵は瞬く間に四分五裂の体となり、逃げ出す足軽の姿が目に付くようになってきた。

そこへ「放て」と下知ひとつ、家康本陣の鉄砲が火を噴いた。

「お？　おお！」

家康は思わず声を上げた。斉射が敵将・森長可を捉え、射貫いている。敵は烏合の衆と化し、戦はまさに思うがままに進んだ。

一時（一時は約二時間）余りで、徳川勢は圧勝した。森長可に加え、一番手の将・池田恒興をも討ち取っていた。

この長久手の戦いの後、秀吉との戦は再び睨み合いに陥った。互いに陣を堅固にしすぎ、下手に手出しできなくなっていた。

もっとも家康は、日々を無為には過ごさなかった。書状を飛ばし、人を遣り、関東の雄・北条氏直、四国の長宗我部元親、紀伊の地侍・雑賀衆と根来衆を糾合して秀吉を囲んでゆく。

秀吉も、常陸の佐竹義重、越後の上杉景勝、さらに西国の雄・毛利輝元と連携して対抗する。戦は膠着し、長陣となったのだが——。

「何と。信雄、おのれは阿呆か!」

十一月も半ばのこと、思いも寄らぬ一報を耳に、家康は声を荒らげた。

織田信雄が、秀吉と和議を結んでしまった。

信雄は父・信長にまで盆暗と言われた男である。それでこそ友軍を出す値打ちがあった。秀吉を退け、信雄に織田家を握らせれば、所領を掠め取るのは容易だったろう。然るに信雄は中途半端に終わらせてしまった。勝ち目は十分あったというのに、さすがは魯鈍に過ぎる男、長陣に耐えるだけの心を持ち合わせていなかった。

この戦は飽くまで秀吉と信雄の争いであり、徳川は友軍に過ぎない。信雄が和議を容れた以上、そこで終わりなのである。

致し方なく、家康も和議を呑んだ。

尾張での戦が膠着している裏で、秀吉は信雄領の伊勢と伊賀を攻め、優位に立っていた。これと講和する以上、条件も秀吉に有利なものとなる。家康は次男の於義丸(おぎまる)を秀吉の養子に出さねばならなかった。

何ひとつ得るもののない戦が終わり、年明け天正十三年（一五八五）を迎えた。

この年の三月、秀吉は雑賀衆と根来衆を叩いて紀伊を平定した。さらに五月からは四国に出兵し、長宗我部元親を叩きに掛かった。

「十万……か。遠からず、長宗我部も降ることになろう」

秀吉が四国攻めに出した数を聞き、家康は重い溜息をつく。重臣・酒井忠次も、しかめ面で頷いた。

「またぞろ、羽柴の使者が寄越されましょう」

紀州の地侍たちを潰した後にも、秀吉は使者を寄越して来ていた。互いに和議を結んだ間柄、家康も羽柴と手を取り合い、天下のために働いてはどうかという勧めである。その折には体よく断ったものの、長宗我部が降れば同じ用件の使者が来るだろう。

小牧・長久手の戦いで家康に与した面々を潰しては、使者を寄越す。紛うかたなき恫(どう)喝(かつ)であった。これが目に見えているとあっては、如何にしても気は晴れない。

「正直、嫌になってきたわい」

胸中の憂いを吐き出すと、酒井が驚いた目で問い返した。

「まさか、容れると？」

家康は「馬鹿な」と目を剝いた。

「左様な訳にいくか。曲がりなりにも、わしは五ヵ国の大名ぞ」

本領の三河に、今の本拠・遠江。さらに駿河、甲斐、南信濃。これだけの所領を抱える大身が、しかも関東の大半を握る北条とも気脈を通じているのだ。秀吉もおいそれとは手を出せまい。

「しかも羽柴の猿は、わしとの戦いでは負けたではないか。だからこそ使者で済ませんとしておるのだ。潮目を読み、然るべき時に北条と組んで戦えば勝ち目はある」

「いやはや、驚きましたぞ。天下への望みを捨てられたのかと」

胸を撫で下ろしたように、酒井が長く息をつく。家康は苦笑して軽く頭を振った。

「捨てはせぬわい。羽柴筑前は信長殿に似ておる。世の中を良く導くとは思えん。ならば諦めてなろうか」

「はて？　それがし、使者として信長公には幾度もお目通り致しましたが」

秀吉と信長のどこが似ているのか、得心しかねるらしい。それで構わぬところだと、家康は曖昧に言葉尻を濁した。

四国攻めの開始から二ヵ月半、長宗我部元親は七月二十五日を以て秀吉に降った。すると見通し違わず、またも使者が寄越された。

だが、以前とは全く訳が違った。四国攻めの最中の七月十一日、秀吉に関白の位が宣下されていたからだ。関白は帝(みかど)に代わって政(まつりごと)を執る身であり、その使者は羽柴に従うことを「勧め」はしない。関白の下知として「命じる」のみであった。

もっとも家康は、何とかこれを退けた。時が至らば自ら麾下(きか)に馳せ参じよう。されど未だその時にあらず——言い逃れの弁を押し通した以上、使者を手ぶらで帰す訳にはいかない。敵意がないと示すため、秀吉への進物にも財を叩かねばならなかった。

＊

先の四国征伐から概ね二ヵ月、閏八月を挟んで九月を迎えている。秋風を幾らか冷たく感じるようになった中、浜松城本丸館の広間に重臣・鳥居元忠が平伏した。

「此度の戦、まこと申し訳次第もございませなんだ。真田の小勢相手に負けるとは」

手討ち覚悟で参じた、という顔である。家康は「いや」と苦笑を浮かべた。

信濃の小県郡、および上野の西半分を治める真田昌幸。この男を攻め滅ぼすべく、家康は鳥居を大将に八千の大軍を送り込んでいた。ところが鳥居は、たった千二百の真田勢を相手に大敗を喫した。千三百の兵を損じるという失態である。

「負けてはならぬ戦だった。なのに、わし自ら兵を率いなんだ。其方だけの咎ではない」

油断はこの家康も同じ。そう言ってやると、鳥居は平伏して涙を落とした。

「ご寛典、痛み入りましてござります」

「おい。泣くほどのこと……ではあろうが、泣くな。考えようによっては、北条に気を使わんで済むようになったのだ」

「上野のことに、ござりますか」

涙顔の鳥居に、鼻息を抜きながら頷いた。

上野のこととは、まさに真田攻めの戦を起こした原因であった。

信長の死に際しては、甲信――往時、織田領となってわずか三ヵ月――と北関東も混乱に陥った。家康はこれに乗じ、甲斐と南信濃を切り取っている。とはいえ、楽に得た訳ではない。同じく版図を拡げんとする北条氏直と、およそ五ヵ月に亘る争いがあった。

この戦いは、ひとりの男によって流れが変わった。その男こそ真田昌幸である。

家康は真田を調略して味方に引き込み、信濃での戦いを有利に進めた。すると北条から和議の申し入れがあった。甲斐と信濃は徳川、上野は北条の切り取り次第として、互いに手出し無用という条件である。

折しも羽柴秀吉と柴田勝家が一触即発だった頃、家康はそちらにも目を向けねばならぬとあって北条と盟約を結んだ。上野の西半国は真田が握っていたが、これについては追って代地を宛がうつもりだった。

ところが真田は西上野の明け渡しを頑なに拒み続け、挙句、越後の上杉景勝に鞍替えしてしまった。面目を潰され、また、そのままでは北条への義理も立たぬとあって、家康は真田攻めの兵を出した。そして大敗したのが此度の顚末である。

「とは申せ、もう昌幸は徳川と関わりなき者よ。上野は北条の好きに攻めてくれと言える」

腹の虫が治まった訳ではない。だが北条との盟約に障りがなくなったことだけは、好事かも知れなかった。

「それに、今は所領の差配の方が大事だ」

家康は眉を寄せ、大きくひとつ息をついた。

実のところ、徳川領内は苦しい。一昨年から昨年にかけて、地震や大雨に見舞われていたからだ。その中で秀吉のひとり勝ちを阻むべく、兵を出さねばならなかった。にも拘らず、小牧・長久手の戦いで得られたものはなく、損耗ばかりが膨らんでいる。

「向こう一年ほどか……国を立て直さねば。其方にも、頼むところは大きい」

そう言ってやると、鳥居は涙を拭い、真っ赤になった目元を引き締めた。

「必ずや、ご信頼にお応え致します」

天下を志すなら、足許を固め直すことが急務である。秀吉からは降を迫られているが、しばらくは和議を楯にやり過ごせるはずであった。

然るに、ものの十日で流れが変わろうとは——。

「人質を？　羽柴が求めて参ったのですか」

酒井忠次が目を見開いた。居室に集めた余の重臣たちも、一様に驚愕と怒りの面持ちである。思いは家康も同じ、強く奥歯を噛んで頷いた。

「於義丸を養子に出したと申すに、足りぬと言うて参った」

時が至らば自ら麾下に馳せ参じよう。されど未だその時にあらず。七月に使者を退けた言葉尻を捉えられ、ならば証を立てよと脅しをかけられていた。

「浅はかなり猿面冠者！　語るに落ちるとは、まさにこのこと」

酒井の左隣で、本多忠勝が荒々しく言い放った。秀吉が人質を求めたのは、徳川を恐れていると白状したようなもの。ならば応じる必要なし、なお恐れさせるに如かずと吼える。後ろの列に座する鳥居元忠も「然り」と頷いた。

「長久手で捻られ、怖じ気付いておるのでしょう。戦では徳川に敵わじ、負けて傷を負えば羽柴の天下が揺らぐと」

榊原康政、大久保忠佐、井伊直政、大須賀康高ら、並み居る重臣が「左様」「そのとおり」と気勢を上げる。元より家康も気に入らぬ話とあって、これで論は決したかに見えた。

が、ひとり異を唱える者があった。

「それは如何かと思われます」

石川数正である。その痩せた細面に衆目が集まった。

「何を申す。お主ほどの男が弱気の虫に付かれるとは」

いつもは温厚な酒井が珍しく色を作した。もっとも、当然か。家康の二子・於義丸は、本当なら徳川の後継ぎ——長子・信康は既に世を去っている——だったのだ。これを養子に出してやったというのに、さらなる人質を求めるなど愚弄以外の何物でもない。

しかし石川は、臆することなく胸を張った。

「方々は、関白の力を甘く見すぎておられる」

皆への言葉ながら、眼差しは真っすぐ主座へ。つまりは家康も、ということである。

「織田信雄殿に友軍を出す前、それがしは大坂への使者に立っており申した」

然り。甲斐と南信濃を得たばかりで連戦にならぬよう、少しばかりの猶予を得るためであった。そして石川は、秀吉の本拠・大坂の様子を目の当たりにしてきた。

「正直なところ、驚いたものぞ」

かつて大坂は、湿地だらけの荒れ野であった。だが、秀吉が大坂城を築くに当たって一変した。地固めが成され、城下から何から、徳川領とは比べものにならぬ勢いで切り開かれている。民も羽柴の天下を認め、歓迎しているという。

「其許らの言い分を聞いて、思うた。徳川に勇将や賢才は多くあれど、天下の成り行きや世の流れを知る者はないのだと」

全て家康を向いたままである。それに続けて、石川はまさに主君への言葉を発した。

「我が石川家は、徳川が未だ松平を名乗っておった頃、三河の小勢だった頃からお仕えして参りました。殿がお生まれになった日とて、この数正、良う覚えており申す。あの赤子が、これほどの大身になられた。徳川家は、殿は、それがしの誇りにござる。ゆえにこそ道を違えて欲しくはないのです」

切々と語り、石川はなお諫めた。血気に逸ってはならないのだと。

「羽柴と戦うて勝つには、我らの全てを使いきる覚悟が要り申す。地震や大雨で国が弱っておる折、左様な戦ができますのか。たとえ勝ったとて深手を負うは必定にござる」

北条との間が良好だからと言って、高を括ってはいられない。昨日の友が今日の敵となるのが戦乱の世なのだ。北に目を向ければ、上杉景勝や真田昌幸も秀吉の傘下に入っている。それらの面々が、全てを使い果たした徳川を放っておくだろうか――。

「どうか軽挙は慎まれますよう。殿が長らく耐え忍んでこられたのは何のためか。今ここで羽柴に膝を折るとて、いつか必ず再起の日は訪れるはず」

平伏して吐かれた諫言に、家康は自らの思いを呑み込んだ。

耐えて、ここまで来た。幼少の頃に織田の人質となり、次いで今川の人質となり、長じては今川義元の家臣に組み込まれた。独り立ちした後も、盟友であるはずの織田信長から家臣同然の扱いを受けた。

だからこそ、もう耐え忍びたくない。

否。だからこそ、さらに耐え忍ぶべきなのか。分からない。

「話になり申さん」

本多忠勝が怒声を上げ、座を立った。次いで榊原康政、井伊直政が腰を上げる。家康は、それらを宥めるように「待て」と声を張った。

「皆、少し頭を冷やせ。怒りは正しき断の妨げとなる」

今日のところは、話はこれまで。追って再び話すべし。そう決めて皆を下がらせた。

しかし家康は再びの評定を催さず、秀吉の脅しを、そして石川の諫言を蹴った。日を改めたところで、皆の不承知は覆るまい。さらなる人質を送り、家中に不信を植え付ける訳にはいかなかった。

すると――。

二ヵ月ほどが過ぎ、十一月も半ばの、ある朝のことであった。

「何と。数正が」

日の昇る少し前、井伊直政が早すぎる出仕をして告げた。石川の屋敷が、もぬけの殻になっている。どうやら秀吉に調略され、出奔したらしいと。

困ったことになった。古くからの譜代が秀吉に引き抜かれたのだ。徳川の内情も、戦のやり様も、全てが筒抜けになってしまう。

「石川め、端から関白に通じておったのか」

満面に憤怒の朱を湛えた井伊に、家康は「ふう」と溜息を返した。

「数正の心は、数正にしか分からん」

石川の言葉を退けるより外になかった。だが、あの血を吐くが如き思いは、間違いなく本物だった。諫言ひとつが通らなかっただけで出奔するとは思えない。ならば石川は、敢えて出奔したのではないか。自らの身を贄(にえ)とし、主君を諫める。最後の手段だったのかも知れない。

掛け値なしにそう思う。が、同時に「もしや」の念が浮かんだ。

少しばかり、寒気を覚えた。

だから秀吉は、人質を求めてきたのではないか。徳川が決して受け容れられない話と分かっていながら。

大坂を訪れた石川に会い、人となりを見抜いていたのだとしたら。人質を求めて、当然のように蹴られる。その時、石川数正という男がどう動くか。己が身を捨てて主家に殉じると、そう見越して仕掛けたのでは。

軽く身震いした。だとしたら秀吉は恐るべき慧眼(けいがん)だ。この家康以上に人を良く見ている。手の内を知られて勝てるほど甘い相手ではない。ひとりでに背が丸まった。

「殿」

井伊が怪訝そうに声を向けてきた。家康は奥歯で震えを噛み殺し、敢えて、のんびりとした声を作った。

「直政。わしはまた、しばし耐えねばならぬらしい。耐え忍んで、まず領国を立て直す。その間に、其方は徳川の戦のやり様を立て直せ。関白の知らぬ形に作り直すのだ」

「それがしが？　されど」

井伊の目に驚きと不安が入り交じる。他の重臣より多分に若い自分が徳川の戦を立て直すなど、年長の者たちが認めようか、と。

家康はうな垂れた首を少し持ち上げ、面持ちを引き締めて応じた。

「其方の赤備えは、武田が遺したものぞ」

山県昌景、小幡信貞（おばたのぶさだ）、浅利信種（あさりのぶたね）。武田には三つの赤備えがあった。かつて織田信長と共に武田勝頼を敗走させた戦――長篠の戦いの折、山県を討ち取って降兵を容れ、これを元に組まれたのが井伊の赤備えなのだ。

「赤備えの者共は武田の戦い方を知っておる。それを、これからの徳川の戦い方とすべし」

まだ負けた訳ではない。家康の胸には確かにその火が灯っていた。

とはいえ、である。石川数正を引き抜かれれば、こちらが戦法を改めるくらいは秀吉も見越しているだろう。徳川が武田流の戦い方を会得するには少々の時を要するが、それまで待ってくれるとは考えにくい。

近いうちに、きっと攻め寄せて来る。まず十万を下るまい。秀吉がそれを整えるのに、どれだけかかるのか。早ければ年明けだと考えて、徳川では練兵に余念がなかった。

＊

家康はその晩、畳に何枚もの紙を並べて食い入るように見ていた。連なる文字、時折差し挟まれる布陣の図は、井伊の赤備えから聞き出した武田の軍法である。

「……やれやれ」

薄暗い灯明の下で凝視し続けると、さすがに疲れる。瞼を閉じ、軽く目頭を揉んだ。

すると、遠くから響くものがある。

何だろう。

いや。これは地鳴りだ。まさか——。

思う間もなく、ドンと尻が突き上げられた。

「あっ！　い、うわ、おい！」

突き上げられた次には、激しく揺れた。柱がみしみしと軋み、外では屋根の瓦が落ちて割れる音が響く。部屋の障子が外れ、内へ外へ、がたがたと倒れ込む。

揺れはなお大きく、強く、嵐に揉まれる船かと思うほどに酷い。灯明の台が倒れ、畳の上に油が飛び散った。

「い、いい、いかん」

火事になっては一大事、灯心を揉み消さねば。火に覆い被せるべく羽織を脱ごうとするも、揺れのせいで思うに任せない。

動転しつつ、やっとの思いで羽織を脱ぐ。ところが、その間に灯心は、先まで目を凝らしていた紙の方へと転がっていた。

「もっと、いかん！」

徳川の命綱となる軍法、燃えてはならじと引っ手繰るように掻き集める。そこへ、ひと際激しく突き上げられ、転げて尻餅を搗いた。

「熱、あちっ」

尻餅は灯心の上だった。火は、家康の尻に押し潰されて消えた。

狼狽と焦燥の時を、どれほど過ごしたろう。冬の宵にも拘らず、揺れが収まった頃には汗まみれになっていた。天正十三年十一月二十九日、夜四つ（二十二時）を少し過ぎた頃。世に「天正地震」と呼ばれる天災である。石川数正の出奔から二十日足らずの晩であった。

「これは酷い」

地震から三日の後、家康は領内を見回って眉をひそめた。

浜松城では各々の郭にある館の瓦や障子が壊れたくらいで、石垣にも目立った傷みはない。城下にしても、堅牢な造りの武家屋敷は軽い修繕で済むくらいと見えた。

だが、町衆や百姓の住まいには崩れ落ちたものも多い。田畑に至ってはそこ彼処に地割れが起きている。水路が壊れた村もあれば、地から水が湧き出したところもあって、冬場の青物や芋を作る畑の土が洗い流されている。

あまりの惨状に、家康の馬廻衆は絶句の体であった。轡を並べる酒井忠次も、頭が痛いとばかりに低く唸っている。

家康とて同じ、正直なところ途方に暮れた。この状況で秀吉に兵を向けられたら、万にひとつも勝ち目はない。

「しばらく戦どころではないぞ。忠次……どうしたものか」

良案が浮かばず、傍らの馬上に声を向ける。しかし酒井も「まずは皆の暮らしを何とかせねば」と言うのみであった。

取り急ぎ、領内各城の蔵を開いて民への施しを行なった。次いで城下や村の民を督し、立て直しを急がせる。あまりに当たり前のことしかできない中、秀吉に対して打てる手は、透破を放って大坂を探ることのみであった。

　ここで攻められたら負け。そうと分かっていて相手の動きを探るのは、苛立ちを助長するだけの愚行だったかも知れない。しかし先般の地震は、秀吉の本拠・大坂にこそ甚大な爪痕を残していた。

　大坂城は石垣が崩れ落ち、城下がそっくり潰れてしまったそうだ。京の町もあちこちに潰れた家や崩れた塀が散在する有様で、近隣の近江や和泉、さらには美濃や尾張、果ては遠く越前や加賀、能登にさえ害が及んでいるという。

「そうか。まずは、ひと息といったところだ」

　庭先に跪いた透破の報せを聞き、家康は一面で胸を撫で下ろした。秀吉が関白という立場にある以上、今は諸国の収拾を考えねばならぬはずで、しばらくはそれに忙殺される。徳川に兵を向けるにせよ、少し先の話になるのは間違いない。

　如何ほどの猶予があるだろうか、大まかにでも目安を付けんとして問うた。

「其方が見立てで構わぬゆえ、聞かせよ。大坂が再び整うまで、どれほど時を食うと思う」

　すると透破は、思いも寄らぬ答を返した。

「はっ。向こう……十日ほどかと」

「十日か。なるほ……いや待て、おい！」

耳を疑った。徳川領の三河と遠江では、城下の片付けさえ未だ四半分も済んでいないのだ。然るに。

「城の石垣が崩れたのであろう。城下とて、そっくり潰れたと申したではないか。浜松より遥かに酷いと申すに、あと十日だと？」

そんな訳があるかと、廊下から素足で庭に下り、透破のすぐ前まで詰め寄る。透破は跪いたままで飛び退き、深く頭を下げた。

「左様に仰せられましても。何しろ大坂では浜松の七、八十……いやさ百倍も、立て直しの頭数を揃えておりますれば」

「あ。お」

間の抜けた声が漏れた。斯様な天災の折、何よりものを言うのは人の数である。どれだけの数を動かせるか、すなわち、その頭数を動かすだけの財があるかどうか。

それを思うと、かつて石川数正が吐いた言葉が胸に蘇った。

『方々は、関白の力を甘く見すぎておられる』

そうだ。秀吉は既に織田領の大半を握っている。この力、領国から得られる財の力を以てすれば、できるのだ。あと、わずか十日で。

「わしも」

呟きひとつ、それきり出て来る言葉はない。

確かに甘く見ていた。家臣たちではない、誰よりこの家康が関白の力を甘く見ていた。織田の領国を握ることが、如何ほどの力を生むか。長らく信長に従っていた以上、重々承知していたはずなのに。なぜ見えなかった。否、どうして見ようとせずにきたのか。

それは、秀吉が織田を簒奪した身だからだ。

秀吉の傘下に入った大半は、織田に仕えていた面々である。これらの者共が、心の底から秀吉に服するはずがない。どこかでそう思い、高を括ってはいなかったか。

「されど。わしこそ」

然り。自分なら、秀吉に従う諸侯の心は分かるはずだった。織田の盟友でありながら家臣同然の扱いを受け、それでも信長の力を恐れて諾々と従ってきた、この家康ならば。

「……大儀であった。下がって良い」

透破にひと言を向け、力ない足取りで館に戻る。自らの居室に入ると酒井忠次を呼んだ。

「忠次これに。如何な御用にござりましょう」

半時足らずで参じた酒井は、城下の片付けを督していた時のまま、括(くく)り袴(ばかま)の姿であった。忙しい中を急ぎ参じたのかと思うと、いささか申し訳ない。だが家中で最も温厚、かつ思慮深い男にだけは、早々に明かしておかねばならぬ話である。

「まず入れ。障子を閉めよ」

それが人払いを意味すると察し、部屋の外に侍する小姓たちが下がって行く。余人の気配がなくなると、家康は大きく溜息をついた。

「先々の話だがな。徳川は関白に従うことになろう」

「左様な！」

酒井が色を作す。しかし家康の浮かべる苦渋を目に、その怒りはすぐに鎮まっていった。

「どういう訳なのです」

問われて家康は語った。つい先ほど透破から聞いた、関白の力を。

「向こう十日……それほどに」

じわりと酒井の面持ちが曇る。二度三度と、小さく頷いて返した。

「当然よな。あやつは既に信長殿の残した力を握っておるのだ」

主家を掠め取った者。しかし、その力は誰にも抗えぬだけのものがある。ならば嫌々でも、恐怖しながらでも、従うのが人というものではないか。

「それが、数正が申していた関白の力だと」

「ああ」

俯いて、やる瀬ない息をついた。

「わしは……信長殿が黄泉に渡られてから、浮かれておったのやも知れぬ」

真田を攻めた折の大敗はあるにせよ、信長亡き後の三年余、総じて勝ち続けてきた。元々の三河、遠江、駿河に加えて甲斐を得た。信濃とて真田の小県を除く南三郡を手に入れている。それも、この短い間に。

「だから目が曇った。関白の力が信長殿の力と同じだと、左様な当たり前の話が見えぬようになっておった」

勝利ばかり知って、深手を負うほどの敗北を味わうことなく来た。そのせいで秀吉を見くびり、ともすれば徳川の命運を危うくするほどの害を呼び込もうとしていたのだ。

「仰せの儀、良う分かり申しました」

酒井が苦悩を浮かべ始めた。そして問う。どの頃合で秀吉に従うのか。或いはすぐに麾下に参じ、地震の傷を受けた領国の立て直しに力を貸してもらうのか、と。

家康は「いや」と頭を振った。

今まで散々、秀吉を蔑ろにしてきたのだ。自分の都合だけで掌を返すのは、下衆のやり様と言えまいか。

「左様な心得では、徳川の扱いは酷いものとなろう。今すぐ降れば自らの首を絞める。

むしろ引き続いて拒み続け、その裏で頃合を計るべきではないか」

「ご自身を、できるだけ高く売るべしと。左様にお考えなのですな」

小さく頷き、苦笑と共に応じた。

「しばし、家中を騙(だま)すことになる。其方にも片棒を担いでもらうぞ」

他の者に明かしてはならぬ。釘(くぎ)を刺すと、酒井は感じ入ったように「承知」と返した。

＊

「来るなら来い！」

広間に家康の一喝が飛ぶ。秀吉の使者が怯(ひる)み、目を白黒させた。天正十四年（一五八六）一月、年明け早々であった。

「臣礼を取らねば兵を出すとな。面白い。たとえ十万の大軍を寄越されようと、徳川は屈せぬぞ。確かに我らは数に見劣る。されど地の利で補い、最後の一兵まで戦って、必ずや関白に深手を負わせてくれよう」

さあ、どうする――眼差しで凄(すご)んだ。秀吉の下に付くことを嫌う者は必ずいる。徳川と戦って損耗すれば、それらの者が火の手を上げよう。攻め寄せるなどと、自らを滅ぼす覚悟があって言っているのか。

「早々に立ち戻り、関白に左様申し伝えよ。往ね！」

言葉の限りを尽くして罵倒し、使者の返答も待たずに立ち上がると、ずかずかと床を踏み鳴らして広間を去った。井伊直政や本多忠勝などが晴々とした面持ちで後に続いた。

面々の手前、憤慨の体を崩さず胸を反らせている。もっとも胸中は、冷や冷やする綱渡りにも等しい。今頃、広間では酒井が苦労しているだろう。使者を宥め、話がこじれすぎぬように取り繕っているはずであった。

少しの後、その酒井が居室に参じた。幾らか安堵を湛えた顔つきである。巧くやってくれたようだと察し、家康の背から力が抜けた。

「大儀であった。まこと、大儀」

酒井は「はは」と照れ臭そうに笑い、然る後に軽く口元を歪めた。

「向こうの体面を整えてやるのは、少しばかり骨が折れました。されど殿、どうやら関白は徳川に兵を向ける気はなさそうですぞ」

「お？　まことか」

「はい。豊後の大友義統が、関白に助けを求めておるのはご存じでしょう」

その話は、かねて聞いていた。

昨天正十三年十月、秀吉は九州に惣無事令を発していた。全ての戦に矢止め——停戦を命じ、かつ、今後は関白の命じる戦以外を私闘と位置付けて禁ずるという法度である。

薩摩の島津義久に攻め立てられ、苦境に立った大友が助けを求めてきたことへの対処だった。

「では、近いうちに島津攻めの戦があるのか」

「島津は惣無事に知らぬ顔ゆえ、恐らくは」

惣無事令の後、島津の大友攻めはかえって激しさを増した。関白が動くより先に九州全土を統一し、これを認めさせたいのだろう。

「されど関白にしてみれば、易々と認めてやる訳には参りますまい。島津の勢いが増す前に叩かねばならぬはず」

家康は「なるほど」と頷いた。

「関白なればこそ、助けを求められて断る訳にもいかず……か。ゆえに我ら徳川には手が回らず、脅して従わせたい。そういうことだな？」

「やはり、十一月の地震が効いているのかと」

だとすれば徳川には猶予が生まれる。その間に軍法を改め、練兵を進めれば、或いは秀吉に膝を折らずに済むのではないか。酒井はそう言い、眼差しでこちらの肚を問うた。

寸時、家康の心は動いた。だが、すぐに思い止まり、いささか寂しい笑みを返した。

「世の流れには、逆らえまいよ」

島津が九州を手中にすれば、秀吉はこれを叩くに於いて決戦の構えを強いられよう。

だからこそ、関白の力が島津を圧倒しているうちに動こうとしているのだ。

秀吉が島津を叩き終えるまで。徳川に与えられた猶予とは、それまでの、ごく短い間でしかない。然る後に、果たして関白に抗えようか。島津を呑み込み、九州全土を従えて、さらに力を増した秀吉に。

「言われてみれば、まさに……。それがしの目は、まだまだ甘うございました」

恥じ入る酒井に、軽く頭を振ってやった。

「ただ、其方が申したとおり、地震のあれこれには関白も苦労していよう。ゆえに、もう少し譲らせることはできる」

さて、次はどういう使者が寄越されるのか。世の動きを睨みつつ、家康は領内と軍兵の立て直しに時を費やした。

すると同年四月、秀吉は何と婚姻を持ち掛けてきた。

家康には正室がいない。かつて正室・築山殿が信長に謀叛の嫌疑をかけられ、これを討ったからである。織田の力には抗えないと観念し、涙を呑んで下した断であった。以来、後添えを迎えていない。ならば秀吉の妹・朝日姫を継室にどうかと、斯様な申し入れである。この話を明かすと、本多忠勝が激昂した。

「言語道断にござる！　何とて殿のご正室に、百姓上がりの妹などを」

余の重臣も一様に「心得違いも甚だしい」「猿の身が人の真似など」「運良く成り上が

っただけの痴れ者が」と憤慨している。

「容れてはなりませぬぞ。殿が身内扱いとならば、関白は無理を言いやすくなる。そこで横車を押し、徳川を挫く奸計に相違ござらん」

酒井忠次の顔も血気に赤い。が、眼差しの奥には「どうします」の問いが滲んでいた。芝居の巧さに心中で笑い、しばし無言を貫く。そして、おもむろに口を開いた。

「これは、容れよう」

途端、重臣たちから怒号が飛んだ。その輪の中、ひとり酒井だけが声を上げず、驚愕の面持ちを作っている。幾らか大袈裟な顔だが、まずは先んじて示し合わせたとおりであった。

「忠次。何か思うところがありそうだが」

思慮深さは知られた男ゆえ、これにて余の者の喚き声が止む。衆目集まる中、酒井は「恐れながら」と頭を下げた。

「もしや殿は……関白の義弟となられ、内側から崩すおつもりでは」

「まさに、それよ」

家康は大笑し、然る後に一同を見回した。

「此度の一件、関白の失策とは申せぬか」

考えてもみよ。婚姻のすぐ後で、秀吉が徳川を潰せるかどうか。あり得ないのだ。それでは関白に従う者が不信を抱く。

「まあ関白は……胸の内では、わしを弟とは認めまい。ゆえに、いつかは徳川を潰すべく牙を剝くであろう」

されど、と声を大にする。それこそが秀吉の失策なのだ、と。

「あの猿の肚はどうあれ、余の者にとっては、わしが関白の義弟であることに変わりはない」

その立場と、婚儀によって得られる幾らかの時。二つがあれば、語らえはすまいか。織田家を掠め取った羽柴秀吉を嫌い、しかしあまりに強大な力に尻込みして、忸怩たる思いを抱いている者たちを。

「どうだ皆の者。関白の義弟を隠れ蓑に、志を同じくする者を束ねる。そして、いつか羽柴の足を掬うのだ。これぞ天下への新たな道筋とは思わぬか」

「さすがは殿にござる」

すかさず、酒井が大きく頷く。もう異を唱える者はない。皆が畏敬の眼差しであった。

二十日ほどの後、五月十四日。家康は秀吉の妹・朝日姫を正室に迎えた。以後「駿河御前」と呼ばれるこの女は、当年取って四十四の大年増である。だが家康はこの室を丁重に扱い、努めて優しく接した。

婚姻に際し、秀吉は家康に臣礼を求めなかった。それを求めて断られ、互いの間に新たな溝を生むことを嫌ったのであろう。

「まずは祝着にござる」

朝日との婚姻から数日、酒井が居室に参じて喜ばしい顔を見せた。

「皆を説き伏せた折のお言葉など、とても欺くためのものとは思えませなんだ」

「で、あろう？　騙すために申したのでは、ないからな」

家康は、にやりと笑った。

関白に連なる身となり、羽柴の天下を嫌いながらも従っている者を束ねる。世の流れが大きく変わった中、それこそ天下への新たな道筋。それは紛うかたなき本音であった。

酒井が「はあ」と感嘆の息をついた。

「欺かれたのは、それがしも同じだったとは」

「遠からず関白は、まともに戦える相手ではなくなる。当面、膝を折るのは致し方ない。ただ毟(むし)り取れるだけ毟り取っておかば、先々が楽になろう」

義弟の立場を得て、それでも臣礼を取らねば秀吉の顔も立つまい。それを逆手に取って今少し譲らせたい。そう聞いて、酒井が「お」と目を丸くした。

「では御前に親しく接しておられるのも、そのために？」

家康は「いや」と苦笑を返した。

「朝日とのことは、これも我が本心よ」

輿入れに先立って、朝日は元の夫と無理に離縁させられていた。その身の上は家康に重なるものであった。織田信長という無上の力に逆らえず、かつての正室・築山殿を討たねばならなかった、そういう自分に。

＊

秀吉の島津征伐は、この年の八月に始まった。先手として遣られたのは西国の雄・毛利輝元、また秀吉の側近から黒田官兵衛も出陣した。一方、翌天正十五年（一五八七）を期して秀吉自身も出馬を決め、それに向けて大坂に兵を整え始めている。

総勢二十五万を集めると聞き、家康は大いに驚嘆した。島津は九州の七分目ほどを併呑しているが、兵力は五万余りで徳川とほぼ同じなのだ。地の利は島津にあるとは言え、これほどの大差が付けば勝敗は見えている。

島津の命運も早晩尽きるであろう。そろそろ秀吉に臣礼を取る頃合を計らねばと考え始めた矢先、家康の許に一通の書状が届いた。

「関白からは、何と言って参りました」

取り次いだ酒井の問いに、家康は呆けた声を返した。

「真田を攻め滅ぼしてくれと頼んできた。関白は島津攻めの支度で手一杯ゆえ、と」

「何と！」

酒井の驚きも当然か。秀吉に従う真田を、その秀吉が討てと言うのだ。だが、どういう訳だろう。思い当たるところと言えば——。

「あれではないか。この間、関白が諸国の大名に大坂へ上がるよう命じたであろう」

「真田は応じておりませぬが、それゆえと？」

理不尽な話ではある。真田は今、西上野を巡って北条氏直と争っており、所領を離れる暇などあろうはずがない。そもそもこの下知に従った者など、越後の上杉景勝を始め数えるほどしかいないのだ。

「では、もしや……。関白から殿への、贈りものなのでは」

「去年、わしが真田に負けておるからか」

どこか馬鹿にされているようで腹立たしい。とはいえ、家康も真田には雪辱したいところではあった。その機会を与えてくれるのなら渡りに船である。

「まあ……良かろう。とりあえず兵を整えい」

またひとつ、秀吉が譲った。そう考えて、家康は真田攻めの兵を整え始めた。

ところが、である。あと数日もすれば出陣という頃、秀吉はまたも使者を寄越して来た。引見すれば、耳を疑う話を携えていた。

「御母堂を？」

秀吉の母、つまり家康正室となった朝日姫の母、大政所を浜松に寄越したいのだという。共に使者を迎えた重臣たちも、これには呆気に取られていた。

「はい。駿河御前様をお見舞いしたいと」

遠く離れた地に嫁いだ子に会いたく思うのは当然の人情であろう。そう返した使者に、家康は幾らか口籠もりつつ応じた。

「されどな……。それが、どういうことか。関白……殿下は、ご承知なのか」

「無論にござります」

満面の笑みを返された。

家康は、いったん使者を下がらせた。ひとまず家中で話し合わねばならぬし、大政所を迎えるなら粗相のないよう万端整えねばならぬ、と言って。

家中のみとなった広間は重い沈黙に包まれていた。誰も、何も言わない。家康も同じであった。

大政所が朝日姫を見舞うというのは、形の上でしかない。実のところは、秀吉が自らの母を人質として送るという話なのだ。

なぜだ。どうして、そこまで謙る。譲らせると言っても、これほどのことを望んでいた訳ではない。関白の傘下に入っても、徳川が今の所領を失わないという証が欲しかった。関白の天下に於いて、なお徳川が衆に秀でていられれば十分だったのだ。

然るに秀吉は、妹を家康の正室——という名の人質に出し、今度は実の母にまで同じ役目を負わせんとしている。

「真田攻めを頼んできたかと思えば、斯様な。手が幾つあっても足りませぬぞ」

無言の重さに耐えかねたか、本多忠勝が小声でぼやく。家康も小さく頷いた。確かに今は真田攻めの支度で忙しい。そこへまた別の話を持ちかけられては。

思って、ふと眉が寄った。

どこか引っ掛かる。徳川がそろそろ真田攻めに出陣することは、秀吉も承知していたはずだ。何しろ、島津攻めの支度で手一杯ゆえと、自分から頼んできたのだから。あの折の書状にあったとおり、大坂には続々と兵が集められている。来年を期しての出陣だというのに、既に二十万を超える数が——。

「あ」

小声が漏れた。寸時、家康は言葉を失う。そして、ぶるりと身を震わせた。

もっとも重臣たちは此度の話について考え込んでおり、こちらの様子を目にしていない。それを良いことに総身の震えを必死で抑え込み、ようやく、の思いで威厳を取り繕った。

「決めたぞ。大政所の一件、容れることにする」

ざわ、と広間の空気が動いた。さもあろう。大政所を人質として受け容れれば、家康は秀吉に臣礼を取る以外にないのだ。

「それで、よろしいのですか」

酒井忠次が問い詰めるような声を寄越した。無論、そう繕ったに過ぎない。家康は胸の内を落ち着けるべく、ひとつ息をついて返した。

「致し方あるまい。これ以上、関白が譲れるところはなかろうゆえな」

妹を嫁に出した。今、母を人質に入れるという。先には、関白に従う真田を討って構わないと言ってきた。徳川は真田に遺恨のあろうゆえ、と。

「悔しいが、ここまでよ。世の流れを思わば、得られるものを得た方が良い。直政」

井伊直政に向き、命じた。真田攻めは取り止めとする。戦のために整えていた兵を転じ、大政所の警護に当てるべしと。

ひと月ほどして十月十八日、大政所は浜松を訪れた。家康は義理の母となった老婆を丁重に迎えて歓待すると、旅路に就いた。率いる兵は警護の一隊、二百のみ。酒井忠次を始め、本多忠勝、井伊直政など数人の側近を伴った。

＊

十月二十六日、家康は大坂に到着した。取り次ぎは秀吉の弟・羽柴秀長（ひでなが）であった。

「徳川権中納言、参上仕りましてござります」

秀長の屋敷に至り、酒井が声を上げる。先触れを発していたため、門のすぐ内で秀長当人が待っていた。

「ようこそ、お出でくだされました。徳川様をお迎えできて、無上の喜びに存じます」

会うのは初めてではない。家康が織田の盟友であった頃は、幾度となく互いに援軍を出し合っていた。秀吉と同陣した折、この男とも何度か顔を合わせたことがある。

家康は馬を下り、丁寧に一礼した。

「宿所をお引き受けくださり、痛み入り申す。明朝、お城に上がって殿下にお目通り致しますゆえ、よろしくお引き回しくだされよ」

秀長が穏やかな笑みを返す。すっきりとした瓜実顔に、裏表のない誠実が現れていた。

その晩は、徳川主従を饗応する宴が催された。もっとも明日は朝からの登城とあって、宵五つ半（二十一時）には散会となる。

家康は、自身に宛がわれた部屋に下がった。だが、どうしたことか、ぼんやりと障子が明るい。或いは秀長が手を回し、先んじて灯明の火を入れておいたのか。細やかな心配りだな、と思いつつ障子を開ける。すると。

「徳川殿！」

中に人がいた。額や頬に皺の多い赤ら顔、反っ歯に沿って突き出した口元、甲高く捻じれたような声。羽柴秀吉である。

「な、何とて関白殿下が」

　さすがの家康も、これには驚いた。じわりと汗が浮く。もっとも秀吉は何を気にするでもないようで、ただ満面の笑みであった。

「あんまり嬉しゅうてよう、いても立ってても！　ちゅう訳だがね」

　早く入れと手招きしている。とは言いつつ、相手は今や位人臣を極めた関白である。

「もったいない。それがし如きに斯様な」

「ああ、もう！　ええて。今だきゃあ、徳川殿と一緒に戦っとった藤吉郎（とうきちろう）だがや」

　そう言って、焦れったそうに身をよじっている。昔のままの姿、人好きのする笑みを目に、家康の面持ちも少しばかり和らいだ。

「お言葉に甘えましょう。まこと、お久しゅうござります」

「おう、おう！　こうやって顔を合わせたん、いつ以来かのう」

　懐かしそうに言い、秀吉は何と頭を下げた。

「その前に、まず詫びにゃあならんがね。小牧と長久手の、あれよ」

　互いに争う破目になったが、家康を憎んでいる訳ではない。全ては戦乱のせい、むしろ自分は家康の人柄を慕ってきた、と言う。

「織田のこともな。信長様が天下をまとめかけたのを後戻りさせとうなくて、必死になったなんじゃ。関白になんぞ就きはしたがよ、徳川殿を下に見る訳じゃにゃあて」

全ては天下のため、世の平穏のため。そう言って秀吉は、真剣そのものの目を見せた。

「徳川殿ほどの大名がよ、わしに臣下の礼を取ってくれりゃあ、もう戦を起こす阿呆はいなくなるんじゃ。そのために頼む。形だけでええ、皆の前で頭下げてちょ。な？」

ついに秀吉は平伏の体となった。どこまでも懇願する姿勢を崩さない。

家康の総身が、がちがちに固まった。秀吉の、この姿こそ恐ろしい。此度の出仕を決めたのも、元はと言えば秀吉を恐れたがゆえなのだ。

臣礼を取ってくれと懇願されて拒めば、命さえ取られかねない。そのくらい平気でやる男だ。秀吉の弟・秀長の屋敷にあるときては、なおのこと剣呑である。

もっとも、と張り詰めた息を抜いた。拒むも何も、端からその気はないのだから。

「お手をお上げくだされ。貴殿に従うために参上したのですぞ」

「おお！　徳川殿のお心を聞いて安堵しましたぞい。ほんに、よろしゅう」

秀吉は家康の手を取って、幾度も「お頼み申す」と頭を下げた。

その後は昔話に花を咲かせ、半時ほどすると秀吉は帰って行った。

一夜が明けて、家康は大坂城に上がった。あちこちに朱や金を配した構えは、如何にも派手好みの秀吉らしい城であった。

大広間には、羽柴に従う大名たち――多くは織田の臣であった――が顔を揃えている。

それらが左右に列を作った中央で、家康は平伏して秀吉を迎えた。

主座に進む、やや軽めの足音。それが止まり、どさりと腰を下ろす音。

「関白殿下、御成」

小姓らしき男の声を聞き、家康は畏まって口を開いた。

「権中納言、徳川家康。関白殿下にお仕え奉るべく罷り越しましてござります。以後よろしくお引き回しのほど、御願い奉ります」

先の小姓が「面を上げられませい」と呼ばわる。従って平伏を解くと、秀吉は。

「家康、大儀」

そう言い放った。昨晩のことなど嘘ではないのか、はたまた夢か幻かとさえ思えるほど尊大な姿であった。

だが分かっていた。これが秀吉の真実なのである。大きく息を吸い込み、長く吐き出し、そして家康は「殿下」と声を上げた。

「ただ今お召しあられる陣羽織、臣下となりました証に頂戴致しとう存じます」

「早速の無心か。まあ良い、取らせよう」

秀吉の陣羽織が小姓の手で運ばれる。家康はそれを受け取り、身に着けて立ち上がった。

「再び殿下が陣羽織をお召しになり、御自ら戦をなさる日はございませぬ。この家康が粉骨砕身、殿下に従わぬ者共を成敗してご覧に入れましょうぞ」

＊

謁見を終え、大坂城を辞する。宿所の羽柴秀長邸に戻ると、夜になって酒井忠次が部屋を訪ねて来た。

「どうした、斯様な時分に」

「今日のこと、聞き及びましてござります」

関白の義弟となり、羽柴の天下に不平を抱く者を束ねて天下への道を歩む。その思いを抱きながら、紛うかたなき臣下と扱われては心中如何ばかりか。酒井はそう言って、無念の面持ちであった。

家康は「ああ」と気のない返事をした。

「致し方ない。殿下には隙がないのでな」

「とは申せ、これまで色々と徳川に譲って参ったではござらぬか」

苦笑が漏れた。それは違うぞ、と。

「のう忠次。其方、殿下が真田攻めを頼んでこられたのを、わしへの贈りものと申したな」

だが、そうではない。秀吉は、徳川に譲ったと見せて、実は追い詰めるための一手を打っていたのだ。

「大政所様の下向を申し入れてこられた折、そうと気付いた。あれは確かに、殿下にはこれ以上譲れるところがないと示すものだったが……」

この申し出によって、徳川家中の誰もが思った。真田攻めの支度をしている最中に、と。

それこそが、脅しだったのだ。

もし大政所の下向を断り、真田攻めに出陣していたら。その時、秀吉は徳川討伐を叫んでいただろう。関白傘下の大名に、無体にも私闘を仕掛けたと言って。

「それでは言い掛かりではござりませぬか。真田攻めは関白が頼んできた話ですぞ」

「確かにな。だが」

恐らく秀吉はこう考えていた。徳川を潰してしまえば、自分から真田攻めを頼んだことを揉み消すくらい、訳のない話だと。

酒井が絶句している。家康は寂しく「ふふ」と笑い、続けた。

「では、そもそも真田攻めを断っていたら？　其方はどう考える」

「……関白の下知に背いたと言って兵を向ける。いや、されど」

昨年の大地震は秀吉にとっても痛手であった。にも拘らず九州征伐の軍を起こすのは、大友義統から助けを求められたからであって、徳川に兵を向ける余裕はなかったはず。

そう言う酒井に、家康は大きく首を横に振った。

「徳川に向ける兵なら、あったぞ。大坂に」

「え？　あ！」

酒井が、がたがたと震え始めた。どうやら分かったらしい。九州征伐、島津攻めのために集めた兵――大政所の下向が云々(うんぬん)された頃、大坂には既に二十万が集まっていたのだ。

それを、そっくり徳川に向けられたとしたら。とてもではないが勝ち目はなかったろう。何しろ徳川の兵は、どう集めても六万弱。島津の五万余とほとんど変わらないのだから。

「つまりな。真田攻めを頼まれた時に、もう罠に嵌(は)まっておったのだ。殿下の思惑が分かって、わしは震え上がったものよ。今の其方のようにな」

羽柴秀吉は、徳川との戦を避けようとしていたのではない。むしろ、ずっと戦っていた。そして、どう転んでも徳川が大損をする喧嘩(けんか)を仕掛けてきたのである。ゆえに、他に道がなかった。真田攻めを取り止めて大政所を受け容れ、臣下の礼を取る以外の道が。

「関白殿下は、ことほど左様に恐ろしきお方よ。しかしまあ……世には怖い相手が多すぎて、うんざりするわい」

嫌気の溜息が、長く、長く漏れた。兵を以て戦うだけが戦ではない。政や他国との交渉、その全てが戦いなのだ。秀吉はそれを、息をするように使い分けている。

酒井は半ば涙目になりながら、努めて息を整えようとしていた。

「殿は……関白殿下の策を、我らに先んじてお気付きあられた。その時、もう諦めておられたのですな。心中お察し致します」

「いや？　致し方ないとは申したが、諦めてはおらんぞ」

酒井の目が丸く見開かれ、その拍子に右目からひと筋の涙が落ちた。

「それは、どういう？」

家康の口元が、小さく歪んだ。

「ええ、と。いつだったか。其方に申したろう。殿下は信長殿に似ておると」

小牧・長久手の戦いの後である。秀吉は、あの戦で家康に与した面々を潰し、その度に降を誘う使者を寄越してきた。この時も度重なる使者にうんざりしたものだ。それを口にしたところ、では諦めるのかと酒井に問われた。

「で、わしは答えた。殿下は信長殿に似ておるゆえ、世の中を良く導くとは思えん。ゆえに諦めぬぞ、とな」

何を以て秀吉と信長が似ていると言ったのか、あの時の酒井は合点がいかぬ様子だった。だが、今なら分かるのではないだろうか。

「殿下とは、あのお方が信長殿の小者であられた頃からの付き合いぞ。ゆえに分かるのだ。上へ、もっと上へ……それだけを思うて生きてこられた御仁よ」

　信長は実の母に疎まれ、認められずに育った。その代償に、他人から認められることで心の平穏を保とうとした。認めて欲しくて大業を成し、さらに認めてもらうために一層の大業を目指し——そして、行きすぎて身を滅ぼした。少なくとも家康はそう見ているし、この見立ては酒井にも話したことがあった。

　対して秀吉は、百姓から立身して信長の小者となり、やがて織田の家老へ、果ては関白にまで成り上がった。出世が全てという生き方を貫いてきたのだ。

「まあ殿下のは、ただの欲だ。信長殿のように心が歪む訳ではないのだが」

　それでも二人は良く似ている。常に上ばかり見てきたという、その一点に於いて。

「殿下も齢五十を数えられた。生き方も、ものの考え方も染み付いてしもうて、これを変えるには遅きに過ぎる。左様なお歳よ」

　欲しい、もっと欲しい。さらに出世を。秀吉は、これからもそれだけを願い、自身の欲に従い続けるだろう。

　だが秀吉は、世の頂に立ったのである。さらなる出世など、あろうはずがない。それを求めれば道を誤る。自分の欲しか見えぬようになる。

　斯様な人に、自らの死後までを思うことができようか。天下を如何に治め、保ち、どういう形で世継ぎに渡すかを、果たして考えられるのか。

「まず、できまい。殿下とて人なれば、いつかは彼岸に渡られる。羽柴の天下は、そこで落とし穴に嵌まる気がしてな。信長殿に、本能寺の落とし穴が待っておったように」

「では……殿は、待つおつもりだと」

「幸い、わしの方が殿下より五つ若い。時の流れと勝負して、わしが勝てば」

その時こそ、今日ここで耐えたことが生きるだろう。齢四十五、まだこれからだ。家康はそう言って、軽く笑った。

この日を以て、徳川は関白の臣となった。

概ね二ヵ月の後、天正十四年十二月、秀吉は朝廷から豊臣の姓を下賜された。およそ千年ぶりの新姓は、朝廷が関白の世襲を認めた証であった。

豊臣の世は未だ始まったばかり。しかし家康は、その終わりを待ち、豊臣第一の臣としてこれからを生きてゆく。

其之五　前田利家

仮普請の石垣山城を出て山道を進めば、盛夏六月の陽光に青々と森が光っていた。家康は足を止め、木立に丸く切り取られた空を見上げる。降り注ぐ蟬時雨が汗を誘い、ひと筋が額から右の耳へと伝った。

「普請が終わるまで、あと二十日ほどか」

この城は関白・豊臣秀吉によって築かれている。東の裾野から五里（一里は約六百五十メートル）も先、北条氏政・氏直父子の小田原城を攻めるに当たっての陣城であった。

森が目隠しとなって、小田原からは普請の様子が見通せない。落成の暁には一気に木々を伐り倒し、北条方に見せ付ける手筈である。昨日までなかった城が一夜にして現れれば、敵はさぞ驚くことであろう。

「大したことをお考えになるお方よな」

手の甲で汗を拭うと、共にある酒井家次――長く側近として仕えた酒井忠次の嫡男が、軽く息をついた。

「この蝉の声も、木を伐り払うたら少しばかり静かになりましょうか。風情のない話にございます」

家康の頬に苦笑が浮かんだ。戦場と風情、水と油ほど相容れない二つが、小田原攻めでは当たり前に同居している。こちらは包囲、敵は籠城、睨み合うだけの戦が既に二ヵ月余り続いているからだ。豊臣の兵は二十万、北条は五万、互いの数には大差があった。あまりに動きのない戦ゆえ、総大将の秀吉でさえ無聊を慰めるべく茶会など催すほどだ。家康が城に上がったのも、今日の席に招かれたがゆえである。

「のう家次。其方が父は蝉の声が好きだったな。隠居して後は如何に過ごしておる」

「矍鑠としたものです。病のせいで、ほとんど目は見えなくなっておりますが」

「左様か。養生するよう伝えてくれ」

語りつつ山道を下ると、逆に登って来る者があった。瓜実顔に、どこか茫洋とした穏やかな眼差しは前田利家だ。

「おお、徳川殿」

「これは前田殿。あの暴れ馬、どうであった」

家康はにこやかに問うた。暴れ馬とは、奥羽を席捲した伊達政宗である。

政宗は秀吉の惣無事令を聞き流して会津の蘆名義広を攻め滅ぼしたばかりか、この北条攻めにも大幅に遅参していた。

秀吉の怒りは相当なもので、死装束で参陣した政宗を箱根山中に蟄居させると、遅参と蘆名攻めについて詰問の使者を送った。利家は、使者を務めたひとりだった。

「いやはや、伊達は中々に手強き男よ」

遅参したのは実の母に毒を盛られ、危うく死にかけていたからだ。会津攻めは元々が伊達の家領だった地を奪い返そうとしたのみで、蘆名が滅ぶに至ったのは成り行きでしかない。政宗はそう弁明したらしい。

「実のところは、どうか分からん。が、屁理屈なれど筋が通っておらぬ訳でもない」

「ともあれ、お忙しい中ご苦労にござった」

此度の北条攻めでは、秀吉率いる本隊が駿河から伊豆、相模へと攻め下った。一方で、利家は別働隊を任されている。本隊が小田原の包囲で気を緩ませている間、利家は上野や武蔵に点在する北条の諸城を攻めていた。その最中に詰問使を命じられ、戦陣を留守にして来るのはひと苦労だったろう。

だが当の利家は、労わりの言葉にも「なあに」と笑い顔であった。

「殿下にお引き立ていただいて、今の我が身がある。このくらい苦労のうちに入り申さん」

「ふむ。して、殿下には伊達について如何様にお話しするおつもりじゃ」

「おお、それよ」

利家は、さも楽しそうに語った。政宗の申し開きを聞き、初めは「これでは許されまい」と渋い顔になったという。ところが当人はどこ吹く風で、何と、こう頼んできた。

「この戦には千利休殿も参陣と聞く、ならば、ぜひ茶の指南をお頼みしたいと申すのよ」

呆れたものだ。思うに政宗の行ないは、全て秀吉の人となりを逆手に取ろうとしたものだろう。死装束で「この命を好きにしてくれ」と見せびらかしたのは、秀吉の派手好みを突いて関心を引くため。生死の瀬戸際で茶の指南を受けたいと言えば、何と豪胆な男かと驚き、逆に気に入られるのでは、という目算に違いない。

「それを、そのままお伝えなさるのか」

利家は大きく頷いた。政宗が許されるようにしてやりたいのだ、と。

「首を刎ねられても致し方ないところではあろう。されど奥羽には、殿下の下知に従わず、未だ小田原に参じておらぬ者も多い」

政宗を殺せば、遺臣たちが奥羽を束ねて一揆を起こすだろう。それと戦って勝てぬ豊臣ではないが、小田原攻めで山ほど財貨を吐き出した上、さらに戦を構えるのは愚策である。

「それよりは取り込む方が良い」

ゆえに、敢えて秀吉の関心を引くように仕向けるという。家康は眉を寄せて首を傾げた。

「示しが付かぬのではないか」

「されど、伊達にも豊臣にも損はあるまい。さて……早々に殿下にご報告して、武蔵の陣に戻らねばならぬ。すまぬが、これにて」

会釈して脇を通り、また山道を登ってゆく。その背が次第に小さくなった頃、傍らの酒井家次が感じ入ったように言った。

「前田様は穏やかなお方ですな。昔は傾奇者として知られたと聞きますが」

家康は「そうだな」と軽く頷いた。昔の利家は「槍の又左」の二つ名を取る猛将、かつ派手好みで世を恐れぬ傾奇者だった。それが今や、何とも丸くなったものだ。

「ただ、殿下への思いだけは変わらぬようだ」

利家はかつて織田に仕えていたが、その折に信長の勘気を蒙って追放されたことがある。後に柴田勝家の口添えで帰参は叶ったものの、出世は大きく遅れることになった。そうした身の上ゆえであろう、他の面々とは違って、百姓から成り上がった秀吉を嫌わず、親しき友として接するようになった。

その二人が主従となったのは、秀吉と柴田勝家の決戦——賤ヶ岳の戦いの折だった。

利家は柴田の配下ながら、秀吉との戦いを嫌い、兵を動かさずに退いている。秀吉はこれを大勝の一因と考え、以来、利家を厚遇してきた。

「殿下のお引き立てあってこそ……か」

伊達の一件を丸く収めようとするのは、どうすれば秀吉にとって最も良いか、常に考えている証である。

「まず、律儀な男よな」

「はい。それに、もしかしたら前田様は今でも殿下を友と慕っておいでなのでは」

義理堅く情に篤い、良い男だ。家康も思わず笑みを浮かべた。

利家が諸々を伝えると、秀吉はようやく政宗に目通りを許し、豊臣家中の大名として迎えた。無論、一応の処罰はしている。天下惣無事の後で攻め取った会津は召し上げ、政宗が伊達の家督を継いだ頃の所領のみ安堵するという沙汰であった。

政宗の処遇が決まる頃には、利家はもう武蔵の戦陣に戻っていた。以後、六月十四日には鉢形(はちがた)城を落とし、休む間もなく八王子(はちおうじ)城攻めへと転戦した。

＊

石垣山城の普請は六月二十六日に終わった。その日から秀吉は夜ごと盛大な宴を張り、関白の威を北条に見せ付けてゆく。兵力にも財力にも大差ありと思い知らされて意気を阻喪したのだろう、ここに至って北条氏政・氏直父子は降伏を申し入れた。天正十八年(一五九〇)七月五日であった。

小田原城の受け取りが終わった七月十三日、家康は秀吉に召し出された。

「おう左大将殿、良う参られた」

こちらの挨拶を待たず、気安く声をかけてくる。幾らか面食らったが、そういう人だ。家康は作法どおりに一礼して広間の中央へ進み、改めて頭を下げた。

「お召しに従い参上仕り――」

「ええて、ええて。面、上げてちょうよ」

今日の秀吉は、いつにも増して上機嫌であった。小田原を落とした直後だからではあろうが、他にも何かありそうな気がする。

「して、今日は如何なる御用にて」

「それよ」

こちらを指差し、皺の多い顔をくしゃくしゃに笑みを見せる。そして、さも嬉しそうに言った。

「おみゃあの所領、百五十万石じゃったろう」

「ええ。それが?」

「百万石、加増じゃ。嬉しかろ？」

あまりの話に、すぐには言葉が出ない。ただでさえ家中一番の所領を持つ徳川に、さらに百万石とは。

「い、いやはや……。嬉しくはあれど、それがしばかりご厚恩を頂戴しては、家中の皆が不平を抱くのでは」

「ああ、そりゃ考えんでええ。徳川の今の所領をわしが受け取って、北条の領国をそっくりやるっちゅう話じゃからのう」

つまりは国替えの沙汰である。秀吉の笑い顔の中、目だけが炯々と光っていた。

「……徳川に、関東と奥羽を睨むべしと。左様な思し召しにござりましょうや」

「まさに！　いやあ、おみゃあさんは話が早うて助かるわい」

きゃきゃきゃ、と猿の如き哄笑を上げ、秀吉は右手の扇子で自らの膝を叩いた。

「関東は北条が降ったばかりじゃでの、豊臣を嫌う奴も多かろう。奥羽も伊達と最上しか参陣せなんだ。政宗の糞餓鬼も、どこまで服しておるのかは分からんわい。どうか、助けてちょうよ。な？」

徳川ほどの力がなければ、厄介な者共への睨みが利かないのだと言う。本音ではあろう。が、その裏に別の本音も隠れているはずだ。

諸国の大名は、領民の収穫のうち概ね半分を年貢として召し上げている。折に触れて財が必要になった時には別途の地租を命じるが、これを入れれば収穫の七割ほどが懐に入る。

然るに北条の年貢は収穫の四分目で、他国のように別途の租税を課しても五割と少ししか召し上げていなかった。領主が代わったからと言って、いきなりこれを改めれば領民が不平を抱くだろう。一揆でも起こされたら、それを咎とされるやも知れぬ。

加えて、小田原攻めが行なわれたことで、関東に於いて今年の収穫は少なかろう。二百五十万石の額面どおりにはならない。にも拘らず、軍役は石高に見合うものを求められる。

そういう締め上げと見るべきなのか。或いは恩を売って徳川を縛り付けるためか。そこを明らかにしたく思った。

「お伺い申し上げますが、前田殿にも新恩を下されますのか」

「あ？　何で又左の話が出てくるんかや」

「北条が降ったは、前田殿が関東各地を平らげて回り、小田原への援軍を阻んだ功も大きゅうござる。それを思えば、前田殿こそ関東を得るに相応しいのではあるまいか……と」

秀吉はまた、きゃきゃ、と甲高く笑った。

「気にせんでええ。又左にゃ、加賀やら越中やらに少し加増するつもりじゃ。そのうちな」

「……左様にござりますか。然らばご加増の儀、ありがたくお受け致します」

にこやかに返す。が、胸の内は苦渋に満ちていた。

形の上では、豊臣家中第一の臣。そして今また百万石の加増を受け、なお篤く遇された格好である。だが実のところは、やはり締め上げなのだ。徳川は故地を召し上げの上で転封、利家は今の所領を安堵した上で近隣に加増。この扱いの差が物語っている。

そして秀吉は、利家には今すぐ加増せずとも障りなしと思っている。取りも直さず、どれほど信用しているかの証なのだ。そこに幾らかの焦りを覚える。

「それがしも前田殿の如き信を得るべく、殿下の御ために一層の働きをお見せ致しますぞ」

秀吉が喜びそうな言葉を選んで返しつつ、思った。信を得たいというのは、紛うかたなき本音である。だが、利家の如くに認められたいのではない。なぜなら自分は、秀吉の天下にいつか生まれるはずの綻びを待っているのだから。

秀吉は百姓から身を起こし、出世が全てという生き方をしてきた。その人がついに北条を下し、これから奥羽の仕置を行なって、日本の全てを手に入れる。

出世が行き止まりとなった時、秀吉は何をするのだろう。

朧げにではあるが、見える気がする。もっと上はないか、どこかに登る山はないかと探し回り、無理にでも次なる出世の道を作ろうとするのではないか。当年取って五十四、長きに亘って貫いた生き方、身に染み付いてしまったものを、今から変えることはできまい。

だが、無理を通せば必ず歪みを生む。その歪みこそ、この家康が昇るべき天下への階なのだ――。

「んんん？　今日の家康殿は、やけに又左を気にするのう」

そう返されて、ぎくりとした。しかし顔には出さぬよう努め、照れ臭そうな笑みを作る。

「主君から寄せられる信、すなわち家中の皆の信望にござりましょう」

秀吉の信を得たいという思いの、これが本意であった。秀吉が躓いた時、家中から利家以上の信望を得ていなければ、天下への道筋は険しくなる。

「皆の信あらば、助力も得られると申すもの。より良き働きのためにござる」

「それほど、やる気になってくれとるんじゃのう。こりゃ頼もしいわい」

幾らかくすぐったい、という面持ちを返された。胸の内の苦渋も、天下を狙う肚の底も、どうやら巧く覆い隠せたようであった。

かくて国替えが決まり、家康は八月一日を以て駿府を去った。

向かう先は武蔵国・江戸。全国が豊臣の天下となる以上、この先は都や西国と、関東・奥羽の行き来も増える。その際、要衝に化けて大いに栄えるはずの地であった。

だが、いざ江戸に至ると、その有り様に愕然とした。

「何とも、酷いところだのう」

至るところが草深い湿地で、利根川に荒川、六郷川、太い流れの川に加えて小川も多く、満足に治水も成されていない。江戸城とて、昔の本拠・三河岡崎城より貧相に映った。

「如何致します。本拠は他に構えられては」

重臣・本多正信が、気難しいものを漂わせた。酒井忠次が隠居してからは傍近くに召し使っているが、こういう辛気臭い顔を見せられると、江戸の湿地が余計にじめじめと感じられる。

少しばかり溜息をつき、しかし家康は首を横に振った。

「……いや。ここでなければいかん」

秀吉とて大坂の湿地を拓き、天下第一の町として栄えさせたのだ。自分がさらなる力を得るためには、ぜひとも同じことを成さねばならなかった。

*

「唐入りを？　まことか」

家康は素っ頓狂な声を上げた。

天正十九年（一五九一）八月二十三日、秀吉は海の向こう、唐土の明帝国を征伐すると唱えた。二度目の奥羽仕置――一度目の後に各地で一揆が起きたため――に目途が立った頃であった。

「誰ひとり異を唱える者はなかったそうで」

報せを届けた本多正信は、ずっと眉間に皺を寄せていた。何が気に入らないという訳ではなく、そもそもこういう顔である。対して家康は喜色満面であった。

「猿関白め、ようやく道を踏み外しおった」

秀吉が明征伐を口にしたのは、これが初めてではない。諸大名に宛てた書状に幾度も外征の意向を記し、一度目の奥羽仕置を終えた頃には家康も秀吉の口から聞かされていた。

本来、諫めるべきだったろう。長きに亘る戦乱で日本全国が擦り減っている。ようやく天下一統となって、これからは国を富ませなければならない、と。

だが家康は敢えて「気宇壮大にして雄渾なり」と賛辞を述べた。やはり上を見るしかできない人だと、心中にほくそ笑みながら。

「して、猿殿下は如何様な手筈を？」

「海を渡るに当たり、肥前の名護屋に城を築いて陣城にするのだとか。またぞろ諸侯の懐が寒うなるかと」

「なお良い。わだかまりを残す者が増えるであろう」

徳川にも参陣が命じられるのは明らかである。それによる散財は痛いが、諸大名の不平を梃子に味方を増やせるなら、一面で歓迎すべき話でもあった。

以来、名護屋城の築城が始まった。急ぎの普請は主に九州の大名に命じられ、翌天正二十年（一五九二）三月には早くも落成となる。

城の周囲には諸大名の陣が割り当てられており、徳川は城の北東、名護屋浦の入江に臨む海沿いであった。

「これはまた、斯様な鄙の地に」

参陣して城を見遣り、家康は目を丸くした。幾つもの郭を備えた大掛かりな構えは、ただの陣城とは訳が違う。漆喰の白壁に金箔押しの瓦、目も眩まんばかりの佇まいは、大坂城にも引けを取らぬものであった。

諸将の着陣に合わせ、領民が将兵相手の露店を出し始める。昨年まで何もなかった名護屋が大坂並みの活気になった頃、秀吉も到着した。養子の秀次に関白の位を譲り、自身は太閤を称するようになっていた。

唐入りは四月十二日に始まった。翌十三日の朝には朝鮮の釜山に上陸、この地の城を攻めて昼までには落としたという。遠征軍はさらに北上して各地の城を落とし、五月二日には朝鮮の王都・漢城を陥落させた。

連戦連勝、まさに破竹の勢い。そうした報せを、家康は名護屋で聞いた。参陣はするも渡海は命じられず、時折秀吉に召し出されて話の相手をするばかりの日々だった。もっとも、今宵は違う。漢城陥落を祝う酒席が設けられていた。

「さあさあ、おみゃあ方も存分に呑みゃあ」

秀吉は上機嫌で盃を干し、家康と利家にも手ずから酒を勧めた。

初めはこれ、次はこの肴と、少しずつ時を置いて替えの膳が運ばれてくる。四つ目の料理が出された頃には酒も回り始めたか、秀吉の赤ら顔がなお赤くなっていた。

「朝鮮の都を落としたんなら、そろそろ、わし自ら海を渡らにゃいかんのう」

家康は心中に「いかん」と眉を寄せた。連戦連勝は喜ばしい話だが、秀吉を渡海させる訳にはいかない。なぜなら——。

「何と！　以ての外にござります」

口を開く前に、利家が諫めていた。

「海を渡るは、容易い話ではござらん。波ひとつ風ひとつで命さえ危うくなるのが船にござる。総大将なればこそ軽挙は慎まれませ」

秀吉を慕う男ならではの、心の籠もった言葉だった。家康は「そのとおり」と追従しつつ、胸の内では違う意味の喝采を上げた。

「ちゅうてもよう、わしが顔出しゃあ皆も気合が入るじゃろ」

不満そうな秀吉に、家康は「それでも」と首を横に振った。

「殿下がご出陣とあらば、確かに諸侯は気勢を上げましょう。されど、もしも、ですぞ。殿下の船に万が一のことあらば、何となされます。皆の気も萎えてしまうのは必定かと」

「徳川殿が仰せのとおり。それに近頃では朝鮮の警固衆（けごしゅう）が出張って来ております上は」

利家は言う。警固衆――水軍は、主に日本軍の兵糧船を襲っている。今のところ全て退けているが、戦に「絶対」はない。秀吉が渡海するにせよ、そうした難があるのだと。

「ああ、もう。分かったわい。つまらんのう」

家中第一、第二の臣から異口同音に諫言されて、秀吉は拗（す）ねたように盃を干す。そして「厠（かわや）じゃ」と中座した。

足音が廊下を遠ざかってゆく。利家が軽く息をつき、家康に声を向けた。

「お口添え痛み入る。天下をまとめ上げてからの殿下は、いささか我儘（わがまま）が目立ってのう……。わしが言うだけでは、思い止まっていただけたかどうか」

秀吉の身を案じる心が滲み出ていた。ただ、家康は利家と同じ思いで諫言したのではない。秀吉が朝鮮に渡り、諸将の意気が上がることを避けたかったのだ。

「この戦、前田殿はどう転ぶと見ておられる」

「まあ……。今は、勝って当然よな」

朝鮮は長らく平穏で、戦から離れていた。加えて彼(か)の国では武人の立場が低く、意気が上がらなくて当然なのだそうだ。

「対馬(つしま)の宗義智(そうよしとし)殿から左様に聞いた。宗主の明国が学問を重んじるからとて、それだけを真似ておるのだと」

「ふむ。朝鮮が左様に緩んでおった間、我らが国は上から下まで戦漬けで過ごしてきた」

「然り。されど、この先も今の勢いが続くとは限るまい」

都が落とされ、王も逃走したが、朝鮮は未だ降伏していない。宗主国の明に泣き付いて、援軍を頼むのではないかという。朝鮮は明の文治に気触(かぶ)れるのみだが、当の明では武人とて諸々の鍛錬を怠っていない。それらが援軍に参じれば戦況も変わるだろう。

「我らの兵糧船が襲われておるのも、今は退けておるが……」

明が手を貸すようになれば、いずれ糧道も危うくなる。利家の見立ては、まさに家康と同じであった。

「船に限った話ではあるまい。朝鮮の釜山から都の漢城までは、この名護屋と京ほど離れておると聞き申す」

やっと海を越えたかと思えば、陸路の糧道も長い。敵もこれに目を付けるはずである。

そして家康は、それをこそ待っていた。

兵糧が続かなくなれば、将兵の間に厭戦の気が蔓延る。海を渡った面々は自らの身を苛まれるばかりか、出費を重ねて領国も擦り減らしてゆくのだ。不平を抱く者は必ず出る。

言ってしまえば、大名衆に豊臣へのわだかまり、恨みを抱かせたい。さすれば、それらを味方に取り込みやすくなる。

「やはり危のうござるな。何としても、殿下を名護屋より先に行かせてはならぬ」

憂いの面持ちだが、肚の内は違う。秀吉が朝鮮に渡れば遠征軍は気勢を上げ、不平も紛らわされてしまうだろう。

もっとも利家は、こちらの肚に気付いていない。この家康もまた秀吉を案じているのだと、信じて疑わないようであった。

「徳川殿がいてくださるのは心強い。この先も、お力を貸してくだされよ」

家康は「無論にござる」と大きく頷いた。

以後も遠征軍は戦勝を重ね、五月二十七日には開城を、翌六月の十五日には平壌を占領するに至った。糧道の長さは、名護屋から京どころではない。京を過ぎ、さらに駿府まで行かねばならぬほどの長途になっている。

そうした中、秀吉が名護屋を離れて京へ戻ることになった。年老いた母・大政所の危篤が報じられたためである。

「又左に家康殿、わしがおらん間よろしゅう頼むでよ。ほんに、すまんこっちゃ」

胸を痛め、気もそぞろといった顔であった。

「お気になされますな。御母堂には、この利家もお世話になったのです」

「心残りのなきよう、孝養を尽くされませ」

秀吉が不在の間、家康と利家は唐入りの戦と名護屋の指図を任される身となった。

前後して、やはり明帝国は朝鮮に援軍を出した。秀吉が明征伐を唱えていた以上、遅かれ早かれこうなったろう。新たな敵の参戦を受け、朝鮮奉行衆――石田三成(いしだみつなり)と増田長盛(ましたながもり)、大谷吉継(おおたによしつぐ)の三人が進言の書状を送ってきた。

「殿下の朝鮮入りは、ぜひとも見送られたし。遠征の者も当年中は明に進まず、朝鮮に留まるが得策と、言上仕り候。加えて……明より和議の申し入れあり」

読み上げて、利家は「おお」と眉を開いた。

「和議とは良きこと、すぐ進めさせよう」

「いやさ、待たれい」

「うん？　徳川殿は何ゆえ、浮かぬ顔をしておいでか」

泥沼の戦になった方が、諸将の不平が溜(た)まりやすいからだ。が、ここは取り繕わねば。

「……殿下への進言を、じゃ。その……我らが勝手にだな、判じる訳には」

利家は「はは」と笑った。

「殿下がご不在の間は、我らに任されておるのだろうに」

昨今では朝鮮民衆が義兵の名で蜂起し、遠征軍の糧道を脅かしている。戦を支える土台が揺らぎを見せている中、精強な明軍を相手に和議で済ませられるなら上々だ、と言う。

「いや前田殿！　それは、さすがに……」

「殿下はな、兵糧で苦労しておられんのよ」

秀吉の身分が低かった頃は、戦のたびに兵糧集めで四苦八苦していた。しかし身分が低かったがゆえ、自らの手勢についてのみ考えていれば良かった。

此度の困難は、それとは意味合いが違う。天下人として兵糧を集めるだけなら何の苦労もないが、遠征軍全ての糧秣をどう運ぶかという問題が出てくるのだ。

「殿下も身分が上がられてからは、遠方への戦に臨むことが多くなった。されどその頃には治部の如き者があって、全てを取り仕切ってくれた」

治部（じぶ）——裏方の辣腕、石田三成である。大人数の荷駄を任せきっていた秀吉は、それが如何に骨の折れる話かを知らない。

「その治部が泣き言を書き送るほどよ。いざという時、和議は逃げ道となる」

「言い分は分かるが、殿下が如何に思われるか。お怒りになるやも知れぬ」

「その時はその時、わしが何とかしてみせよう。無論、徳川殿にもお口添えを頼むが」

秀吉への進言を勝手に判じ、叱責されたとしたら。受け流して言(い)い包(くる)めるだけなら家康にもできるが、利家の目はそう語ってはいない。叱責がどうしたと、むしろ楽しんでいるようにさえ見える。

「豪胆な御仁よな」

昔の傾奇者も、ずいぶん丸くなった——そう思っていたのに。利家は、海を渡って戦う者たちのため、秀吉の怒りを一身に受け止める気でいる。しかも楽しげに笑いながら。

利家のそういう人となりに感じ入りつつ、家康はどこか薄ら寒いものを覚えてもいた。

*

天正二十年、七月二十二日。秀吉の母・大政所が七十七歳の生涯を終えた。この葬儀を執り行ない、秀吉が名護屋に戻ったのは十月一日であった。

独断で講和を進めた利家を、秀吉は咎めなかった。母の死に心が萎(しお)れていたせいかも知れない。或いは激怒しつつ、利家に理詰めでやり込められたのかも知れなかった。

もっとも、明との和議は難渋した。一時は休戦に持ち込んだものの、その期限が切れると同時に攻め立てられている。年明け文禄(ぶんろく)二年（一五九三）正月——天正二十年は十二月八日を以て改元――には、和議交渉の使者を伏兵に叩かれた上、平壌城を攻められた。

明軍の猛攻に、遠征軍は平壌を捨てた。以後は次第に押し返され、そして三月、漢城の兵糧蔵・龍山を焼かれて進退窮まった。

だが、ここで石田三成が辣腕を振るい、何とか和議交渉に漕ぎ着ける。そして五月、三成は明の勅使を連れて名護屋に戻った。

秀吉と勅使の会見には家康と利家の他、織田信長の嫡孫・秀信、上杉景勝、小早川秀秋、豊臣秀保が同席した。

「和議条件を、これへ」

秀吉が胸を張り、厳かに命じる。文箱に収められた書状が運ばれ、勅使の手に渡った。

会見が終わり、利家と連れ立って城の本丸館を後にする。と、後ろから声をかけられた。

「徳川様、前田様。少し、よろしゅうございましょうや」

三成であった。何用かを問うも、辺りを気にしてか、口を濁している。人に聞かれたくない話があるらしい。

家康は利家と目配せを交わし、互いに頷き合う。そして半時（一時は約二時間）の後、城の南西にある利家陣所に集まろうと決めた。

「この和議、成らぬものと見立てております」

開口一番、三成がはっきりとそう言った。日本軍と戦って蹴散らす気だった明軍を説き伏せ、交渉に持ち込んだ当人が。

「如何なる訳で？」

問うてみると、左隣の利家も小さく頷く。三成が「失敬」と顔を寄せ、声をひそめた。

「殿下の出された条件では、遠征の軍を踏み潰してくれと申しておるようなもの」

聞けば、それは酷い条件であった。

明の皇女を天皇の妃に差し出せ。朝鮮八道のうち南四道を日本に譲り渡せ。朝鮮の王子と家老を人質として差し出せ。朝鮮は今後、日本に背かないことを誓約せよ――。

「勘合符による取引が長く途絶えておるゆえ再開せよと、まともな言い分もありますが」

家康の口が、あんぐりと開いた。無論、心では「馬鹿猿め」と笑っている。

対して利家は、掛け値なしの渋面であった。

「斯様に無体な条件では、和議など成らぬぞ」

「致し方ないところもあり申す。殿下には、我らが勝った上での和議とお伝えしておりますゆえ」

三成の言葉はあまりに素っ気なく、さらりと流れるようであった。さすがに家康も驚いて、眉をひそめた。

「何ゆえ嘘を。左様なことでは」

利家が「待たれよ」と口を挟んだ。

「治部を責めるのは止そう。殿下は」

そして大きく溜息をつき、俯き加減に力なく頭を振った。

「殿下はもう、昔の羽柴秀吉ではないのだ。徳川殿にもお話ししたろう。我儘が目立つようになったと」

天下を取って気が大きくなった。有り体に言えば、増長である。

それが、秀吉ほどの人の英気を腐らせた。

二年前に実子の鶴松を亡くし、昨年に母・大政所を亡くしたのが追い討ちになった。昨今では実に頑なで、利家の目にも耄碌したと映るらしい。

「されど此度、淀殿がご懐妊なされたろう。ゆえに殿下は、すこぶるご機嫌だ」

淀殿――信長の姪・茶々である。秀吉が天下を取った後は側室に迎えられたが、二年前に夭逝した鶴松もこの女の腹であった。

「つまり……そういうことだな？」

利家の目が、ちらりと三成に向く。小さな頷きが返された。

「はい。兵を引き上げ、要らぬ損耗を防ぐことが肝要。今なら殿下を騙せると睨んで嘘をお伝えし、和議をお認めいただき申した。あの条件は……こちらで書き換えて、勅使に持たせようかと。お二方にもお力添えを願えぬかと、仔細をお話しした次第」

三成と利家の眼差しが交わる。互いに「それしかない」と頷き合った。

家康は軽く息を呑み、押し潰した掠れ声で問うた。

「前田殿……治部も、それで良いのか」

昨年、勝手に講和を進めたのとは訳が違う。下手をすれば首が飛ぶ話なのだ。が、利家は平然としたものである。家康には小さく頷き返すのみで、すぐに三成に顔を向け直した。

「談合役は？　小西摂津か」

「然り、行長殿です」

「分かった。存分にやれ。治部も摂津も、必ずわしが助けてやる」

「忝う存じます。それがしが兵糧を巧く扱えなかったばかりに」

しかし利家は、大きく首を横に振った。

「其方の咎ではない。そもそも唐入りなど、わしが食い止めねばならなかった。ゆえに今こそ、殿下のお心と戦わねばならぬ」

秀吉の耄碌と戦う——その肚を決めた利家の総身が、猛々しい気配を纏っている。

家康の背に、ぞくりと粟が立った。

この男は恐ろしい。何が優れているだの、どういう才を持っているだの、そういうものではないのだ。裏表なく素直で、自らを責めて他人を責めない。むしろ他人を思い遣り、その人のため、秀吉さえ恐れずに命を張ろうとする。心根の奥底が傾奇者のままなのだ。

斯様な人となりだからこそ、なのだろう。自分が手に入れたくて仕方ないもの、皆からの信望が、利家には勝手に集まってくる。

勝てない。そう思わせるに十分な、静かな恐ろしさであった。

＊

「ああ、もう！　分かったわい。許す！　許したったら、ええんじゃろうが」

伏見城本丸館、幾つかの部屋を隔てた広間から秀吉の金切り声が響く。控えの間にある家康の前で、小西行長が縮み上がった。小西の右脇、石田三成が安堵の面持ちで静かに口を開く。

「さすがは前田様よな。摂津殿、もう恐れることはない」

「……忝う存じます。皆様のお力添えなくば、どうなっておったか」

文禄五年（一五九六）九月。三年余りをかけた明との和議談合について、今日、相手方の使節を迎えていた。

もっとも、秀吉の出した条件は何ひとつ容れられていなかった。和議条件が書き換えられていたのだから当然である。

仔細を知らぬ秀吉は、交渉役の小西を処罰しようとしたが、家康と三成、さらには利家が弁護して、ようやく赦免の言質を捥ぎ取ったところである。

家康は軽く息をついて肩の力を抜き、三成と小西に笑みを向けた。

「さて、忙しゅうなるぞ。殿下はきっと再びの唐入りをお命じある」

再度の遠征となれば、三成はまた軍奉行に任ぜられ、和議談合をしくじった格好の小西には、「恥を雪げ」と渡海が命じられるだろう。その辺りは承知の上と、三成は平然としている。対して小西は浮かぬ顔であった。

「我が身が助かったのは、ありがたく存ずれど……。他の皆にも負担を強いることになってしまい、いささか後ろめたく思われます」

家康の頰に苦笑が浮かんだ。

「致し方なかろう。殿下のお指図をそのまま伝えておったら、其許が首は交渉の席で刎ねられておった」

その上で今頃は明の側から海を渡り、日本に攻め込んでいたに違いない。諸大名には、これを迎え撃つべく軍役が課せられたはずだ。

「我らが国を踏み荒らされぬだけ、まだ良かったと思うしかあるまい」

気を取り直したか、頷く小西の顔が力強い。一方の三成は面白くもなさそうに「はは」と笑う。二人は揃って一礼し、控えの間を辞して行った。

家康は半ばまで目を伏せ、ゆっくりと天井を仰いだ。

「殿下の耄碌これに極まれり。もう出世はできぬと、それすら分からぬようになっておる」

呟いて長く息を吐く。喜悦の念に目尻が緩んだ。

前回の唐入りで得たものは何もない。王都・漢城を落とし、明に近い平壌まで攻め込んだというのに、今や朝鮮東南端の釜山を押さえるのみだ。それとて、日本の領土としている訳ではない。相手方との連絡のために兵を置いているだけであった。

再び遠征すれば、明も初めから本腰を入れてくるだろう。海を越える諸大名が擦り減るのは自明である。

だが、それで良い。秀吉への不平を溜め込み、豊臣の世に疑いを持つ者が増える。そういう面々の受け皿にならんとして、あの時から自分は――。

「おお、徳川殿」

声をかけられ、天を仰いでいた顔が正面に向く。広間を辞して来た利家が、安堵と苦悩をない交ぜにした顔でこちらを見ていた。

「又左殿。石田治部と小西摂津の赦免嘆願、ご苦労にござったな」

「なに、必ず助けてやると申した上は」

利家は部屋に入り、廊下に近い辺りに腰を下ろして背を丸めた。

「まあ、確かに骨は折れたが」

「殿下にものを言える者など、お主を措いて他にない」

すると利家は「何を申す」と目を丸くした。

「御身とて、殿下を巧く御してこられたではないか。秀次殿の一件の折など」

豊臣秀次。秀吉の甥にして養子、先の唐入りに際して関白の位を譲られた男である。これぞ豊臣の世継ぎと、誰もがそう思っていた。

だが秀次は、後に謀叛の嫌疑をかけられ、切腹に追い込まれた。昨文禄四年（一五九五）七月十五日であった。

遡ることさらに二年、文禄二年の八月三日、秀吉側室の淀殿が和子・拾丸を産んでいた。歳も歳、もう実の子には恵まれまいと、秀吉自身が諦めていたところに授かった男子である。

将来は秀次の娘と拾丸を娶わせ、両人に天下を受け継がせたい。日本を五つに分けて拾丸には一を、秀次には四を任せる。秀吉はそう言って、以後は秀次に厳しく接するようになった。拾丸を守るべき身、なお精進して欲しかったのだろう。

が、その思いは伝わらなかった。

秀次は疑った。拾丸が生まれ、自分は用済みになったのではないか。いずれ切り捨てられるのではないか、と。

疑いに憑かれた心とは、目の前の真実より自らの猜疑を正しいと思い込むものである。

而して秀次の行状は次第に乱れ、果ては罪人の首を自ら刎ねて楽しむという奇行に走るようになった。

ここに至り、秀吉は秀次を見限った。或いはそれは口実で、実の子かわいさのあまり秀次が邪魔になったのかも知れない。

そして秀次は、命を落とした。

「秀次殿に連座させられた者を、御身も山ほど助けたろう。最上や伊達などの大物が赦免となった折には、さすが徳川殿と感服したものぞ。天下の乱れを少なく済まそうと、まさに八面六臂のご健闘だった」

「まあ、そうだったわな」

あの時は、来る日も来る日も奔走していた。だが利家の言うように、豊臣の天下を思ってのことではないのだが。

「とは申せ、あれは又左殿を真似たに過ぎぬ」

自嘲交じりの笑みが浮かんだ。然り、確かに利家の真似をしたのだ。他人を思い遣り、その人のために命を張ろうとする——利家の持つ傾奇者の心、秀吉の勘気を恐れぬ豪胆にこそ、皆の信望が集まる。自分も同じようにすればと、それだけなのだ。

「またまた、ご謙遜を」

利家は呵々と笑った。どうやら、未だこちらの肚を見抜いていないようだ。古くは武田信玄、織田信長。そして今の主君・秀吉。これらに比べて自分はあまりに非才だが、どうやら利家は、その非才にすら及ばないらしい。

なのに、なぜだろう。無性に惹かれるものがある。豊臣のためにこそ懸命になる者、行く行くは敵となるはずの男。不器量の自分よりも才に乏しい、そういう男に。

「徳川殿には力がおありなのだ。ゆえに殿下も、御身の具申は無下になさらぬ」

だから、と利家は言う。二度目の唐入りは決まってしまったが、無益な戦となるのが明らかである以上、早々に引き上げとなるように直言していかねばならぬと。

「わしも折に触れて諸々言上致すゆえ、共に頼む。御身の力添えあらば、きっと巧く運ぶ」

「お主の申すような力が、我が身にあれば良いのだがな。されど……分かった」

悔しいが、自分は利家に親しみの念を抱いている。それを認め、心の底から思った。黙っていても人が集まって来るような、こういう男にならねば。天下を見据えているからには、ぜひともそれが必要なのだと。

＊

慶長三年（一五九八）五月、秀吉が病の床に就いた。再度の唐入りに於いて、遠征軍が苦戦を続ける最中であった。

病状は日に日に悪くなり、ついに当人も最期を悟ったのだろう。五月十五日、家中でも有力な大名と奉行衆を集めて遺言書を渡すに至った。家康と利家、さらに宇喜多秀家、上杉景勝、毛利輝元――老衆の五人を前に、秀吉は弱々しく家康の手を取って懇願した。

「秀頼のこと、くれぐれも……。くれぐれも、よろしゅうお頼み申す」

秀吉の実子・拾丸は元服して秀頼の名を得ていた。とはいえ当年取って六歳の稚児、天下を受け継いだとて何ができる訳もない。家中の助け、それも大物の支えを求める秀吉の姿は哀れなほどであった。

この日、十一箇条に亘る遺言書を受け、家康以下は起請文をしたためて血判を突いた。

そして三ヵ月、秋八月十八日――。

「殿。まだお休みのところ申し訳ござらぬが」

朝早く、寝所の外に本多正信の声がした。如何なる時も陰気な男に起こされるとは、良い目覚めではない。思いつつ、しかし家康の目は寸時に冴えた。

「どうした。何かあったのだな」

薄暗がり、未だ日も昇っていないことは障子越しにも分かる。そうした中、わざわざ起こしてまで報せるのだ。

もしや、待ち望んだ一報。そうなのか。

「太閤殿下、ご遠行にござります」

百姓から立身し、一代で位人臣を極めた巨人・豊臣秀吉が世を去った。家康は、がばと立ち上がって勢い良く障子を開ける。

齢五十七の今日まで、待ちに待った。家康は虚ろな目で、秀吉に屈してからの十年を眺めていた。

「ようやく……。いざ、動くぞ」

定まった天下を覆すのは、並大抵のことではない。しかし、この時のために長く時をかけて種を蒔いてきたのだ。秀吉の耄碌と戦い、己が身を楯として家中の大名を守り続けた。皆の信望を集めるべく、利家に倣って動いてきたのである。

そして、二度に亘る唐入りは家康にとって大きな足掛かりであった。文禄の遠征では得るものなく、諸大名は疲弊した。その上で二度目の遠征でも苦戦している。まずはこれらを助けて恩を施すべしと、老衆ならびに奉行衆と談合して兵の引き上げを決めた。皆に諮ったのは、五人の老衆と五人の奉行衆、すなわち「十人衆」の合議で世を治めるべしと、秀吉の遺言に定められていたからだ。

もっとも、遺命に従うのも当座の間のみである。十一月、海を渡った諸将が帰国し始めると、家康はそれらに出迎えの使者を立て、かつ婚姻を持ち掛けるようになった。

「伊達政宗が戻るのは、四日後だったな」

本多正信に問う。首を前に出すような頷きと共に、掬い上げる上目遣いで返された。

「伊達様には年頃の姫があるとか。忠輝様の室に如何か……で、よろしゅうござるか」

「それで良い。すぐに人を遣れ」

老衆を除いて特に力のある者、或いは何かしら豊臣にわだかまりを持つ者。家康が狙ったのは、そういう面々であった。

伊達政宗には、豊臣秀次の「謀叛」に連座させられそうになった遺恨がある。この娘・五郎八姫を、家康六男・松平忠輝の室に。

福島正則と加藤清正は、秀吉の子飼いでも特に出世した二人である。が、二度の唐入りで大きく消耗したにも拘らず、労いもなければ恩賞の沙汰もない。二人と不仲の石田三成による差配ゆえ、反発する心を衝けば味方に引き込めよう。福島の子には家康血縁の娘、正室を亡くした加藤当人には家康の従妹・かな姫を宛がった。

唐入りに於いても、三成のまずい差配と秀吉の耄碌によって、あらぬ叱責を受けた者があった。蜂須賀家政と黒田長政である。家政には子の至鎮に家康の外孫を、長政には家康の姪を、それぞれ薦めた。

いずれも、持ち掛けた婚姻を喜んで容れた。老衆筆頭の家康こそ今後の豊臣を握る者だと見越したのだろう。そう考えてくれるのは、一面で、前田利家のやり様を真似てきた成果である。だが、その利家が三成と共にこの動きを阻んだ。

「十人衆の評定を経ずしての婚儀は、太閤殿下の遺命にて禁じられており申す」

家康の伏見屋敷に中老・堀尾吉晴が参じ、押し潰した声音を向けてきた。慶長四年（一五九九）一月十九日、利家と三成が寄越した問罪使であった。

「加えて、これも十人衆の評定を経ずに、知行の宛がいを進めておられましょう。徳川内府様に於かれましては、何ゆえ斯様な勝手をなされますのか」

余の老衆、ならびに奉行衆を得心させるだけの理由が必要である。申し開きができぬとあらば、十人衆からの除名も辞さず。堀尾はそう言って糾弾した。恐らくは、利家と三成に命じられたままの言葉であろう。

「これは、困ったのう……」

家康は「痛恨」の二文字を面に滲ませた。無論、本当に困っている訳ではない。

老衆の筆頭である以上、秀吉の遺命は承知の上。それに背けば、利家や三成が黙っていないことも分かっていた。こうして詰問された際の返答も、当然ながら支度してある。

「婚姻の話も知行の宛がいも、皆が承知してくれたものと思うておった」

「何ゆえ左様に思われましたのか。十人衆の評定さえ、催されなんだと申しますに」

家康に比べれば、堀尾の中老という立場でさえ小者である。がちがちに顔を固めて追及されたとて、恐れるところなど微塵もなかった。

「確かに十人衆で話し合うてはおらぬよ。されどな、堀尾殿。婚姻は相手のあることゆえ、すぐに皆に知られるであろう。知行の宛がいについては、なおのことじゃ」

家康は、さらに続けた。しかもこの宛がいは、ただの加増ではない。秀吉の晩年には、無体な沙汰で所領を召し上げられた者が多かった。斯様な面々を救いたい、その一念で行なったに過ぎないのだと。

「不平を溜め込んだ者が、豊臣への二心を抱かぬようにするためよ」

「深慮の末と仰せられますか。されど――」

「わしの行ないは全て、すぐに周りに知られることばかりよ。然るに、誰も咎め立てはせなんだろう。ゆえに、皆も承知してくれたと思うておった」

堀尾の言を幾らか語気強く遮る。そして眼光鋭く追い討ちをかけた。

「もっとも、我が勘違いであった訳よな。加えて、豊臣の先行きを思うあまり、先走った沙汰を下したことも認めよう。その二つについては詫びる。だがな」

「だが……何でしょうや」

明らかに怯んだ顔である。畳み掛けるべし――背を丸め、首を突き出して睨み据えた。

「この家康、畏れ多くも太閤殿下より直々に、秀頼公の後見を仰せつかった身であるぞ。それを十人衆から除くと申したな。斯様な話こそ、殿下の遺命に背く行ないではないか。そこを如何に考えておる」

「い、いいえ、それは」

「慮外者めが！　出直して参れ」

一喝して座を立ち、あとは一瞥さえくれずに去った。堀尾は豊臣秀次の「謀叛」に際し、家康に助けられたひとりである。その恩ゆえか、これ以上は何も言えないようであった。

＊

問罪使の一件以来、豊臣家中は一触即発となった。伏見の徳川屋敷と大坂の前田屋敷、それぞれに諸大名が参集し、戦も辞さずと息巻いている。家康と利家のどちらが正しいと考えるか、或いはどちらに世を統べて欲しいかという思惑のぶつかり合いであった。

「今後の世を語るに、太閤殿下の遺命に縛られて何ができましょうや。内府様に於かれましては、決して節を曲げられませぬよう」

家康の屋敷に参じたひとり、最上義光が静かに殺気を湛えた。最上は秀吉の沙汰によって娘を殺されている。往時の関白・秀次の側室に入る約束があったというだけで、秀次の「謀叛」に連座させられたものであった。

「否、否！　それを申すなら石田治部だ」

福島正則が吼えた。豊臣の差配が曲がっていったのは、全て、政の多くを視ていた三成の咎なのだと。

「斯様な者を受け容れた前田様も前田様よ」

「いやさ福島殿。前田様は病を得て気弱になられ、味方に付く者は治部の如きでもありがたくお思いなのやも知れぬぞ」

福島が憤り、藤堂高虎が宥める。二人の言うとおり、利家は重い病の床にあり、三成はその利家の許に参じていた。

斯様な次第で、各々が秀吉への遺恨や三成への嫌気を言い立て、好き勝手に憤慨している。家康はただ「うん、うん」と聞くのみであった。

「それはそうと福島殿。加藤殿は、一緒ではなかったのか」

問うてみると、苦々しい面持ちが返された。

「清正は大坂にござる」

家康には恩があるが、秀吉には大恩がある。秀吉の心は誰よりも利家が分かっていたはずであり、その利家が家康と反目するなら、自分は利家に助力を申し出たい。加藤清正はそう言ったそうだ。

「左様か。まあ……致し方あるまい」

家康は落胆した。自分より秀吉を重んじた者がいるから、ではなかった。

伏見の徳川屋敷には、最上や福島、藤堂の他、伊達政宗や細川幽斎、黒田官兵衛・長政父子など三十名近くが参集している。

対して大坂の前田屋敷には、毛利輝元、上杉景勝、宇喜多秀家。老衆が四人揃っている。奉行衆も増田長盛、長束正家、前田玄以、浅野長政。これに石田三成が加わって、十人衆のうち家康を除く全てが集まっていた。

さらに浅野長政の子・幸長、佐竹義宣、加藤清正に加藤嘉明、立花宗茂、小早川秀包、小西行長、長宗我部盛親、織田秀信、鍋島直茂。徳川屋敷に参じた細川幽斎の子・忠興も前田屋敷に詰めている。大物と看做される者は大半が利家の側なのだ。

十人衆の面々は、当然と言えば当然であろう。だが他の皆は、この家康と秀吉を天秤にかけたのではない。家康か利家かで、利家を選んだのだ。

「わしは非才ゆえな」

家康は溜息をついた。参じた者共が「左様なことは」「滅相もない」と口を揃えるが、頬に浮かぶ寂しい笑みは消えなかった。

才なき者が「自らに才あり」と思い上がるのは間々あることだ。

しかし才ある者が「自らに才なし」と取り違えることはない。金輪際、ない。武田信玄、織田信長、真田昌幸、豊臣秀吉――これまでに戦ってきた相手、煮え湯を呑まされた相手を見れば一目瞭然だ。どの人も自らの才を正しく信じ、進むべき道を切り拓いていた。斯様な者が自身の才に否を突き付けるのは、自らを奮い立たせんとしている時だけなのだ。

そして、と家康は思う。今の自分は、自らを奮起させんというのではない。この胸を締め付ける寂寥(せきりょう)は、掛け値なしの本物であった。

真に才ある者、天に愛でられた人に比べ、自分はあまりに凡庸である。そして前田利家という人は、それに輪をかけて月並みの男でしかない。それでも利家には、この家康を凌(しの)ぐものがある。信望という、形のない武器だ。重い病の床にあってなお、この力が健在だとは。

追い付こう、追い越そうとしてきた。利家のやり様に倣い、皆の信を集めてきた。にも拘らず及ばない。利家と自分の差を憂える気持ちの前には、皆が寄せる励ましの言葉など無力に過ぎる。

戦っても、勝てない――。

「殿。織田有楽(うらく)様が参られました」

広間の外から本多正信が呼ばわり、鬱々たる思いを遮った。有楽入道・織田長益(ながます)は信長の弟である。信長を含め、人の才をあれこれ考えていたところへ参じた人の名に、苦笑が浮かんだ。

「すぐにお通しせよ。お待たせするでな――」

言葉が止まり、家康の顔が呆けた。本多が「おや」と眉間の皺を深くする。

「お待たせするでない、と？　無論にござる」

「待つ、か……」

「何を仰せか分かりませぬが」

本多の声を聞き流し、少し黙って考える。家康の顔に、朗らかなものが浮かんだ。

「いや、すまぬ。有楽殿にはお会いするが、すぐにお帰りいただくことになる」

「それは失礼では？」

「致し方ない。わしは決めたのだからな。また、待つのみだと」

訳が分からぬという顔の本多を余所に、有楽入道の挨拶を受ける。そして翌日、家康は大坂へと向かった。前田屋敷を訪ね、病の床にある利家を見舞うためであった。

「又左殿。お加減は如何かな」

黙っていても、皆から信を寄せられる。そういう利家の人となりは、家康も慕わしく思ってきた。やつれた利家に向ける笑みには、偽りや敵意の一片もない。それゆえであろう、こちらの顔を見て、利家の面持ちにも同じ笑みが浮かんだ。

「どうやら、長くはないようだ」

家康は「そうか」と眉尻を下げ、枕元に腰を下ろした。

「なら、お主と喧嘩などしとうない」

「わしもだ」

二人して、くすくすと笑った。

「のう内府殿。この国はな、今が正念場ぞ」

利家は言う。長く続いた戦乱で全国が擦り減っている。加えて秀吉が、唐入りという間違った戦を起こしてしまった。しかし——。

「天下を平穏に保ち、国と民が力を蓄えねばなるまいよ。太閤殿下は、それを見据えられなんだが……。わしらが戦って良いことなど、何ひとつない」

「分かっておる」

家康と利家は和解の道を選び、互いに争わぬことを誓って起請文を交わした。慶長四年、二月五日であった。これを以て、騒動は一応の解決を見た。

諸将が引き上げ、騒々しさの失せた屋敷の中、本多正信がじめじめした笑みを浮かべた。

「この先は太閤殿下の遺命を違えず、と。まさか起請文のとおりになさる訳ではござるまい。殿は人を化かす狸の如きお人ゆえ」

皮肉な言葉に、家康は「いや」と気楽な笑みを返した。

「誓いを立て、互いに文を交わしたのだ。約定を破るようでは人の信を得られぬ」

「おや。では豊臣の世で朽ち果てると？」

「たわけ。左様な訳があるか。申したであろう。わしは、また待つのだと」

豊臣家中に入り、秀吉が道を踏み外すのを待った。秀吉が耄碌してからは、その人の死を待ってきた。

そして今、また待つのだ。これまで恐れた誰とも違う、柔らかで静かな恐怖――前田利家という男が、世を去る日を。

「又左殿の力は、他から寄せられる信だ。が、子の利長がそれを受け継いでおるだろうか」

かつて、遥か高みに見上げた者たち。武田信玄、織田信長、そして太閤・秀吉。天賦の才を持って生まれた人々は、押し並べて一代限りだった。

「天に愛でられるとは、そういうことではないか……とな」

「太閤殿下については、言い過ぎではござらぬか。秀頼公は幼きに過ぎまするゆえ、殿下の才覚を受け継いでおられるかどうか、長じるまで分かり申さん」

家康は、大きく首を横に振った。

「その幼きに過ぎる中、父御である殿下のお命が尽きた。秀頼公が才を受け継いでおられようとも、長じるまで時は待ってくれぬ」

ゆえにこそ、あと少しを待つ。利家が黄泉に渡れば、皆の信望は行き場を失う。これまで蒔き続けた種は、その時こそ芽吹き、育ち、実を結ぶだろう。

「起請文は又左殿と交わしたものゆえ、それまで待てば義理も違えまい」

「何とも、狡賢（ずるがしこ）いやり方ですが」

言われて、苦笑が浮かぶ。だが構うことはない。狡猾（こうかつ）であろうと、卑屈であろうと、その先が大事なのだ。自分が利家に誓ったのは、豊臣の世を保つことではない。天下を平穏に保ち、国と民を富ませることなのだから。

其之六　石田三成

太閤・豊臣秀吉が未だ存命の頃――。

伏見城の西之丸から堀を渡りつつ、家康は思った。本丸の四方を郭で囲う縄張りは、肥前の名護屋城に似ている。唐入り、つまり唐土の明帝国を攻める戦に際し、秀吉の陣城として築かれた城に。

元々の伏見城は南に宇治川（うじがわ）を望む指月山（しげつざん）にあった。それが二年前、文禄五年（一五九六）閏七月の地震で崩れ、やや北にあるこの木幡山（こはたやま）へ移ることとなった。それに当たって名護屋城に似た縄張りを命じたのは、離れた地にあってなお唐入りの熱を保とうとしたのだろうか。或いは単に、こういう構えの城が好きなのかも知れない。

「いずれにしても」

軽く溜息が漏れた。面倒ごとが待っているぞ、と。

本拠、武蔵国の江戸から伏見に上がったのは昨日のことだ。一夜明ければこうして出仕するというのに、秀吉は待ちきれないとばかりに朝一番で使者を寄越し、登城を促してきた。長い付き合いゆえに分かるが、斯様な時は何かしら諮りたいことがあるのだ。

それはきっと、昨年から始まった二度目の唐入りに関わる話に違いない。無益な戦ではある。諸大名は度重なる遠征で擦り減り、内心では迷惑に思っているだろう。家康とて同じ、うんざりしている。

だが進んで諫める気はない。なぜなら、これは秀吉の躓きに他ならないからだ。家中第一の臣として力を蓄え、豊臣の綻びを待って天下を掠め取る。そのつもりで秀吉に従っている以上、勝手に躓いてくれる方がありがたいのである。

ただし、秀吉の意向に追従すれば良いという話でもない。それでは諸大名の信を失い、先々の筋書きに狂いが生じる。豊臣には傷口を拡げさせ、徳川は皆の信望を得る――そういう立ち回りを考えるのは、まさに面倒ごとであった。

「これは内府様。殿下がお待ちですぞ」

本丸館の玄関に至ると、門衛の者が腰を低くして呼ばわった。家康は「うむ」と頷いて中に入り、秀吉の待つ広間へと案内を受けた。

「おう徳川殿、良くぞ参られた。さ、近う（ちこう）」

挨拶もせぬうちから、忙しなく手招きをされる。心中に「やはりな」と眉をひそめつつ、顔には穏やかな笑みを作って恭しく一礼した。

「徳川内府、参上仕り――」

「ええから、近う。こっち来てちょ。な？」

こういうのにも、二度目には従うことにしている。家康は「はっ」と応じて前に進み、主座から二間（一間は約一・八メートル）を隔てて腰を下ろした。

「お察し致しますに、何ぞ諮られたきことがおありなのでしょうや」

「おう、おう。お主は話が早いわい」

秀吉は幾らか嬉しそうに応じ、右脇の文箱から一通の書状を取り出した。小姓が運び、家康に手渡す。中を検めれば、宇喜多秀家や毛利秀元、蜂須賀家政など十三人の将から、まさに唐入りに関わる重大な進言であった。

「朝鮮に築いた三城を捨て、全軍をまとめてはどうかという進言にございますな」

二度目の唐入りが始まると、遠征軍は瞬く間に朝鮮の各地を平らげた。以後は攻め取った地を守るべく和様の城を築いている。蔚山城、順天城、梁山城であった。

「如何様になされるおつもりで？」

問うてみると、秀吉は生来の赤ら顔を赤黒く染めて怒りを撒き散らした。

「阿呆なこと言うなや。せっかく取ったもん、捨てる訳にゃあがね」

思ったとおりの返答であった。

攻め取った地を捨ててなるかというのは、一面で正しいと言えよう。だが、敢えて捨てたいと書き送ってきたのだ。それだけでも海を渡った面々の苦労が窺い知れる。

発端は昨慶長二年（一五九七）末、三城のうち蔚山城が明・朝鮮の連合軍に攻め立てられたことであった。城は落成前で脆（もろ）く、また兵糧の蓄えも十分ではなかったがゆえに苦しい籠城を強いられた。

結局は敵の猛攻を退けたのだが、その上で此度の進言である。恐らく蔚山、順天、梁山の三城が互いに孤立しがちになっているのだろう。もっとも——。

「殿下のお心が定まっておいでなら、それがしに諮る必要はなさそうですが」

秀吉は大きく首を横に振った。

「お主に諮りたいのはよう、こんなこと言うてきた阿呆共の処分についてじゃ」

「え？　お叱りあるおつもりなのですか」

「おうよ。まあ聞いてちょ」

何とか蔚山を守りきったのは、援軍が参じて敵を蹴散らしたからだ。しかし、と秀吉は言う。黒田長政と蜂須賀家政が、援軍に参じながら戦わなかったらしい。

「こっちの書状じゃ。ほれ」

再び小姓が運んで来る。軍奉行として朝鮮に渡った石田三成の配下、福原長堯（ふくはらながたか）と熊谷（くまがい）

直盛（なおもり）、垣見一直（かきみかずなお）の三人による報告であった。書状によれば、黒田の出した兵はわずか六百だったそうだ。引き連れた五千という数からすれば、確かに少なきに過ぎる。

「されど黒田殿は梁山の城を任された身なれば、多くの兵を回すことは」

「そりゃ分かっとる。じゃがな、徳川殿。長政も家政も、明を迎え撃つ先手だったんじゃ。なのに戦わんて、どういうこっちゃ。ええ？」

　家康は「む」と唸った。秀吉の言い分に得心したのではない。戦場にあって兵を動かさないことなど、ごく当たり前にある。

「殿下、御自らの若き日を思われませ。下手に動かば全軍に綻びを生む、左様に判じた時には血気を慎むこそ肝要となりましょう」

　昔は織田信長の家臣として戦場に立っていた身、分からぬはずはあるまいと、言外に黒田と蜂須賀の両名を弁護する。しかし秀吉は聞く耳を持たなかった。

「奉行衆は我が目、我が耳じゃろうが。その者らが斯様に書き送った以上、それが正しい」

　そして、ぶつぶつと怒りを捏ね回した。黒田も蜂須賀も、我が恩に胡座をかいている。あの時に助けてやったのを忘れたのか。今まで引き立ててやったのを何と心得る――。

「決めた。二人は矢面から外してくれよう。特に家政じゃい。あの阿呆め、城を捨てろなんぞと申してきたのも、戦が嫌じゃからに違いないわな」

「いえ、お待ちを。それでは――」

「家政は召し返して領国に蟄居じゃ。城を捨てろ、じゃと？　ええがね、長政の守った梁山だけは捨てたるわい」

　諮るというのは言葉のみ、怒りを吐き出す相手が欲しかっただけと見えて、全て自ら決めてしまった。一度目、すなわち文禄の唐入りを始めた頃から耄碌し始めていたが、今やさらに酷くなっている。

　だが、構わぬところか。形だけでも秀吉に抗弁し、黒田・蜂須賀を守ろうとしたことは、いずれ誰かの耳に入る。そこから話が広がり、徳川内府の思慮が多くの者に知れ渡るのだ。自らの益を確かに摑んだ以上、他に望むものはない。

　とは言いつつ、どうにも腑に落ちない話があった。

「左様に思し召されるなら否やは申しませぬが、ひとつだけお伺いしとう存じます」

「ああ？　何かね」

「奉行衆を束ねるは石田治部。ここな書状、黒田殿と蜂須賀殿が戦をせなんだという話は、治部も承知の上にござりましょうや」

「当たり前だがや。それがどうした」

　ぽかん、とした面持ちを返された。家康は「いえ」と幾らか恐縮した顔を繕う。

「殿下が信を置く治部が間違いなしと認めたのなら、やはり我が存念など何ほどの重みも持たぬでしょう。それを確かめとうござったのみなれば」

当たり障りのない言いようで煙に巻き、家康は城を辞した。

城の南、追手門を出て、大きくひとつ息をつく。そして独りごちた。

「治部め。またも殿下を騙しおったか」

またも——石田三成が秀吉を騙すのは、これで二度目であった。

一度目は、文禄の唐入りに苦戦して明との講和に逃げた時である。三成は秀吉が発した和議の条件を勝手に書き換え、明が和議を拒まないように細工した。もっとも、そのせいで秀吉の条件は何も容れられぬこととなり、これが新たな唐入りの原因となったのだが。

そして此度である。三成は秀吉の耄碌を衝こうとしたのだ。

黒田長政と蜂須賀家政が、援軍に参じながら戦をしなかった。奉行衆のその言い分が間違っていることくらい、三成の如く道理を知る者なら即座に見抜いたであろう。にも拘らず、間違ったまま報じるを良しとしたのは何ゆえか。

蔚山、順天、梁山、三城は確かに放棄せねばならない。だが今の秀吉は全てを拒む。それを見越していたのだろう。

そこで、敢えて秀吉に癇癪を起こさせた。さすれば処罰を言い出し、黒田の守る梁山だけは捨てるのではないか——そう考えたのだとしたら。この城だけでも捨てられれば、兵も兵糧も二ヵ所に集中できる。少しは楽になるのだから、黒田が戦をしなかったという報告は如何にも都合が好かったのに違いない。

結果はまさに三成の思惑どおり、秀吉は黒田を辱(はずかし)めるべく守城・梁山を捨て、矢面から外すと決めた。

日本軍がこれ以上の苦戦を強いられぬため、ひいては無益な唐入りを早々に終わらせるために、三成は敢えて奉行衆の間違いを正さなかった。だとすれば得心がゆく。

「されど治部、それでは恨みを買うぞ」

呟きつつ、家康の顔に薄(う)っすらと喜悦の笑みが浮かんだ。

三成は秀吉の信篤く、その言は身分を超えて重い。ゆえにこそ、これを嫌う者は多かった。嫌われ者がさらに嫌われることは、家康にとって付け込む隙であった。

理不尽な叱責を受けたのは、黒田と蜂須賀だけではない。三城の放棄を進言した面々も同じである。

そして、もうひとり。此度の総大将・小早川秀秋にはさらに厳しい沙汰が下された。

昨慶長二年の十月頃から、秀秋は幾度も帰国を命じられていた。しかしこれを聞き流して朝鮮に留まり、黒田・蜂須賀が叱責を受けるに至った蔚山城の戦いに参陣した挙句、総大将自ら馬を駆って敵に斬り込んだという。下知に背いた上で、この軽率な行ないである。秀吉が激怒するに十分な材料であった。

今年の二月、ようやく帰国した秀秋に対し、秀吉は国替えを命じた。それまでの筑前三十三万石は召し上げとなり、越前北ノ庄十五万石への大減俸である。秀秋は多くの家臣に暇を出す必要に迫られ、大いに面目を失った。

――この五ヵ月ほど後、慶長三年（一五九八）八月十八日。太閤・秀吉は病の床に生涯を終えた。

＊

秀吉が没し、唐入りは全軍引き上げと決まる。その手配を三成ら奉行衆に任せる一方、家康には成すべきことがあった。豊臣家中での味方作りである。

「黒田長政殿、婚姻の申し出をお容れくだされました」

股肱（ここう）・本多正信の一報を耳に、家康は「お」と腰を浮かせた。

「上々だ。あの者は戦って強く、頭も切れる」

「黒田殿が罰せられたは石田治部が思惑ゆえと、殿がお見立てをお聞かせしたそうです。黒田殿は大いに怒っておられたとか」

秀吉亡き今、政（まつりごと）の実を取り仕切る三成こそ最大の敵である。三成を憎む者、すなわち自らに与する者が増えたと聞いて、家康の面持ちがにやにやと崩れた。

「時に、親父の方はどうであった」

「如水殿ですか。彼の御仁こそ、この婚姻に乗り気だったとか」

思わず「よし」と膝を打った。長政の父・如水入道こと黒田官兵衛は、秀吉の軍師として信を得た智謀の士である。大名同士の勝手な婚姻が秀吉の遺命に背くことは当然ながら承知の上、それでも靡いたのだ。つまりは誰もが豊臣の先行きを案じ、徳川との繋がりを頼み始めている証と言えよう。

「他にも搦め取れる者は多いぞ。この調子で、どんどん使者を送れ」

本多が「承知」と応じ、辛気臭い顔に厭らしい笑みを浮かべた。

黒田長政、加藤清正を始め、福島正則の子・正之、蜂須賀家政の子・至鎮に家康血縁の娘をそれぞれ娶わせてゆく。さらに家康六男・松平忠輝の正室には伊達政宗の娘・五郎八姫を迎えることとなった。これらの婚姻によって、家康は味方を得ると共に、武功の大名と石田三成の対立を煽っていった。

三成も黙ってはいない。年明け慶長四年（一五九九）一月になると、秀吉の遺命に背く婚姻の数々を咎めて問罪使を立ててきた。

もっとも、秀吉亡き後の豊臣を司る十人衆——五人の老衆と五人の奉行衆のうち、家康は老衆筆頭である。問罪使と言えど格下の者、これを退けるだけなら容易い話であった。

然るに、使者を追い返した家康の面持ちは実に渋い。

「この後が面倒だわい。さすがは石田治部、又左殿を巻き込むとは」

此度の問罪使は、三成の独断で発せられたのではない。前田又左衛門、つまりは老衆の第二席・前田利家の同意を得た上での話だった。政の実を執る三成なら、問罪使くらい自らの判断で発し得たはずだ。にも拘らず、わざわざ利家と手を組むのだから恐れ入る。これを以て、家康の対立する相手は三成から利家に置き換えられてしまった。

以後、伏見の徳川屋敷と大坂の前田屋敷に諸大名が参集し、一触即発の事態となる。家康の許にも三十人近くが集ったが、とはいえ旗色が良いとは言えなかった。

「殿を除く十人衆は、全て大坂にござりますな。それに家中第四の大身たる佐竹義宣殿、婚姻で縁戚となった加藤清正殿まで向こう側とは。いやはや前田殿の人望たるや……ご当人は重い病の床にあられると申しますに」

本多が掬い上げるような眼差しを寄越してくる。いつも陰気な男にしては口数が多い。どうにも「策を弄するのみでは」と言われているようで、癪に障る。

「又左殿ほどの人望がないくらい、端から承知しておるわ」

「いえいえ、左様なことを申し上げたいのではなく。ただ、このまま戦になって勝てるかと、それを危ぶんでおるのみで」

じめじめとした口ぶりに、なお腹が立つ。が、正鵠（せいこく）を射た言葉ではあった。

「……致し方ない。今は戦うべき時にあらず」

そもそも利家とは、仲が悪かった訳ではない。かくなる上は自らに行きすぎがあったと認め、和睦するのが得策であろう。

かくして家康は病の利家を見舞い、和議を申し出た。慶長四年二月五日、その旨の起請文が交わされて、騒動は一応の鎮静を見た。

和睦の道を選んだのは、利家が相手では勝てないという見通しゆえである。しかし一方で、利家が重い病の床にあることが大きかった。もう少しだけ、利家が世を去るまで待てば、流れは変わるはずという目算である。

そして、ほどなくそれは現実となった。

「殿。お休みのところ失礼仕る」

寝屋の障子の外、重臣・井伊直政の当惑した声に、家康は「おや」と身を起こした。和議から概ね二ヵ月後の閏三月三日、前田利家が世を去った日の晩である。明日になれば葬儀その他の報せがあるだろう、今日は早く休もうと床に入ったばかりであった。

「どうした。急な報せか」

「その……。石田治部殿と佐竹右京殿が訪ねて参られまして」

「は?」

思わず声が裏返る。同時に、井伊の当惑の訳が知れた。

仔細を問えば、大坂にて三成を襲う動きがあったらしい。これを察した佐竹義宣が、三成を連れて逃げて来たのだという。

「わしを頼って？　おかしくないか、それは」

互いに敵と認め合う相手に助けを求めるとは、三成は、そして佐竹は何を考えている。或いは某（なにがし）かの策ではないのか。何しろ利家が黄泉に渡ったその日の晩なのだ。

「今宵は、又左殿を偲（しの）んで静かに過ごすべき夜ぞ。然るに治部を襲うなど――」

嫌われ、憎まれている者だとて、さすがにそれはなかろう。そう続くはずの言葉が、止まった。心の揺れを察したか、井伊が「左様」と小声を返す。

「歯止めが利かなくなった。箍（たが）が外れた……と、いうことでは」

家康は、すくと立った。利家が彼岸に渡り、流れは確かに変わったのだ。

「治部と右京か。会おう。広間に通しておけ」

寝間着から小袖に替え、羽織を纏う。広間に至れば、凛（りん）とした面持ちの佐竹に対し、三成は髪も乱れて憔悴（しょうすい）しきった顔であった。

「良う参った……とは申せぬな。直政から仔細は聞いておるが」

三成は怯えた目を鈍く光らせ、何も言わない。代わりに佐竹が口を開いた。

「お屋敷に入れていただけたこと、ありがたく存じます。井伊殿からお聞きあられたなら話は早うござる。治部殿を匿ってはくだされませぬか」

大坂城の北詰、三成の屋敷を襲ったのは七人の将。福島正則に加藤清正、池田輝政、細川忠興、浅野幸長、加藤嘉明、そして黒田長政だという。

「この面々なら、内府様がお取り成しくだされば矛を収めるはず。何とぞ」

我が身は石田治部に恩がある、ゆえに助けたい。どうか頼むと言って、佐竹は平伏した。

「ふむ……」

家康は腕を組み、低く唸った。佐竹の言うとおり、確かに自分が口を利いてやれば七将を宥められよう。

福島正則、加藤清正、黒田長政の三人は婚姻を以て縁戚となっている。池田輝政には、文禄三年（一五九四）の年末に秀吉の世話で次女・督姫を嫁がせていた。

細川忠興と浅野幸長にも相応の縁がある。ことは文禄四年（一五九五）、時の関白・豊臣秀次が謀叛の嫌疑で切腹に追い込まれた時であった。

細川は秀次に借財があり、これを以て謀叛への加担を疑われた。申し開きをしたところ、二心なくば借財を返せと沙汰が下る。しかし件の金子は唐入りの軍費に充て、使い果たしていた。そこで家康が代わりに用立て、この危難から救っている。

浅野も秀次の一件では連座させられたが、家康と利家が秀吉に嘆願して赦免を勝ち取った経緯があった。

「右京殿が申し様は分かった。されど治部殿が襲われたことにも相応の訳があろう」

亡き秀吉の寵(ちょう)を笠(かさ)に着て、専横が目に余る――三成をそう見ていた者は多い。が、憎まれる理由は他にもあった。

唐入りを早々に終わらせるべく、耄碌した秀吉を操ろうとして、黒田長政や蜂須賀家政を陥れた。秀吉から小早川秀秋への叱責、大減俸の沙汰も止めようとしなかった。小早川家に暇を出された者を召し抱え、救いはしたが、これとて自らの家中に能ある者を集めるためと思われて致し方ないところである。

そして何より、唐入りで戦った将は、誰ひとり功を認められていない。得るもののない戦だった以上は無理からぬ話だが、財を叩いて軍役を果たし、血を流した面々にとっては、とても受け容れられる話ではなかったろう。

「では内府様は、七将に理があると？」

「そうは申さぬが、治部殿にも非があったのは間違いないところだ。然らば、片方にだけ肩入れするのは如何なものか……とは思う」

ここで三成が討たれるなら、それに越したことはない。利家が死に、三成も消えれば大いに楽になる。ゆえに、本音では手を貸したくなかった。

そうと知ってか知らずか、佐竹はなお食い下がる。

「内府様と治部殿が如何なお立場かは、重々承知の上。されど治部殿を見放されるは、内府様にとって愚かなご裁断と申し上げるより外にござりませぬ」

「何だと？」

　ぴくりと眉が動く。怒りを映した眼光を受けて、しかし佐竹に怯む素振りはない。

「治部殿が七将に討たれたら、世の人々は如何に思いましょうや。内府様こそが治部殿を亡き者にせんとして、面々を唆した……左様に見られて致し方なきところかと」

　それは人の信を失う道だと、佐竹の目が語っていた。この肝の据わりよう、なるほど天下第四の所領を持つ当主の実がある。

「……左様な話になっては困る。何しろ、わしは何も命じておらぬのだから」

　佐竹は「承知しております」と眼差しを緩め、然る後に懇願の面持ちになった。

「ご一考を。治部殿は一度として主家のご下命に背かず、今や豊臣を支える一方の力となられたお方ですぞ。これを討たんとするは、豊臣への謀叛と申せましょう。一方にだけ肩入れできぬと仰せあるなら、せめて両成敗の形にすべく、お骨折りいただけませぬか」

　家康の目が軽く見開かれた。幾らかの歓喜が、滲んでいた。

「豊臣を支えるべき身を討たんとするは、謀叛に等しい……か」

　そして呵々と笑い、大きく頷いた。

「あい分かった。悪いようにはせぬ。が、治部殿にも世を騒がせた責めは受けてもらうぞ。それで構わぬか？」

三成に目を向ける。蒼白になった顔の中、口元だけが虚ろに動いた。

「ありがとう……存じます」

無念と諦念の見え隠れする声である。朧げにでも、この後で起きることを見越しているようであった。

しばらくの後、七将が家康の伏見屋敷に参じ、三成の身柄を引き渡すよう求めた。足取りを追ううちに、討つべき者が家康に匿われていることを摑んだのだろう。

だが家康はこの求めを退け、七人を叱責した。三成にも責めを負わせるゆえ、それで矛を収めるべしと。

一方、三成については奉行の職を免じ、所領の近江佐和山に蟄居を命じる。これにて豊臣の治世は、まさに家康の天下に等しくなった。

＊

「然らば、太閤殿下よりお叱りを頂戴した面々のお咎めは、全てなかったことに致す。よろしいかな？」

家康は大坂城に老衆を集め、評定を執り行なった。先の唐入りに於いて、あらぬ叱責を受けた者の処分を見直すためである。

「宇喜多殿は如何か」

「むしろ、ありがたく存ずる」

あの折、黒田長政や蜂須賀家政は武士としての恥を与えられた。だが処分を受けたのは二人に限った話ではない。朝鮮三城を捨てるべしと進言した者は全て、大なり小なり叱責を受けていた。その中には同じ老衆の宇喜多秀家も含まれる。名誉を回復しようという話に否やのあろうはずもなかった。

「毛利殿。金吾（きんご）殿の所領も、元に戻して構わぬか？」

金吾中納言・小早川秀秋が国替えを命じられ、大減俸となった一件である。小早川家が毛利の分家である以上、ことは老衆・毛利輝元にも大いに関わりのある話だった。

「それはもう、異存などござらん」

輝元も満面の笑みでこれを容れる。前田利長――父・利家の後を継いで老衆となった――も無言で頷いた。が、ひとり懸念を差し挟む者があった。会津中納言・上杉景勝である。

「内府殿が思し召しに口を出すは憚られるも、唐入りに関わる諸々は亡き太閤殿下のお沙汰にござれば……。我らが勝手に変えてしまって良いものかどうか、そこは気になり申す」

家康は「はは」と軽く笑い飛ばした。

「殿下とて人であられた。ゆえに間違いはある。そも斯様な間違いは、殿下の目となり耳となるべく朝鮮に渡った奉行衆の咎であろう」

「罪を着せると？」

いささか気が進まない、と眉根を寄せている。もっとも景勝の眉間には、常日頃から深い皺が寄っているのだが。

「いや上杉殿。奉行衆が殿下を間違わせたというのは、正しゅうござらぬか」

輝元が口を挟み、助け船を出した。石田三成の配下だった福原長堯、熊谷直盛、垣見一直の三人は、唐入りに纏わる諸々を報じ、後に加増を受けているではないか。自らを潤すべく讒訴に及んだと見る者も多いのだ、と。

「特に福原。あの者は石田治部の妹婿で、朝鮮奉行の中でも横柄に振る舞っておったとか」

ひとりに責めを負わせるのは忍びないが、誰ひとり軍功を認められない中で加増を受けたのだから、少しばかり割を食ってもらっても良いのではないか。何より、それで助かる者、面目を施す者の方が遥かに多い。輝元のそうした言い分に、景勝も「む」と唸り、再び口を開こうとはしなかった。

これにて一件が片付いた。次いで家康は、皆を見回して朗らかに語りかける。

「それから、諸大名を一度、国許へ帰そうかと思うのだが。無論、老衆もだ」

秀吉の死後、諸大名、特に老衆は目が回るほど忙しかった。遠征軍の引き上げや、明・朝鮮との談合は言うに及ばず、豊臣の代替わりに伴う混乱を防ぐための差配にも細やかに気を配ってきたのだ。

「皆が疲れておろうし、長く領国を留守にしてもおる。これからの世を安寧に保つには、如何に国を富ませてゆくか、そこが肝要ぞ。まずは各々が領国を整えねばなるまい」

三成がいれば異を唱えていただろう。だが今ここにある面々は何も言わず、むしろ「ありがたい」という顔である。二度の唐入りで擦り減ったものを、旧に復したい。それは諸大名のみならず、老衆も同じであった。

「では、これも決まりだ。ああ、政は気にせんで構わんよ。老衆筆頭として、皆が戻るまで責任を持って差配する。もちろん、重大事あらば書状を送って、方々の言い分を聞く」

評定は、全て家康の思いどおりに決した。これを以て老衆が広間を辞してゆく。前田利長は居心地が悪そうに会釈して、そそくさと去った。上杉景勝は相変わらずの難しい顔、宇喜多秀家は平らかな面持ちで、それぞれ一礼して下がる。

そして毛利輝元が、にこやかに頭を下げて座を立った。

「毛利殿。お口添え、痛み入る」

声をかけると、輝元は「何も」と凡庸極まる笑みを見せた。

「それがしは常に内府殿を味方と思うておりますれば。それに此度の裁定にて、我が毛利家も助かり申した。太閤殿下亡き後の世を落ち着かせるにも、今日の差配が最も良うござりましょう」

「いやはや。味方だ敵だと、何を仰せられる。同じ豊臣家中ではござらぬか」

軽く笑って返すと、ゆったりと首を横に振られた。

「この輝元、父祖には遠く及ばぬ凡夫にござれば、内府殿を頼みの綱と思うており申す。今後とも、よしなにお取り計らいくだされよ」

輝元は改めて一礼し、立ち去った。

前田利家が世を去り、石田三成が姿を消して、皆が家康の顔色を窺うようになっている。西国百十二万石の雄・毛利までが、明らかに「味方」と口にしたのだ。どうやら次の動きを取るべき時だと、家康は判じた。

評定から二ヵ月、慶長四年八月になると、多くの大名が国許へと帰って行った。家康は伏見にて政務を執りつつ、そろそろ九月を迎えんという頃になって、本多正信にひとつを諮った。

「重陽(ちょうよう)の節句に？　秀頼公にご挨拶をなされるのですか」

訳が分からない、という顔をされた。秀吉の後を継いだ幼子、豊臣秀頼。未だ主君として戴いている以上、折に触れて挨拶に出向くのは当然としても、重陽の節句というのが肚に落ちかねるらしい。

「陽の気が重なる祝いごとの日、健やかな日々と長寿を願うための節句ぞ。秀頼公の先行きに幸多かれとご挨拶するのが、左様におかしいか」

「とは申せ、秀頼公は当年取って七つにござりますぞ。殿が仰せのようなご挨拶なら端午の節句ですが、その折には大坂に上がられませなんだのに――」

あれこれ理屈を申し述べていた本多が、不意に口を閉ざす。そして、ひとつ二つと息をした頃になって、じめじめと厭らしい笑みを浮かべた。

「仕掛けるのですな。かねて練り上げておった策を」

家康は「ふふ」と笑った。

「告げ口をする者、支度してあろうな」

「無論にござる。奉行衆、増田長盛」

「増田？　大丈夫なのか。石田治部と親しかった者だが」

「治部殿が蟄居となって以来、身の置きどころがなさそうにしておりましたので。徳川内府に近付く好機と唆しましたら、楽に転んでくれましたわい」

増田は十人衆に名を連ねる奉行ゆえ、幾度も顔を合わせている。下がり目に下がり眉の、いつも自信がなさそうにしている顔だ。なるほど、陰気の権化と言って差し支えない本多とは、話が合うのかも知れない。

「良かろう。任せる」

重陽の節句を二日後に控えた九月七日、家康は伏見を発った。八日には大坂に入り、九日に登城すると、まずは二之丸に定められた宿所に入る。

すると、すぐに増田長盛が訪ねて来た。

「おお右衛門殿、如何な用あって参られた」

もっとも、増田の来訪と用件は端から知っている。形ばかりの問いかけであることは互いに承知の上だ。にも拘らず、増田は小刻みに身を震わせて、ぼそぼそと声を出す。

「内府様を闇討ちにせんと、企(たくら)む者が。お報せに上がりました次第」

「何と！　如何なる者の企みか。其許、摑んでおられるのだろう？」

笑いを堪えながら問う。震えを強くした増田が、軽く汗ばんだ顔で告げた。

「加賀中納言、前田……利長」

家康は「む」と頷き、笑みを見せる。増田が「ほう」と長く息をついた。

「報せ、ご苦労であった。あとはこちらで対処しよう」

闇討ちなど全くの嘘、偽りである。しかし増田は十人衆の一、その動きを「摑んだ」という言には重みがある。

これを以て家康は高らかに唱えた。

徳川内府は亡き太閤・秀吉から直々に秀頼の後見を頼まれた身、老衆筆頭として豊臣を支えるべき立場にある。それを討たんと企むは、すなわち豊臣への謀叛にあらずや――石田三成が七将に襲われた折、これを助けようとした佐竹義宣の言い分と全く同じであった。

以後、家康は前田利長の「謀叛」に与する者を洗い出すと称して大坂城に入り、西之丸に居座った。これを機に、伏見にあった諸大名もこぞって大坂に居所を移す。太閤・秀吉の隠居所、華やかであった伏見は、瞬く間に寂れた町へと変貌した。

そして十月――。

「老衆・前田利長。奉行衆の一、浅野長政。さらに詰衆・大野治長（おおのはるなが）、並びに土方雄久（ひじかたかつひさ）。以上がこの家康を闇討ちにせんと企んだ者だ」

大野と土方は流罪、佐竹義宣の領国・常陸に身柄を預ける。浅野長政は領国の甲斐に蟄居。それぞれの処分が決まると、家康は残る前田利長の領国・加賀征伐を唱えた。

これは単に、徳川と前田の戦いではない。なぜなら家康は、自身への反抗を豊臣への謀叛に置き換えている。従って豊臣家中には等しく軍役を命じ得た。

諸大名が加賀征伐の参陣に応じ、書状を送ってきている。それを家康の許に届けて、本多がほくそ笑んだ。

「全て目論見どおりに進んでおりますぞ」

「どうだ。わしの策も中々のものであろう」

家康の策とは、危ない橋を渡らずに豊臣の力を削ぎ、天下を覆す道筋であった。

まずは、いずれかの大身に謀叛の嫌疑をかけて「豊臣のための戦」を起こす。諸大名に軍役を命じられる以上、負ける恐れはない。

戦勝に際しては、参陣した面々に新恩を宛がう。これが「豊臣のための戦」である以上、豊臣の蔵入地を削って給するのが筋であろう。

そして、それを差配するのは誰あろう家康なのだ。加増を受ける諸大名は、ひとり家康に恩を感じることになろう。

参陣する者が多ければ多いほど、蔵入地の減り方は大きい。豊臣は力を失い、徳川の力がこれを上回る。あとは豊臣秀頼が長じる前に、朝廷に働きかけて権勢を握れば良い。

この筋書きを見抜く者は、相応にあるだろう。しかし、それでも勝算はあった。

「太閤殿下がご存命なら、義理と恩に縛られる者も多かったろうな」

「はい。されど今や殿下はご遠行となられ、耄碌なされた折のご乱行が、じわりと効き始めておりますからな」

豊臣は多くの者に恩を施したが、一方で遺恨、わだかまりを抱かせる差配も多かった。

だからこそ今、こうして多くの者が家康の旗の下に集おうとしていた。

＊

年が明け、慶長五年（一六〇〇）を迎えた。

世は落ち着いている。加賀征伐が行なわれなかったからだ。

諸大名が参陣を約束し、あとは兵を動かすのみというところまで進んではいた。だが、そこで前田利長が身の潔白を主張し、実の母——亡き前田利家の正室・芳春院を人質に差し出してきた。衆望篤かった利家の正室を人質に出されては、さすがに家康も申し開きを容れざるを得なかった。

「利長も、やりおるわい。いやさ……芳春院殿かな、この立ち回りは」

正月一日だというのに、家康の面持ちは渋い。前田家の加賀百万石が徳川に従うことになり、得るものは確かにあった。が、それでは足りないのだ。諸大名の信を集め、豊臣の力を削って天下を覆すには、どうしても「豊臣のための戦」が必要である。

謀叛の咎を与える相手を、定め直すことになった。筋書きどおりに運ぶには、相応の大身でなくてはならない。そして次こそは、必ず戦をする必要がある。またぞろ逃れられては、三人目の「謀叛人」を仕立て上げねばならないからだ。大物の「謀叛」が幾度も相次いでは、言い立てる側の家康にこそ疑いの目が向く。それでは信を損ない、人が離れてゆくかも知れない。

「殿。小早川秀秋殿が新年の参賀に参られましたぞ」

本多正信に声をかけられ、顔を上げた。家康は即座に問う。

「本丸か。西之丸か」

「西之丸にござる」

本丸とは豊臣秀頼のこと。西之丸とは、すなわち家康を示す。今の大坂城は主が二人いるようなものだ。どちらへの参賀が先かによって、その者が豊臣と徳川のいずれを重んじているかが窺い知れる。

「金吾殿は味方……か」

小早川同様、本家の毛利輝元も西之丸が先であった。輝元当人は未だ領国にあって、参じたのは使者だったが、それでも徳川を重んじたことに変わりはない。去年の老衆評定で「内府殿を味方と思うて」と言っていたのは、偽りではなかったようだ。

「謀叛人にする訳にはいかぬな。参賀を受けに参る」

家康は座を立って広間へと向かった。

以後も、大身の大名に綻びがないものかと探し続けた。しかし、次の生贄は中々定められないでいる。

そして二ヵ月、越後の堀秀治(ひではる)から陳情があった。取り次いだのは、あの増田長盛である。仔細を聞いて、家康はいささか目を見開いた。

「兵糧を？　そっくり持って行ったのか。景勝殿が」

「正しくは、家老の直江兼続殿にございます」

上杉景勝は越後を領国としていたが、二年前の慶長三年、生前の秀吉に命じられ、会津百二十万石に加増の上で国替えとなった。景勝が退去した越後に封じられたのが、堀秀治であった。

国替えに当たっては、城の蔵にある兵糧を半分残しておくのが決まりごとである。然るに上杉景勝は——否、家宰の直江兼続は、全ての兵糧米を会津に運んでしまった。かくて堀は半分を戻すよう求めるも、突っ撥ねられているという。

「ゆえに、上杉殿を除く老衆で裁定を願うと」

おどおどした増田の顔に、家康は腹黒い笑みを向けた。

「右衛門、これは使えるぞ」

「それは、天下取りの？」

「ああ。斯様に嘆願するくらいなら、秀治は会津のことも調べておるだろう」

決まりを破って全ての兵糧を持ち出した以上、些細な綻びでも咎める材料になる。今の会津で何が行なわれているのか、内情を報せるよう増田に命じた。

十日余りの後、堀秀治から再びの書状が届いた。会津では新たに城を普請しているらしい。本城・鶴ヶ城の城下が手狭になり、かと言って町を拡げるだけの余地もないため、やや北西の神指に縄張りを始めたそうだ。また領内の道を整え、武具を買い入れ蓄えている。

「……これだ。正信！　正信やある」

手を叩いて呼ぶと、少しして本多正信が顔を出した。

「秀治の書状を見よ。上杉に濡れ衣を着せられるぞ」

手ずから渡してやると、本多はしばし目を走らせて、何とも渋い顔を見せた。

「これで謀叛を言い立てられますのか。城普請はさて置き、道作りも武具の買い入れも、どこの大名でもしておることにござりますぞ」

しかも上杉には切れ者の家宰・直江兼続がある。英気に満ちていた頃の秀吉も、直江の才気煥発を大いに愛でたほどだ。

「左様な大才が、我らの思惑を見抜けぬはずがござりませぬ。加賀征伐の二の舞とならば、次はないのですぞ」

「見抜く男だから良いのだ」

賢才なればこそ、謀叛を言い立てる理由のみならず、その先まで察するだろう。此度こそ家康が、必ず戦をせねばならない——ということを。そして直江は剛毅な男でもある。どうあっても戦は避けられぬと判ずれば、膝を折るを潔しとはすまい。

「ああいう男は乗ってくるぞ。必ずだ」

幼き頃より織田の人質となり、今川の人質となり、身を守るべく人をつぶさに見てきた。その眼力にだけは自信があると、胸を張る。本多も「なるほど」と得心顔になった。

「敵に才子あるを転じ、自らの力と成す……。それは、よろしいでしょう。されど殿、もうひとつ考えるべきことが。会津を征伐するとして、御自らご出陣なされますのか」

「無論だ。さすれば皆の見る目が違う。勝った後の知行の差配も効き目が大きかろう」

本多はそれを「然り」と認めた上で、だからこその懸念を差し挟んだ。

「加賀征伐の折にも噂が立っており申した。殿が大坂を離れなば、石田治部が兵を挙げると。直江殿は治部殿と懇意ゆえ、会津征伐となれば腹背に敵を抱えるやも知れず」

「治部？」

きょとんとして問い返し、ひと呼吸の後、家康は腹を抱えて笑った。

「良う考えて、ものを言え。治部に何ほどのことができようか」

石田三成の本領は、近江佐和山十九万四千石。飛び地の所領、父や兄など一族の所領を合わせても四十万石そこそこなのだ。加えて三成は嫌われ者で、武功の士にはこれを憎む者も多い。まして奉行職を免じられて蟄居の身、揃えられる兵は高が知れている。

「治部と懇意なのは、直江の他には佐竹右京と小西摂津、大谷刑部くらいだ」

佐竹義宣、小西行長、大谷吉継。この中で佐竹は常陸に五十四万石余りを有し、二万ほどの兵を集められる。だが恐れることはない。なぜなら会津に向かう征伐軍は、十何万かを束ねるつもりだからだ。

「小西摂津は五、六千。大谷刑部は良くて二千ぞ。佐竹が二万、治部の一族で一万と少し。合わせて、いいところ四万だ」

「左様に思し召しなら。ただ、侮って良いものにござろうか。かつて殿は、真田昌幸を侮って煮え湯を呑まされましたろう」

織田信長が本能寺に横死して三年後、信濃の上田城を攻めた一戦である。真田勢千二百に八千の大軍を差し向けて惨敗した戦を思い出し、家康は仏頂面になった。

「あの時、わしは真田に振り回されて怒っていた。ゆえに正しい断を下せなかったのみ。此度は豊臣の大軍勢を率いるのだ。しかも老衆の前田を従え、毛利も手懐けておる。負ける気遣いは万にひとつもないわ」

石田三成、何するものぞ。兵を挙げるなら叩き潰し、後顧の憂いを断つべし——家康は一笑に付し、上杉に詰問使を発した。

神指の城普請は戦を見越して砦を築くものに他ならず、道を整え武具を仕入れているのは戦支度のため。逆心は疑いなし——。

＊

「無礼者めが！」

家康は手中の書状をくしゃくしゃに握り潰し、床に叩き付けた。

「上杉家老、直江山城守（やましろのかみ）！　謀叛の嫌疑をかけられて居直るとは何ごとぞ。これにて上杉景勝が叛心は明らかとなった」

憤怒の形相に、周囲の者共が震え上がっている。それらに向けてきっぱりと命じた。

「会津を征伐する。諸国に戦触れを発すべし。急げ！」

徳川家中の面々、豊臣の使番衆（つかいばんしゅう）が泡を食って駆け出して行く。西之丸御殿の広間には、家康と本多正信のみが残った。

家康はしばし「怒り」に身を震わせていた。が、皆の足音が聞こえなくなると、それが別の震えに変わってゆく。修羅の面持ちが緩み、口元が緩み、堪えていた笑いが弾（はじ）けた。

「うは、は、あは、あっははははは！」

笑い転げる家康の傍らで、本多が先の紙玉――家康が丸めた書状を開いて目を落とした。

「讒訴の者を調べもせずに上杉の逆心を云々なされるは、内府様にこそ表裏ある証なり。武具を集めるは武士の嗜(たしな)みにて、目くじらを立てるは内府様が粗忽(そこつ)……。攻めるなら攻めて来いと煽り立てる文言にござりますな」

「ほれ、わしの申したとおりではないか」

にたにたと笑う本多の顔を、これほど心地好いと思った日はない。全ては直江が思惑どおりに踊ってくれたからこそ、まさに「してやったり」の一語に尽きた。

一ヵ月後の慶長五年六月、会津征伐軍は大坂を発することとなった。

西国や畿内の大名は初めから兵を連れているが、東海や東国の衆は東下の道中で領国に入って兵を連れる手筈である。必然、行軍には多くの時を要し、家康が本拠・江戸に入ったのは七月二日であった。

以後、関東や甲信の大名が領国に戻って兵を整える。それを待つ最中の七月十三日、本多が居室を訪ねて来た。

「殿、一大事ですぞ」

「どうした。そもそも辛気臭い顔を斯様に渋くしおって」

「お聞きになれば、殿も同じ顔になるかと。石田治部、やはり兵を挙げた由」

家康の顔は、本多とは全くの逆、喜悦に彩られた満面の笑みとなった。

「それのどこが一大事か。治部の如きが兵を挙げたところで——」

「総勢十二万と、お聞きになられても？」

遮られて、笑みが固まった。面持ちは次第に驚愕へ、やがて恐怖へと変わっていった。

「十……二万？」

「総大将は毛利輝元、兵は四万。まあ……形ばかりの総大将ではありましょうが」

家康は言葉を失った。はっきり「徳川の味方」と言っていた、あの毛利が。否、輝元の言い分を容易く信じた訳ではない。日々交わした言葉の数々、やり取りした諸々の書状、そして大坂城での新年参賀の一件も然り、全てに於いて徳川に仇なすような気配は見られなかった。慎重に慎重を重ねた上で、味方と判じたのだ。

「わしは……人を見る目だけは確かだと、思うておったが」

呆然と呟きが漏れる。本多が鼻から長く息を抜いた。

「端から殿を騙さんとして、芝居を打っておったものかと」

毛利輝元は、当人が言うとおりの凡夫である。が、だからと言って自身を卑下せず、ありのままを受け容れている。そういう、人の好い、気持ちの良い男なのだ。

然るに。これを逆手に取ったというのか。この家康を、騙すために。

「騙された……。いや。騙す？　騙す……。まさか！」

きょろきょろとした家康の目が、飛び出さんばかりに見開かれた。

まさか。そう、まさか、である。これは、三成の手引きではないのか。

無益な唐入りを早々に終わらせんとして、太閤・秀吉を二度まで騙した男。その男が、毛利の後ろにいたのなら。いずれ来るはずの日を待ち、辛抱強く種を蒔いていたのなら。全て、辻褄が合う。

「治部！　謀ったな、治部！」

「そのようですな。して、如何なされます」

本多は言う。家康は三成の挙兵を、精々四万と見ていた。しかも、それは常陸の佐竹義宣が与したとしての話だったと。

「斯様に勝算のない話なら、佐竹殿も治部に従うを躊躇ったでしょう。されど」

そうだ。総勢十二万を糾合したと知れば、佐竹とて如何に転ぶか分かったものではない。会津征伐軍に名を連ねているが、むしろ、かくなる上は必ず寝返ると見ておくべきだ。

「我らは十一万。佐竹の二万が寝返れば……」

「治部は十四万、こちらは九万ですな」

それぱかりではない。三成は会津の家宰・直江兼続とも昵懇なのだ。上杉勢三万まで合わせれば、敵は十七万に膨れ上がってしまう。

「おい。どうするのだ、これは」

参った。掛け値なしに、どうして良いのか分からなかった。

三成には、既に勝ったと思っていた。嫌われ者の石田治部、しかも奉行職を解いて権勢も失った身に何ができるものかと。

しかしながら。三成は、秀吉を二度まで騙しきった男なのだ。耄碌していたとはいえ、あの秀吉をだ。勝ったと思った。勝ちに驕っていた。だからこそ目を向けずにきた。石田三成という辣腕が、隠れて牙を研いでいるかも知れぬということに。

恐るるに足らず——その油断を誘うべく、三成はずっと死んだふりをしていた。いつか訪れるであろう日のために、裏で皆に手を回し続けていたのだ。決して急がず、焦らず、諦めず。この家康を騙し、陥れるために。

「何とか言わんか正信。会津、常陸、大坂に囲まれた上で、味方は敵の半分ほどになってしまうのだぞ」

「……半分で済みましょうや。大坂におわす秀頼公がご出馬なされたら、敵に鞍替えする者は後を絶たぬようになるかと存じますが」

既に真っ青になっているというのに、さも嫌そうに追い討ちをかけてくる。恐怖と苛立ちが募り、家康は右手を口に運んで親指の爪を噛んだ。が、身の震えで歯の根が合わない。

しばしの間、本多は眉を寄せて無言だった。が、主君の情けない姿を見かねたか、やがて溜息交じりに「やれやれ」と吐き出した。

「だから、真田に捻られたのをお忘れかと申し上げたではござらぬか」

痛烈なひと言である。家康は背を丸めて俯き、すっかり小さくなってしまった。

「左様に苛めんでくれ……」

「勝ちばかりを思い、負けを思わず。ゆえに人を見る目にも帳が下り、御自らに害を招き寄せたのです。まあ、良い薬になりましたろう。殿は薬にお詳しいが、人の心を戒める薬については、此方の方が得手だったようです」

最後にひとつ窘めて、本多は「さて」と面持ちを引き締めた。

「この上は少なくとも、治部に転ぶ者が出ぬようにするが肝要かと」

「如何にすれば良い」

「そうですな。会津征伐に参陣した者の多くは、妻や子を大坂に置いております。もしも治部が、それらを人質に取ったとしたら？」

俯いていた家康の顔が、じわりと上がる。三成が斯様な挙に出れば、諸将の敵意を煽ることになるだろう。とはいえ三成は切れ者である。この危うい道を進ませるには、何かしらの細工が要る。

「どういう策で、左様に仕向けるのだ」

「まずは、秀頼公のご出馬を阻むこと。さすれば会津征伐の陣中から寝返る者はいなくなり、治部にもわずかな焦りが生まれましょう。その上で、万全を期さねばならじと焚き付け……不安を膨らませてやれば、或いは」

理に適(かな)ってはいる。だが遠く離れた大坂のこと、それを成すのはまさに離れ業だ。

「できるのか」

「手足となる者はおりますぞ。増田長盛……に、ござる」

十人衆の一、奉行の増田なら、秀頼の母・淀殿への目通りは叶うだろう。淀殿は詰衆の大野治長に信を傾けていたが、大野は家康闇討ち騒動の咎で除かれている。今なら増田から淀殿に働きかけ、秀頼の出馬を阻むのも容易いはずであった。

「失敬ながら、淀殿はあまり頭の回るお人ではござらん。左様なお方ゆえでしょうな、豊臣のお世継ぎを生(な)されてからは、女の情と気位の高さに火が点いておりまする」

そこを衝けば、きっと愚に走る。自信ありとばかりに、本多の目が据わっていた。

「人質のことは？　手立ては急がねばならぬし、増田のみでは手に余ろう」

「もうひとり、操れる者がおります。殿を恨む男、福原長堯」

唐入りの折、黒田長政や蜂須賀家政を貶(おとし)める報告をした男。後に諸将の処分を見直すに当たり、家康が罪を着せた相手であった。

「増田が唆せば、きっと『徳川内府憎し』に凝り固まる。如何にしても勝たねばならぬ、妻子を人質に取ってでも諸将を引き戻すべしと、治部を煽らせるのです」

佐竹と上杉まで含めて十七万を糾合したとて、徳川方に九万が残っていては、形勢を覆される恐れは残るものだ。三成なら、それは重々承知していよう。

この恐れを打ち消すのが、秀頼の出陣である。が、それが叶いそうにないとなれば、諸将の家族を人質に取れという言に耳を傾けるのではないか。

「策とは相手の取り得る道を閉ざし、こちらの決めた道を進ませること。殿も昔、それで武田信玄に大敗なされましたな」

「嫌な話を思い出させ……。いや、これも薬か。分かった、頼む」

家康は、本多の策を容れた。藁にもすがる思いであった。

果たして、策は見事に功を奏した。

豊臣秀頼、当年取って七歳の稚児が戦場に赴くことを、淀殿は決して許さなかった。そして三成は、諸将の家族を人質に取った。大坂城内で庇護する、という名目で。

会津征伐軍に参じた将は、その多くが三成を嫌う武功の士である。人質の一件を知ると峻烈に怒気を発し、ほぼ全てが石田治部打倒に結束した。

ただ、かねて見越していたとおり、佐竹義宣は向背定かならぬ動きを取り始めた。また真田昌幸は、本領に戻って徳川勢の行く手を阻む構えを見せた。

＊

三成の挙兵に応じ、会津征伐軍は兵を転じて西上した。もっとも、上杉と佐竹を睨むために押さえの兵は残さねばならない。家康は自身の二子・結城秀康を下野の宇都宮城に入れて一万の兵を任せ、また最上義光や伊達政宗など奥羽勢にも会津を牽制させて、いったん江戸に戻った。

状況を見極めること概ね一ヵ月、上杉が自ら仕掛けて来ないと見た家康は、九月一日に江戸を発った。

美濃に至った家康は、同月十五日、関ヶ原で石田方と決戦に及ぶ。大軍同士のぶつかり合いにも拘らず、戦はわずか一日で徳川方の圧勝に終わった。

そして——。

「石田治部少輔殿。面を上げられよ」

九月二十五日、宿陣する近江の大津城で三成を引見した。

関ヶ原の戦いに敗れた三成は、本拠の佐和山城を指して逃げた。だが道中で酷い腹痛に見舞われて帰り果せず、兵部大輔・田中吉政に捕えられた。

「お久しゅうござる。その節は、お世話になり申した」

三成は驚くほどのすまし顔で発した。世話になったとは、前田利家が逝去した日の晩、七将に襲われたところを助けた一件であろう。

「世話になったと申すなら、此度わしも其許の世話になった」

石田方の数を耳にした折には生きた心地がしなかった。もし三成が秀頼の出馬を勝ち取って東下していたら、江戸で雪隠詰めの挙句に大敗していたはずだ。立場も全くの逆だったに違いない。だが三成は本多正信の策に嵌まり、こうして罪人となっている。それを以て世話になったと言うのは、恐れを抱かされたことへの憂さ晴らしであり、厭味であった。

もっとも、厭味では向こうも負けていない。

「確かに、お世話をしましたな。私が多くの大名衆を束ねたがゆえ、会津征伐を超える大戦になった。これで内府様も、豊臣の蔵入地をさらに多く削れましょう」

家康は「ふん」と鼻で笑った。

「やはり見通しておったか。されど負け戦に付き合わされた者は、軍役に財を吐き出して領を擦り減らしたのみ。この国の半分に、其許が傷を付けたのだ。罪は重いぞ」

こちらの思惑を見抜いたとて、見ぬふりをしていれば良かったろう。さすれば割を食うのは上杉と豊臣だけで済んだ。その思いで発したひと言に、しかし三成は大笑して返した。

「内府様こそ罪が重い。ああ、勘違い召さるな。豊臣の天下を覆さんとしたことを申しておるのではござらぬ」

先より変わらぬ三成のすまし顔が、ほんのりと血気の朱を湛えた。そして続ける。主家の力を掠め取ったのは、亡き太閤・秀吉も同じなのだと。

「されど殿下は、織田の天下を奪うための戦を、ただの一度しか起こされなかった。柴田勝家を滅ぼした、賤ヶ岳の戦いにござる」

紀州、四国、九州、小田原——他の征伐戦は全て、織田の家領ではなかった地を従えるためのもの。織田信長の遺児・信雄と戦った小牧・長久手の戦いとて、家康が信雄を唆して挙兵させたものである。

「内府様が筋書きは、会津征伐の戦を起こし、豊臣を痩せ細らせた末に攻め滅ぼすというものにござろう。然らば、少なくともあと一度は大戦が必要となる。思うように豊臣が衰えねば、さらに別の戦をもお考えになったはず」

それによって日本全国が、どれほど疲弊するのか。三成に咎められ、家康は「何を」と声を荒らげた。

「左様に思うなら、やはり此度の戦は其許が罪である。分かるであろう。会津征伐より、遥かに重く大きい戦になってしもうたのだぞ」

と、三成は穏やかな面持ちで軽く頷いた。

「確かに、そこは仰せのとおり。しかし私は殿下に倣い、一度きりの戦で世を鎮める覚悟にござった。貴殿を討ち果たさば、その時から日本は戦乱の傷を癒してゆけたでしょう」

家康が天下を目指す道は、この国を遠回りさせる。そう言われて、ぐうの音も出ない。はっきりと思った。負けた、と。

三成は満足そうに、大きく息をついた。

「申し上げたき儀は、以上にござります」

三成の眼差しは、未だ力強く濁っていた。遠からず罪人として首を刎ねられるのは分かっている、だが、それでも命尽きるまで直向きに生きるべし——と。

十月一日、三成は京の六条河原で斬首となった。

「これで、ひと区切りですな。あとは如何に豊臣を締め上げてゆくか」

本多正信から三成斬首の報を受け、家康は「ああ」とだけ応じた。ぼんやりと、声が揺れていた。

「何か、気が抜けておられるような」

「いや。治部はつくづく恐ろしい奴だった……と思うてな。今になって少し震えておる」

秀吉の乱行を食い止めるべく、その耄碌を衝いて騙し、唐入りを終わらせんとした。秀吉の世が良く治まらぬと考え、天下を諦めなかった自分に、少し似ているのかも知れない。

一方で三成は、いつか対決の日が来ると見越し、この家康を策に嵌めようとした。決して急がず、焦らず、着実に追い詰めようとしたのだ。軍略の大才・武田信玄のやり様に似ている。

そして、ただ一度の戦いで全てを終わらせようとした。当人が言っていたように、秀吉のやり様に近い。

「わしと信玄、太閤殿下を足したような奴だ」

「敵を侮らぬ心構えや良し。されど負けて命を落とした者を、そうまで恐れなさるとは。ちと、薬が効き過ぎましたかな」

本多はそう言って、にたにたと笑った。

其之七　黒田如水

馬上から仰ぐ空が澄んで高い。吹き抜ける風の冷たさが晩秋の始まりを告げている。石田三成との決戦に向かう日――慶長五年（一六〇〇）九月一日の朝であった。

「進め」

三間（一間は約一・八メートル）ほど先の馬上で大番頭・松平重勝が声を張る。家康の本拠・江戸城から総勢三万の軍勢が進発した。

これだけの数はあれど、徳川本隊ではない。本隊は三子・秀忠に預けた三万七千、数日前に発して東山道を取らせていた。家康が率いるのは旗本寄合衆、言わば寄せ集めの後詰である。

「重勝。おい」

声をかけると、重勝は「やれやれ」とばかりに首の力を抜き、馬首を返して来た。

「佐渡殿の策について、でしょうや。昨日から繰り返し同じことを問われては」

轡を並べて声を向けつつ、目元に「弱ったな」と滲ませている。分からぬでもない。佐渡守こと本多正信、あの陰気な男の策について重勝に問うのは筋が違う。が、それでも問わずにはいられなかった。なぜなら――。

「正信がおらぬとなると、どうにも不安でならぬ。頼む、答えてくれ」

「佐渡殿を秀忠様に付けたのは、他ならぬ殿にござりましょう。こちらこそお頼み申します、どうか困らせないでくだされ」

「石田治部が十二万も束ねるとは、思うておらなんだのよ」

家康が大坂を離れたら、三成が兵を挙げる。その噂は早くから囁かれていた。だが三成の所領は少なく、しかも武功の士に嫌われているとあって、楽に蹴散らせると高を括っていた。

然るに、実に十二万である。豊臣の恩を重んじる者が多かったのか、こちらが三成の辣腕を見くびっていたのか。今まで戦功と呼べるものがない男だが、この数を聞くと懸念ばかりが膨らんでしまう。

だからと言って、弱音を吐ける相手は多くない。本多正信がこの隊にいない以上、祖の同じ能見松平一族、それも歳の近い重勝を捌け口とするしかなかった。

「のう重勝、後生じゃ。気休めでも構わぬゆえ、少しだけでも安堵させてくれぬか」

家康は情けなく眉尻を下げた。重勝も同じような顔である。およそ、これから大戦に臨むという様子ではない。

「そもそも、何ゆえ佐渡殿を秀忠様に付けてしまわれたのです。斯様なご相談をなさることもあるとは、思われませなんだのか」

「わしの一存ではないぞ。正信が左様に望んだのだ」

本多の言い分は、こうであった。秀忠はこれが初陣だが、この先に名を上げるべき戦は少なかろう。此度の一戦はその意味でも絶好の機会だ、と。

「案ずることはない、この正信が傍に付いてお助け申し上げ、必ずや徳川の後継ぎこれにありと示してご覧に入れる……とな」

重勝は「なるほど」と返し、力なくうな垂れた。

「佐渡殿……逃げたな。こうも煮えきらぬお方には付き合いきれぬと」

「ん？　どうした。何か申したか」

ぶつぶつと口の中で捏ね回す言葉は、家康の耳には届いていない。重勝は驚いて「何でもござらぬ」と背筋を伸ばした。

「と、ともあれ、ですな。佐渡殿の策は既に成っておるのです」

三成挙兵の一報を受けた折、本多は急ぎ大坂に手を回し、豊臣秀頼が石田方として出馬することを阻んだ。本多の一手がなければ、家康に与する諸大名の離反を招いていたに違いない。そして、策はそれのみに止まらなかった。三成が必勝を期するには、徳川方の切り崩しが必須であるはず。そこを衝いて三成に焦りを促し、徳川方諸将の妻子を人質に取るよう仕向けている。

遠く離れた大坂を、本多はこれほどに動かしたのだ。石田方の数が恐ろしいのは分かるが、さらに上を求めるのは無理な話だろうと、重勝は言う。

「人質の一件で、お味方は打倒治部で固まってござります。始まる前から負けた時のことばかり考えられては、それがしが……ではなく、皆が不安になりますぞ」

江戸に籠城して大軍に囲まれようと、戦に及んで大敗しようと、負けるなら同じ。追い詰められるよりは潔く一戦に及んだ方が勝ち目はあるだろうと出陣したのではないか——。

「頼りないお姿を晒されますな。それでは大名衆が殿に見切りを付けましょう。まことに負けてしまいますぞ」

昨日、一昨日に問うた時と同じ返答を受け、家康は「む」と押し黙って背筋を伸ばした。とはいえ、面持ちは渋いままである。湿地の多い江戸の中でも、城の辺りは特に海に近い。左手の向こうから食い込む日比谷入江のせいか、道もじめじめとしている。べたべたと重苦しい行軍の足音を耳にすると、胸中はなお陰鬱なもので満たされていった。

東海道を進み、その日の行軍は六郷川まで。明くる日に川を越えて相模国に入った。

そして昼過ぎ、行軍を止めて休みを取っていたところ、早馬があった。先手衆のひとり、美濃にある黒田長政からの書状を携えていた。

「ん？　んん……。これは、何と受け取って良いものか」

中を検め、家康は渋く唸った。腰掛ける石の後ろ、控えていた重勝が跪いて問う。

「何ぞ悪い報せにござりましょうや」

「長政の許に、吉川広家が寝返りを申し入れて参ったと」

西国の雄・毛利家を支える「両川」こと、吉川家と小早川家の片方である。両家は元々が安芸の国衆だったが、毛利先代・元就の二子・元春が吉川に、三子・隆景が小早川に入って家督を継ぎ、毛利と一体になった。小早川隆景には子がなく、秀吉の甥であり養子であった秀秋を迎えて後継としたが、吉川広家はまさしく元春の子で、毛利に於ける一方の重鎮であった。

それが寝返りを申し入れてきたと聞き、重勝は目を丸くした。

「良き話、良き流れではござらぬか。何ゆえ左様に浮かぬ顔をしておいでか」

「いや……喜ばしき話ではあるのだが」

此度の敵は石田三成だが、形の上の総大将は毛利輝元である。その毛利の柱石たるべき者が寝返ると言っても、信じて良いものかどうか。

「それにな。広家が申してきた寝返りの条件、あまりに虫が好すぎる」

書状に曰く。此度の戦では毛利勢に戦をさせぬようにする。当主・輝元は大坂に留まっておるゆえ、戦場に出るのは毛利秀元率いる一万六千。これを石田方の数から差し引いて良いとなれば、家康の戦は楽になろう。ゆえに戦勝の暁には、我が寝返りに免じて毛利の所領を安堵されたし。何とぞご寛典を――。

「わしと治部、どちらが勝とうと毛利は損をせぬではないか」

苦い面持ちで、黒田長政からの書状を手渡す。重勝は「拝見」と受け取って目を落とし、少しして大きく頷いた。

「なるほど。そういうこと……か」

「怪しかろう」

眉をひそめて応じるも、重勝は逆に晴れやかな顔だった。

「さにあらず。殿がなされてきたことが、ようやく実を結んだのではないかと」

亡き太閤・豊臣秀吉は多くの者に恩を施した。だが、同じくらい多くの者に無体な沙汰を下してもいる。そのたびに家康は、家中第一席の力で救ってきた。味方を増やすために買って出た骨折りであった。

「金吾殿にも恩を施されましたろう」

金吾中納言・小早川秀秋。その名を出され、家康は「ふむ」と頷いた。

「猿殿下が癇癪を起こして、金吾殿に国替えを命じた一件か」

秀秋は唐入りに際し、秀吉の不興を買って大幅な減俸を申し渡された。秀吉の死後、これを元の所領に戻してやったのは、他ならぬ家康である。その秀秋についての話だと、重勝が書状の中ほどを指差した。

「ここです。金吾殿が腑抜けておると、吉川殿が嘆かれた旨、記されてございます」

「まことか？　そこまで読み進んでおらなんだ」

戻された書状に改めて目を落とせば、確かにそう記されていた。

本家の毛利が総大将を引き受けたせいであろう、秀秋も此度の戦には石田方として参陣し、七月には徳川方の伏見城を攻めている。だが伏見落城の後は戦に加わらず、近江や伊勢で鷹狩りに興じているらしい。

重勝は大きく頷き、続けた。小早川家は、毛利家とは別に大名として取り立てられている。が、だからと言って両家の縁まで切れた訳ではないのだと。

「小早川は未だ毛利の一翼を担う家に違いござらぬ。それが斯様な有様とは、つまり敵方は、総大将の毛利家中でさえ一枚岩ではないのです」

「とは申せ……策を疑うべきところでもある」

広家の言い分が本当かどうか。此度の戦を左右する話ゆえ慎重を貫いたのだが、重勝は辺りをうろうろ歩きながら、さも焦れったそうに「何を仰せか」と応じた。

「今の殿は慎重を通り越して臆病になっておられます。黒田殿は、あの如水殿のお子にございますぞ。戦って未だ負けなし、調略に於いては右に出る者なし、太閤殿下の軍師を務められた黒田如水殿ですぞ」

如水の子が、吉川広家は信用して良いと書き送ってきているのだ。必ず訳がある、頼むからいつもどおりに考えてくれと、重勝は懇願の体であった。

「佐渡殿の策が効いてきたのではござらぬか。先んじて投じた一石が、今になって二羽目の鳥を撃ったとは考えられませぬか」

「正信の策か。秀頼公の出馬を阻んで治部を焦らせ、我が下に集った者の妻子を人質に――」

そこまで口に出し、家康は「え?」と言葉を止めた。元々丸い目が、さらにじわじわと丸くなってゆく。

「まさか。人質の一件で『治部許すまじ』と憤ったのは、我が味方のみではないと? 治部に与した中にも、同じ思いの者が」

あり得ぬ話ではない。そもそも大名が上方に妻子を置くのは、豊臣への人質という意味なのだ。その身柄を三成が改めて奪えば、皆はどう受け取るだろう。

「豊臣を差し置いて何をするのかと、左様に思う者が多ければ」

見開かれた家康の目に、力が籠もってゆく。重勝が「はい」と幾度も頷く。

「石田治部の戦に、果たして正義はありや……。左様な疑いを抱く者が出ておるのやも」

毛利家中には、そもそもの揺れがあったのではないか。そこへ来て人質の一件で、さらに家中が割れた。吉川広家の内通がそれゆえだとすれば、同じような流れで、石田方の全てに厭戦の気が蔓延り始めているのかも知れない。一々を説かれるに従い、次第に家康の眼差しが定まっていった。

「敵には……毛利に限らず、緩みがあるということか。なるほど、勝てるぞ」

「ようやく、いつもの殿に戻ってくだされたか」

心から安堵したという、半ば泣きそうな顔を向けられる。家康は気恥ずかしい思いで「気苦労をかけた」と苦笑を返した。

「然らば、さらに打つべき手がある」

敵情が透けて見え始めた今、広家の寝返りは真実と考えて良いだろう。ならば、他にも調略できるはずの者があった。放漫な動きで広家を嘆かせ、毛利一門の乱れを露呈する男——他ならぬ小早川秀秋だ。

「長政の従妹が小早川の家老に嫁いでおったろう。ええ……何と申す男だったか」

「平岡頼勝（ひらおかよりかつ）殿にござります」

「おお、それだ。そやつを通して調略させよ。お主の申したとおり、長政は如水の子だ」

「はっ。きっと巧く運んでくだされましょう」

この調略は必ず戦を左右する。家康は固唾を呑み、口元を不敵に歪めた。

＊

「内府様」

「お待ち申し上げておりました」

九月十四日、家康は美濃に到着した。岐阜城の南西三十余里（一里は約六百五十メートル）、敵の拠る大垣城を睨む赤坂の陣である。出迎えの諸将は七月の末に発した先手衆で、待ち望んだ総大将の着陣に際し、どれも晴れやかな顔であった。

が、家康は違う。歓迎の声に「うむ」とだけ応じ、面持ちが渋い。それというのも――。

「秀忠は？」

「未だご到着なされませぬ」

先手衆の一・福島正則を捉まえて問う。どこか申し訳なさそうな返答を得て、渋面の眉がさらに寄った。

徳川本隊を預けた秀忠が遅れていた。東海道を進んだ家康に対し、秀忠には東山道を取らせたのだが、道中の信濃、上田城の真田昌幸に阻まれて時を食ってしまったからだ。

福島に「あい分かった」と頷き、自らの陣所へ向かう。野営の陣屋は簡素なもので、流れ込む隙間風が苛立ちを逆撫でした。

「正信め。自ら秀忠に付くと申しておきながら、この体たらくとは」

口の中で小さく呟いた。秀忠には確かに、上田城を攻め落として美濃に入るよう命じた。だが、真田はかつて徳川の大軍を寡兵で蹴散らした戦上手である。本多正信の随行を許したのは万全を期するためでもあった。然るに。

攻めあぐねて落とせないなら、押さえの兵を残して美濃への道を急げば良いものを。本多が進言しなかったとは考えにくい。秀忠が功に逸り、上田城に拘ったからであろう。数日前、早馬を受けて本隊の遅れを知り、美濃へ急ぐようにと叱責を加えた。父たる自分、この家康の下知には逆らえないと見えて、秀忠はようやく行軍を再開している。が、今度は雨で暴れた川を前に立ち往生だとか。

「後先を考えぬから、左様なことになるのだ。戦と申すものは常に二手三手先を」

吐き捨てようとした言葉が、有耶無耶に止まった。本多がどうこうと考えていたせいか、あの辛気臭い顔がちらついて仕方ない。二手三手先を見ていたなら、三成の束ねた数を聞いて青くなったのは何なのか——ここに本多がいれば、斯様に厭味を言われたかも知れぬ。

そう思うと、弥が上にも苛々が助長された。立ち上がり、たった今まで腰掛けていた床几を蹴飛ばそうと、右足をぐいと後ろに引く。

ところへ、松平重勝が陣屋に参じた。

「殿。黒田殿が……」

片足を引いた格好で目を向ける。ふらついて蹈鞴を踏むと、重勝が困惑顔を見せた。

「ええ、その。何ぞ舞でも？」

「踊る暇などあるものか、たわけ！」

一喝するも、ばつが悪い。すぐに咳払いして取り繕った。端から見れば、なるほど今の自分は奇異に映ったはずである。

「まあ良い。して、何だ」

「黒田長政殿が、訪ねて参られましたが」

家康は「お」と声を上げた。我が子・秀忠が遅参となった以上、まさしく黒田に任せた調略が戦の鍵を握っている。

「通せ。早う」

重勝を急かして下がらせ、いそいそと床几に戻る。黒田は二十と数えぬうちに参じ、一間ほど離れた辺りに跪いた。

「ご一報申し上げます。小早川秀秋殿の調略、成りましてござります」

寝返りの約束は数日前に取り付けたが、秀秋は以後も近江で鷹狩りに興じていたらしい。それが今日、不意に着陣した。美濃と近江の国境、松尾山（まつおやま）古城に陣取った伊藤盛正（いとうもりまさ）を追い出してのことだという。

「徳川勢を迎え撃つに、伊藤の小勢では心許ないと申し立てて陣を奪ったとか。今のところは治部に与すると見せ、勝負どころで寝返るという話にござります」

「おお！　でかした、長政」

家康は立ち上がって黒田の前に進み、自らも跪いて肩を叩いた。

「お主の父・如水入道も調略の名手であった。まさに父譲りの才よな」

幾度も肩を叩きつつ、続ける。吉川広家が寝返りを申し入れてきた時には、もしや偽りではないのかと思ったものだが、と。

「しばらく考えて、偽りにあらずと判じたのだが、それとてお主が左様に書き送ってくれたお陰よ。広家の肚を見極めるのは苦労したであろう」

しかし、黒田は「はて」という顔であった。

「吉川殿の一件、それがしは端から微塵も疑いませなんだが」

今度は家康が「はて」という顔になった。

「そうか、ふむ……。されど何ゆえだ。策を疑うべきところだったろうに」

黒田は控えめに「はは」と笑った。

「それがしの調略は父仕込みにござれば、考え方も同じにござります。かつて内府様も、父の調略のやり様をお聞きあられたはず」

「ん？……ああ、あの時か。伏見と大坂で睨み合いになった」

二年前、慶長三年（一五九八）八月十八日、太閤・豊臣秀吉が世を去った。以後の家康は豊臣の天下を覆すべく動き始め、その一手として諸大名に婚姻を持ち掛けた。

味方を増やすことの他にも、目的があった。

秀吉の後を継いだ秀頼は年端もゆかぬ稚児とあって、家中第一席の家康が天下を取ったに等しいことは誰もが認めていた。ただし、これに抗う者があった。秀吉の生前から重用され、身分を超える権勢を握っていた男・石田三成である。

戦功と呼べるものがないにも拘らず、それほどの権勢を持つ。ゆえに三成は武功の士に嫌われていた。豊臣の天下を覆せと言われて素直に聞く者は少ないが、三成を倒すためなら手を貸す者は多い。家康はそこを狙った。三成を葬り去れば、豊臣の力も挫かれる。行き着く先は同じ、徳川の世――だからこそ諸将を婚姻で取り込み、三成との対立を煽ろうとしたのだ。

が、大名の勝手な婚姻は秀吉の遺命に背く行ないである。これを知った三成は前田利家を抱き込み、家康に問罪使を発した。慶長四年（一五九九）一月の下旬であった。

問罪使の一件を境に、諸大名は大坂の前田屋敷と伏見の徳川屋敷に分かれて参集、互いに睨み合って「戦も辞さず」の情勢になった。

「思い出したわい。わしが和議で済ませようとしておるのに、如水殿は戦えと申されたな。それで、如水流の調略を教えてもろうた」

「はっ。あの場には、それがしも共におりましたれば」

下がり眉に下がり目の笑み、黒田の顔は父の如水とは似ても似つかない。如水は如何なる時も平らかな眼差しであった。そうした面差し、肚の底を測りかねる男に、身震いした日が思い起こされてゆく——。

*

屋敷に集まった皆から離れ、居室の中で本多正信と差し向かい。家康は「参った」と諦めの息をついた。

「和議……。それしか、あるまい」

豊臣の天下を覆すべく手を打ってきたが、どうやら今はできそうにない。本多も「致し方なし」とばかりに頷いていた。

奥州の伊達政宗、出羽の最上義光を始め、徳川屋敷には三十にも及ぶ大名が参じた。黒田如水・長政父子もこちら側、錚々たる面々が顔を揃えたものだが、前田屋敷にはそれ以上の大物が詰め掛けている。

秀吉亡き後の豊臣を支える十人衆、すなわち五人の老衆と五人の奉行衆は、家康を除いて全て利家の側だった。他にも佐竹義宣、立花宗茂、鍋島直茂、長宗我部盛親と、数え上げればきりがない。それも、当の前田利家が病の床にありながら、である。

家康への問罪使は石田三成が利家に進言して発せられたもので、つまりは今の睨み合いとて三成が舵を取っているのだが、細川忠興や加藤清正、加藤嘉明、浅野幸長など、三成と不仲の者まで前田屋敷に参じている。今、これと戦って勝てる見込みは薄い。

「嘆かれますな。前田殿の病は重いと聞こえますぞ」

本多の小声に、小さな頷きで応じた。前田屋敷に参じた面々は、ひとえに利家の人望で繋がれている。それが消えるまで、もう少し待つのが得策であった。

「然らば、参る」

二月、家康は大坂に向かうこととなった。利家の病床を見舞うという名目であった。

屋敷の居室を出て玄関へ進む。広間の脇を通り過ぎると、諸大名の眼差しが集まった。どの顔にも、家康が矛を収めることへの無念が滲んでいた。が、誰も異を唱えない。戦っても勝てないと分かっているからだろう。ならば和議に逃げたとて、皆を失望させ、味方を失う恐れはない。そう判じて、家康は軽く安堵の息をついた。

しかし、ひとりだけ違う者があった。如水円清（えんせい）入道こと、黒田官兵衛である。

「もし、内府様。お忙しいところ申し訳ござらぬが、少しお話をよろしゅうござるか」

部屋の前を通り過ぎんとしたところ、静かに声をかけられた。如水は他の面々が屯(たむろ)する広間を選ばず、八畳敷きの一室で悠々と過ごしている。後ろには子息の長政が控えていた。

家康は軽く息を呑んだ。余の者共と違い、如水の眼差しがあまりに涼やかだったからだ。

「どういう話かな。大坂から帰った後で良いなら、そう願いたいが」

如水は、大きく首を横に振った。

「今でなければ、なり申さず」

「それほど大事な話か」

「我が頭の中には、前田殿と戦って勝つ算段がございますゆえ」

戦わぬと決めたのだ。急ぐべからず、逆風の時は耐えて待つのみ。先々にある光明、確かな勝利のために、今は和議に逃げるのだと。

にも拘らず、家康は頷いていた。どうしてか、如水の目の光に惹かれるものがあった。

「聞こうか」

自分の心を測りかねた。なぜ惹かれたのか。何に。

如水は秀吉の智嚢(ちのう)だった男である。織田信長が本能寺に横死して後、秀吉に天下を取らせたのはこの男だと言って良い。そして何より、天下を握った秀吉がこう語ったのだ。

自分の次に天下を取るのは、豊臣の一族でもなければ大身の大名でもない。国の中央から遠い九州、豊前中津に十二万石を持つばかりの黒田官兵衛だと。つまり秀吉は、如水の智謀を恐れていたのだ。

それほどの男が、利家と戦えと言う。策がある、味方してやると。ゆえにこそ慕わしく思ったのだろうか。分からない。

が、今ここで話をすれば、見えることがひとつある。秀吉ほどの男が恐れた器を、果たしてこの家康が受け止められるのかどうか。それを知るだけでも、時を割く値打ちはあるはずだった。

「手短に頼むぞ」

供を務める面々には玄関で待つように伝え、ひとり部屋に入る。すると如水の子・長政が席を外そうとした。

「構わぬ。お主は、ここにおると良い」

家康はそう言って引き留めた。諸大名に婚姻を持ち掛けたが、その中には長政も含まれている。家康の姪であり養女である栄姫を娶る身なら、後学のために話を聞いておくべきだと思われた。

「さて如水殿。いったい如何な策あって、勝てると申されるのだ」

前田屋敷に集まった名を知らぬ訳はあるまい。徳川屋敷にある者たちも、戦になっては分が悪いと諦めているのに。

眼差しの問いに、如水は平然と返した。

「今のまま、あと少し待てばよろしい。さすれば時を味方に付けられましょう」

容易い話だと言う。利家の病は重く、屋敷に詰めた諸将と離れ、床に臥せったまま。良くなる兆しも一向に見えていないからだ、と。

「ゆえにお見舞いに託けて和睦なさるのでしょう。されど」

歳を重ねて得た病は、中々抜けるものではない。ならば睨み合いを続け、利家の心を苛み続けるべし。心に伸し掛かる重石は、必ず害となって体に跳ね返る。

「そも前田屋敷に参じた面々は、互いに嫌い合うておる者が多い。太閤殿下の子飼いから身を立てた者のうち、加藤清正殿や加藤嘉明殿などは、ことの外に石田治部殿を嫌っておられる。浅野幸長殿も同じにござろう」

他にもある。前田屋敷には鍋島直茂が参じているが、鍋島は元々が「肥前の熊」こと龍造寺隆信の右腕であった。そして龍造寺は、かつて有馬晴信や松浦鎮信と争い、これを圧していた。

「有馬殿、松浦殿も前田屋敷にござる。龍造寺に痛い目を見せられた身なれば、龍造寺の柱石であられた鍋島殿には含むものがありましょうな」

その鍋島とて、加藤清正とは折り合いが悪い。唐入りの折、清正の身勝手に振り回されたからだ。

「ことほど左様に、前田屋敷の面々は一枚岩ではござらん」

如水の説くところを聞いて、家康の胸にいささか面白くないものが広がった。

「前田殿……又左殿の徳が皆をまとめておる。それが黄泉に渡らば、皆を取りまとめる者がなくなるくらい百も承知ぞ」

家康は続けた。されど、と。

「又左殿は亡き太閤殿下が無二の友と認めた御仁よ。それが死すれば殿下の恩と合わさって、二重の遺徳となってしまうだろう。相手方は、かえって一枚岩になるのではないか」

如水の言う「あと少し」で足りるものか。皆の心から利家が消える日を待たねば、戦はできない。その言を受け、向かい合う涼やかな目が少しだけ変わった。顔色ひとつ変えず、頬も歪めず、眼差しだけが不敵に笑っている。

「いみじくも仰せられましたな。いつか、皆の心から前田殿が消えると。ならば太閤殿下のご恩やご遺徳とて、消えるのが道理ではござらぬか」

「え？　いや。されど」

「内府様なら見えておられましょう。既に、消えかけているのだと」

家康は息を呑んだ。そこへ、如水がきっぱりと言いきる。そもそも遺徳や恩とは、何があろうと人を繋ぎ止めるものではないのだと。

思い起こしてみよ。秀吉は多くの者に恩を施したが、天下を手中にして後、その恩に胡座をかいていなかったか――。

「細川幽斎殿、忠興殿の親子は、亡き太閤殿下のご恩を受けて所領を安堵され申した」

本能寺で信長を討ったのは、織田重臣・明智光秀である。秀吉は弔い合戦を仕掛けて明智を打ち破り、これを足掛かりに天下人への階を昇った。細川忠興は明智の娘婿、父の幽斎は明智の寄騎だった身だが、この弔い合戦に於いて明智に手を貸さず、それを以て秀吉の麾下に迎えられている。

「されど前関白・秀次殿が謀叛の咎で切腹申し付けられた折、忠興殿は同心を疑われた」

忠興が豊臣秀次から金子を受け取っていたためである。忠興は借財したのみだと申し開きをしたが、ならば金子を返すべしと求められて窮地に陥った。件の金子は唐入りの軍費に消えていたからだ。これを立て替え、忠興を救ったのは、他ならぬ家康である。

如水の言は、なお止まらない。

「小西行長殿は、商人の身から武士に取り立てられ、肥後半国の大名にまで昇られた。されど唐入りの折、明や朝鮮との和議談合では苦しい立場に追い込まれましたろう」

日本は兵糧に窮して講和に逃げたのだが、秀吉は明・朝鮮が負けたものとして、居丈高な条件を出した。交渉に当たった小西は相当に苦しい思いをしたばかりか、秀吉の条件が全く容れられなかったことで叱責を受けた。

「長宗我部盛親殿に至っては、父御の元親殿が四国を束ねながら、土佐を除く三国を召し上げられており申す」

　盛親当人は今の処遇に甘んじているが、父・元親の無念を説けば、安閑とした心に火を点けられるはずだと言う。

「織田秀雄殿は、殿下の御伽衆となられた信雄殿のご子息。此度は信雄殿がお言い付けにて前田屋敷に参じたるも、そもそも織田家は殿下の主筋なれば、ここを衝けば崩せましょう」

「つまり、其許が得手とする調略か」

「使える手にござりますぞ。なぜなら殿下は天下を取って驕られ、恩を施した相手に辛く当たるようになってしまわれた」

　おまえは俺に恩がある。ならば何をされても受け容れよ。何を命じられても黙って従え。そう言われて、全てに得心できる者があろうか。そして、秀吉に斯様な目を見させられた者は少なくない。

　秀吉が没して間もない今は、皆がその恩を美しいものと綾なしている。だが、いつまで持つだろうか。人の心とは、ひとつの遺恨を洗い流すのに三つ四つの恩を要するものだ。

「調略とは人の心に付け込むこと。此度で申さば、皆の目を開いてやればよろしい」

秀吉に対し、肚に据えかねることもあった。わだかまりがある——そういう本心から目を逸らしていたに過ぎないと、気付かせれば良い。前田方は崩れ、付け込む隙はさらに大きくなろう。自分がそうしてみせると、如水は平然と語る。

家康は固唾を呑み、短く問うた。

「其許も？」

如水は秀吉の智嚢として働いたが、後に国の中央から遠ざけられ、わずか十二万石の小禄に甘んじる身となった。そこに、わだかまりを抱いているのか——。

「それは違い申す」

さらりと返された。何ゆえかは分からぬが、嘘ではないと思えた。

「然らば、どうして我が屋敷におる」

「そうですな。御身の許に参じたは、我が益のため……と申しておきましょう」

ぶるりと身が震えた。

調略とは、人の心に付け込むこと。如水はそう言う。恨みの心を燃え上がらせる、欲心を満たしてやる、恐れを取り除いてやる——考え方は幾通りもあろう。しかし如水の言う「我が益」とやらが、そのいずれかに当たるとは思えない。

肚の底が、見えない。

胸に恐れが湧き上がった。今までに恐れた誰とも違う、奇異な恐怖である。或いは秀吉も同じ思いを抱き、如水を遠ざけたのか。

「重ねて申し上げますぞ。ここで矛を収めるは愚策にござる。御身さえお認めくだされば、前田屋敷の面々を突き崩して戦に持ち込み、必ずや勝ってご覧に入れましょう」

黒田官兵衛、孝高。入道して如水円清。初陣より今まで戦って負けたことのない男が、必ず勝たせてくれると言っている。

だが、と家康の心が叫んだ。いかん、だめだ。委ねるべからず。この男に頼らずとも勝てる日が、きっと来る。その時を待て、と。

「……わしは、戦がしたい訳ではない」

「おや、左様にござりましたか。とんだ思い違い、失敬仕った」

退けられてなお、如水は悠然たる構えを崩さない。相変わらずの涼やかな眼差しが、そこはかとなく語っているように思えた。

透けて見えるぞ、と。

——美濃赤坂の陣、黒田長政を前に、家康は「ふう」と息を抜いた。

「のう長政。お主の調略が父譲りと申すなら、吉川広家が通じて参ったのも……」

相手の心に付け込んだのか。皆まで問う気になれないでいると、黒田は「いえ」と軽く頭を振った。

「こちらから付け込むまでもなく、あの御仁の心には隙が見え申した」

そして言う。広家は毛利の重鎮だが、主家を取り仕切る怪僧・安国寺恵瓊との折り合いが悪い。此度の合戦は家康が勝つと信じて渡りを付けたと言っているが、実のところは恵瓊を嫌う心に流されたのではないか、と。

「毛利勢一万六千が戦をせねば、内府様は俄然有利となりましょう」

自らの動きひとつで戦の利を司り、徳川方が勝つように仕向けたい。それが吉川広家の思惑ではないのか。飽くまで石田方に与すると言う恵瓊の鼻を明かし、この先の毛利家に於いて自らの重みを増すために。

黒田の見立てを聞き、家康は軽く頷いた。

「なるほど。お主はまさしく如水の子よな」

「お褒めのお言葉、痛み入りまする」

返答を受け、苦笑が浮かんだ。褒めた訳ではない。如水から受け継がれた力が、他意なく自分のために使われている。その安堵を吐き出しただけなのだから。

＊

秀忠――徳川本隊の参陣を待ちたいところではあるが、急がねばならなかった。時を置けば敵の総大将・毛利輝元が動くかも知れない。輝元は大坂にあり、手勢を率いて美濃に至るには四日もあれば足りよう。対して秀忠は、水嵩（みずかさ）の増した川に足止めされている。輝元が参陣するまでに到着しないことも考えられるのだ。

「大丈夫だ」

赤坂の陣屋にあって、家康は自らに言い聞かせるように呟いた。

吉川広家が内通し、小早川秀秋の調略が成った。これを以て味方有利の形を作れば、毛利本隊が到着しても退けられる。是が非でもそうせねばならなかった。家康率いる三万は旗本の寄せ集めであり、戦の基本となる備え、つまり守りの形を作れない。まともに戦えるのは諸将の率いる四万余しかいないのだから。

「重勝やある」

家康は大番頭・松平重勝を呼び、ひとつの流言を命じた。徳川方は石田方の拠る大垣城を素通りし、石田三成の本拠・近江佐和山城を落として大坂に向かう、と。

「治部は動きましょうや」

重勝の懸念に、家康は小さく頷いた。佐和山を落とせば、石田方が大坂に入ることを防げるではないか、と。

「わしが大坂に入って、秀頼公の身柄を押さえる。さすれば治部は謀叛人となって、そこで負けが決まるのだ。必ず動く」

三成がそうであるように、家康にも泣きどころがある。今ここで大垣城を攻めたとしても、すぐに落とせないかも知れぬ、という点であった。攻めあぐねる間に、関ヶ原の辺りに野営陣を構える石田方、さらには追って動くだろう毛利本隊に背後を取られては堪らない。味方有利の形を作るなら、何としても野戦に持ち込む必要があった。

「承知仕りました。特に腕の立つ透破に流言を命じます」

来るか。どうだ。待つこと一時（一時は約二時間）余り――。

「殿、殿！　石田方、大垣の城を出てござりますぞ」

夜半、重勝が一報を届けた。そぼ降る雨の中、美濃と近江の国境・関ヶ原に向かっているという。

してやったり――家康は大きく頷いた。

「我らも動くぞ」

いざ支度は整った。徳川勢も西へ向かう。関ヶ原に至ると、家康はその東に聳える桃配山に本陣を布いて物見を放った。

明け方近く、伝令が敵陣の様子を報告しに参じた。

「申し上げます。敵、笹尾山に石田三成。天満山は宇喜多秀家と小西行長、松尾山に小早川秀秋が陣取っておる由」

報じられた三つの山は、北、つまり徳川方から見て右手から笹尾山、天満山、松尾山の順である。天満山と松尾山の間には東山道が通り、この道幅は広い。そこにも幾つかの小勢が布陣しているという。

もっとも敵右翼、こちらから見て左側の松尾山は、寝返りを容れた秀秋である。ひとまずここは捨て置いて良し、主力となるであろう中央の宇喜多・小西を食い止めつつ、笹尾山に陣取る三成を潰すのが肝要であった。

「治部の正面は長政か」

黒田長政の父・如水は調略を得手としていたが、戦場にあっても「生涯負けなし」の強さを誇る。その力も子の長政に受け継がれていると、思いたいところだった。

「この陣の裏手は？」

引き続いて問えば、桃配山のすぐ後ろには毛利秀元が布陣していると告げられた。

「されど、お味方の陣が毛利勢を睨んでおりますれば」

正面の敵を叩くべく、心置きなく采配を振るってくれ。伝令の目がそう語っていた。

そして、九月十五日の朝を迎える。昨夜の雨は既に上がっていた。

だが、その雨のせいか、一面の霧が関ヶ原を呑み込んでおり、十間先も見通せない。

朝餉を終えてしばらくが過ぎても、なお霧は晴れなかった。

と、正面の裾野で鉄砲の音が鳴り響いた。

「お。これは……福島か？　いや」

福島正則は味方先鋒、正面の宇喜多秀家を窺う辺りに布陣している。だが今の音は、わずかに右寄りだった。ならば徳川勢で唯一、寄せ集めでない一隊――井伊直政の赤備えだ。

「ありがたい。良うやったぞ、直政」

家康は、ほくそ笑んだ。秀忠率いる本隊が来るまで、徳川勢は大した働きができない。それでは、たとえ勝っても諸将の功ばかりが目立つだろう。だからこそ井伊は先鋒の福島を出し抜き、一番槍を奪ったのだ。この家康が胸を張れる戦果を、何かひとつでも捥ぎ取るために。

井伊の思惑を汲む間に、霧の乳色の中、そこ彼処から戦場の喧騒が湧き上がった。先の鉄砲を合図に、なし崩しに戦が始まっていた。

「物見を放て。戦場の様子を細かに報せよ」

小姓や近習が「はっ」と応じ、手配りのために散って行った。

しばらくすると、物見は順次戻って戦況を伝えた。どうやら敵方は、端から意気が上がらぬらしい。日和見を決め込み、戦場にありながら戦おうとしない者が多いのだという。

「これは、佐渡殿の策が効いておる証ですぞ」

松平重勝が嬉しそうに発した。本多正信の策が奏功し、敵の中にも三成の戦に正義があるのかと疑いを抱く者があるのだ、と。

日和見が多いのは、確かにそれゆえだろう。しかし家康は、いささか不機嫌だった。

「正信の策が効いておって、何ゆえ揉み合いが続いておる」

石田方でまともに戦っているのは、宇喜多秀家と小西行長、そして当の三成くらい、兵の数は合わせて三万ほどであろう。対して徳川方は、家康隊を除いても四万以上が血眼になって戦っているというのに。

「それは……野と山の違いかと」

重勝が幾らか口籠もりながら答えた。

高地にある者は、低い野の動きを摑みながら戦える。今日のように遠くを見通せぬ日は、その利もまさに雲散霧消というところだが、矢玉を射下ろせることの利は消えない。しかも三成は笹尾山、宇喜多と小西は天満山と、石田方で進んで戦う者の全てが山なのだ。

「それに石田治部は、ですな……大筒を数多く備えておりますれば」

つまり豊臣の財の力ということだ。加えて、三成は鉄砲鍛冶・国友衆（くにともしゅう）に扶持（ふち）を与えて養ってきただけに、他の隊より多くの鉄砲を持つ。それを言われて苛立ちに火が点いた。

「講釈されずとも、分かりきっておる！」

身を縮める重勝を一瞥し、家康は「ふん」と荒々しく鼻息を抜いた。

一進一退の様相は、開戦から一時余り変わらなかった。伝令が戦況を報じては戦場に走り、戻ってはまた様子を告げる。そのたびに家康は、苛立ちを募らせて爪を噛んだ。既に両の親指は鋸の如くになっている。

「重勝。金吾は何をしておる」

「小早川殿は、未だ動いておられませぬが」

「たわけ！　それは知っておる。だから腹を立てておるのに、分からんのか」

床几を立って怒鳴り散らした。松尾山の小早川秀秋が動き、天満山に陣取る宇喜多秀家と小西行長の横合いを窺えば、福島正則が正面から押し切ってくれるはず。味方の有利は一気に決まるというのに。

「長政め。調略は成ったと申しておったが、やはり如水のようにはいかぬと見える。如水が参陣しておれば……斯様なことには」

やり場のない怒りを吐き捨てる。と、重勝が少しばかり眉を寄せた。

「左様に仰せられますな。如水殿に参陣をお命じあらなんだのは、殿にござりましょう」

「あいつは、恐えんだら！」

荒々しい三河弁が、思わず口を衝いた。が、如水がいればと言いながら恐れていると
は、何とも支離滅裂である。己が心の乱れに決まりの悪さを覚え、咳払いでごまかした。
重勝が「やれやれ」と軽く息をついた。
「調略云々はさて置いて、黒田殿は良う戦っておられますぞ」
敵の中で最も多くの鉄砲、大筒を持つのは三成なのだ。この撃ち下ろしと正面切って
戦いながら、黒田は押し込まれることなく踏み止まっている。そう宥められ、家康は自
らを落ち着けんとして大きく息を吐き出した。
するど不思議なもので、先ほどまで気付かなかったことが分かる。鉄砲の音、兵の喊
声、大筒の地響きと巻き上がる土煙。騒々しさと見通しの悪さに包まれた戦場の中、何
とも奇妙な気配があった。
「のう重勝、裏手がやけに静かだと思わぬか」
「裏手は毛利勢にて、吉川殿が差配かと。手勢に戦をさせぬと約定なされた上は」
こともなげに返される。家康の胸が、どくりと脈を打った。
「……広家の差配。つまり、長政の見る目は正しかったと」
黒田は言った。こちらが付け込むまでもなく、吉川広家の心には隙があった。ゆえに
内通の申し出には策を疑いもしなかったと。その慧眼が、秀秋の調略は成ったと言いき
ったのだ。仕損じた、騙されたと判じて良いものかどうか。

考えよ。小早川秀秋は、如何なる者か——。

「……あ。ああ！　金吾め、まさか酒でも呑んでおるのか？」

あり得ぬ話ではない。秀秋は、常に酒がなければいられない男なのだ。

かつては秀吉の養子として、豊臣の御曹司だった。諸大名は秀秋に近付くべく宴に招き、美酒佳肴を振る舞ってきた。秀秋は幼くして酒に親しみ、十二歳を数えた頃には既に酒浸りの毎日を送っていたのである。

「戦場の落ち着かぬ思い……。まして寝返りを約したとあっては、なおさら」

頼みの酒に逃げることは十分に考えられる。ちやほやされて育った柔弱な身、武勇はあれど心まで鍛えられているとは言い難い。

家康は、すくと立った。

「兵を動かす。広家が毛利勢を抑えておる間に、松尾山の正面に出るぞ」

「何と。危のうござります」

重勝が目を剝いて諫める。だが家康は、きっぱりと首を横に振った。

「今のまま戦を続けたとて、我らに有利な形は作れぬ。それどころか次第に不利になろう。輝元の兵が参じる前に、何としても流れを変えておかねばならぬのだ」

鶴のひと声で徳川勢が動く。齢五十九、これまで多くの戦場で培われた勘は、果たして正しかった。家康が兵を動かしても、毛利勢が背後を襲う気配は全くなかった。

一時近くの後、未の刻（十四時）頃、家康は関ヶ原の只中にあった。敵の正面、福島正則が奮戦する真後ろである。

「鉄砲、構えい」

寄せ集めであれ、総大将の隊は多くの鉄砲を持つ。家康は全ての鉄砲、それこそ千挺も束ねて、銃口を松尾山に向けさせた。

「……金吾、動け」

さもなくば、このまま攻め掛かるぞ。その思いで呟き、次いで大音声に「放て」の一声。束になった鉄砲が轟音を巻き起こした。

どうだ。動くか。それとも否か。

待つことしばし、耳に響くものがあった。まとまった数の駆け足が、松尾山の木々を揺らしていた。

「動いた……。長政、お主の調略は確かに成っておった。やはり如水の子ぞ」

この寝返りで、がらりと流れが変わった。

小早川の兵が、山裾に陣取った大谷吉継らの小勢を蹴散らしてゆく。そのままの勢いで、天満山の宇喜多・小西の陣を掻き乱してゆく。

引き摺られるように、石田方の小勢が次々と離反してゆく。今まで戦う気のなかった日和見の衆である。

敵方の混乱が、混迷に変わってゆく。敵陣には逃げ惑う足軽が目立ち始め、そして、ついには壊乱に陥っていった。

大軍同士のぶつかり合いゆえ、勝敗が決するにも長くかかろうと思っていた。だからこそ毛利輝元を迎え撃つべく、味方有利の形を作ろうとしていたのだ。

然るに関ヶ原の戦いは、ただの一日で終わってしまった。徳川方の圧勝であった。

＊

「甲斐守(かいのかみ)、黒田長政殿」

大坂城西之丸、広間に本多正信の声が響く。黒田が「はっ」と進み出で、主座の家康から二間を隔てて平伏した。

「長政。此度の戦、お主の調略で決したようなものじゃ。紛うかたなき戦功一番ぞ。黒田家は子々孫々に至るまで粗略に扱わぬ。その旨、この感状にも確と記した」

家康の手から小姓を経て、感状が渡る。受け取って、黒田はまた平伏の体となった。

「身に余る光栄に存じ奉ります」

「追って所領も加増しよう。楽しみに待て」

関ヶ原の戦功を論じ、黒田の他にも多くの者が褒美の感状を得た。

ひととおりが終わり、参集した大名が下がるのを見送って、家康は大きく息をつく。

「治部の首も刎ねた。次は朝廷を動かさねば」

ひと月ほど前の十月一日、石田三成は京の六条河原で斬首となった。豊臣家中で家康に刃向かう者は、これにて全て消えたと言って良い。あとは主従を逆転するのみである。豊臣を凌ぐ権勢を手にすべく、朝廷に働きかけるのは早いほど良い。

「征夷大将軍の位、欲しゅうござりますな」

本多の声に、家康は「そうだな」と頷いた。

「わしが将軍位を得て、早いうちに……まあ致し方ないところだが、秀忠に継がせる。代々が位を受け継ぐ将軍家の形を作り上げれば、徳川の世が定まろう」

家康は初め、関ヶ原に遅参した秀忠に目通りさえ許さなかった。重臣たちの取り成しを受けて既に赦免したが、まだ少し怒りは残っている。とは言いつつ、歳を考えれば、やはり跡継ぎは秀忠しかいない。この先、世を統べる者の心得を叩き込まねば。周囲で補佐する者も吟味する必要がある。

「治部に与した者への沙汰もこれからだ。忙しくなる――」

「も、申し上げます！」

腰を上げかけたところへ、慌ただしく駆け付ける者があった。本多の嫡子・正純（まさずみ）である。

「どうした、騒々しい」

眉をひそめる家康に、正純は大きく喉を上下させ、掠れがちな声で告げた。

「九州にて、黒田如水殿がおかしな動きを」

家康が三成と決戦に及ぶ裏で、如水は九州を席捲していた。

黒田本軍は子の長政が率いて家康の許にあり、所領の豊前中津に残った兵はわずか五百。しかし如水は百姓や地侍を束ねて九千の軍を作り上げ、九州の石田方が関ヶ原に参陣した留守を狙って攻め下している。さらには家康に味方した細川忠興の飛び地・杵築を味方に引き込み、石田方・小早川秀包の久留米城を攻略に掛かる。ここに肥前村中城の鍋島直茂・勝茂父子も味方に付き、加えて肥後熊本の加藤清正も合流——。

早口で捲し立てられて口を挟む間もない。だが慌てて参じたがゆえか、ここで正純が咳き込んだ。その隙に、家康は「おい」と言葉を捻じ込む。

「如水が左様に動いておったことなど、清正からの書状でとうに知っておるわ。治部に与した立花宗茂も、関ヶ原から逃げ帰った後に降ったのであろう」

正純は「ご無礼を」と頭を下げたが、すぐに「されど」と顔を上げた。

「その加藤殿から一報がございまして。如水殿が手勢は今や四万余り、これを以て島津義久の薩摩と大隅を攻め落とす構えだとか」

「いや待て！　島津を？　攻めると？」

　家康は思わず立ち上がった。右前に侍する本多正信も、常なる辛気臭い顔ではない。自らの子に向ける語気が、いつになく強かった。

「島津は和議を求めてきておるのだぞ。殿も、まずは談合をなさるおつもりじゃ。然るに攻めるなどと」

　そしてこちらに向き、眉間の皺を日頃の三倍、四倍ほど深くする。

「如水殿の勇み足にござろうか。島津との和議は、お伝えに？」

「長政には話しておる」

　斯様に大事な話を聞いて、捨て置くはずがない。父の如水には、とうに一報を入れているだろう。なのに、どうして如水は島津攻めを。

　関ヶ原の戦いで島津は石田方であった。が、一万二千から一万五千は動かせるだけの領国を持ちながら、出した兵は千五百のみ。しかも当主・義久は出陣せず、弟の義弘が兵を率いていた。つまり島津は兵力も勇将も温存している。

「特に義弘じゃ」

　家康は「厄介な」と額に手を当てた。関ヶ原で石田方が総崩れになった折、島津義弘は八方の囲みを打ち破って見事に退却している。率いた兵を切り捨て、切り捨て、これを楯として退き果せた格好だが、兵が逃げてしまえばそこまでだったろう。

「島津の兵は死を恐れない。手強き者共にござりますな」

本多が唸るのを聞き、家康は右手の爪を噛んだ。

「率いる将とて同じよ。左様な者共が、ほぼ無傷で残っておる」

兵の数で言えば勝てる戦だろう。如水には連勝の勢いもある。しかしながら、二ヵ月近い連戦で疲れも溜まっている頃だ。地の利を巧く使われたら足を掬われかねない。斯様な恐れがあるからには、慎重に運ばねばならないのだ。もしも負けるようなことがあれば、徳川の威信が揺らぐ。関ヶ原の戦勝が水の泡と消えてしまうというのに。

「そのくらい、如水なら分かるはずだ。なのに何ゆえ攻めようとするのか」

かつて伏見の屋敷で話した折、あの男には大いに恐れを抱いた。肚の底が見えない。何を考えているか分からないのだ。

「奴め、相変わらず……」

あの時、如水は言った。亡き太閤・秀吉は多くの恩を施したが、自らそれを台なしにする差配が多かった。没して間もないがゆえ、皆が秀吉の恩を美化しているが、心の底には不平や恨み、わだかまりを抱える者も多いはずだと。

そして、では如水が何ゆえ徳川屋敷に参じたのかと問うた時――思って、家康は「ん？」と眉を寄せた。

「……己が益のため、と申しおったな」

「は？」

訳が分からぬという顔の本多に、家康は「ああ」と目を流した。

「前田屋敷と睨み合いになった折、如水と話したのだ。策とは人の心に付け込むこと、我に任せてくれれば必ず勝たせてみせると、あやつは胸を張りおった。で、お主はなぜわしの許にあるのかと問うたら、徳川屋敷に参じたは己が益のためじゃと」

不意に、本多の目が見開かれた。面持ちは驚きの一色、見る見る蒼白になってゆく。

「と、殿。危うい、危うい話ですぞ、これは」

泡を食って、珍しく声を大にしている。もしや如水は今も、自らの益のために動いているのではないか、と。

本多は言う。足並みが乱れた者は御し難い。それは三成が敗戦を以て証立てた。怨恨を抱く者は引き剝がしやすい。それは長政が形にして見せた。力に擦り寄る者は、風向きを読んで裏切る。小早川秀秋の寝返りに引き摺られた面々によって、これも明らかになった。

「斯様なものは全て心の動きにて、如水殿の申される『心に付け込む』ことで起きた話にござりましょう。では……自身の益だけを求めて動く者の心とは」

いったい何によって動くのか。そもそも如水は、何を以て自らの益とするのか。

言われて、本多の子・正純が「はて」と首を傾げる。対して家康は「う」と短く唸った。

「まさか、あやつ。九州の全てを我がものにせんと企んでおるのか」

蒼白な顔で、本多が大きく首を横に振った。

「それぱかりで済みましょうや。生涯負けなし、黒田如水にござりますぞ」

家康が何を望むのか。そのためには、関ヶ原から遠く離れた九州がどうあって欲しいか。如水ほどの慧眼なら言わずとも分かるであろう。なのに、家康が和議談合に及ぶつもりの島津を攻めようとしている。家康を苦しめようとしているのだ。

そして、ことは島津に限らない。

徳川家康は、和議談合に応じると見せかけて騙し討ちにする。事実上の天下人となって増長している。そう思われたら、関ヶ原で石田方だった者共はどう動くだろう。如水を頼んで旗頭とし、結束して立ち向かうかも知れない。

「関ヶ原と同じか、或いはそれを超える戦を起こし……自らの天下を企んでおるのやも」

本多の言を聞き、家康の顔も蒼白になった。

「何と……過ぎたる者か」

生涯、戦って負けたことがない。調略に長け、並外れた謀略を駆使する稀代の策士。まさに過ぎたる者、人の器に収まりきらぬ才を持って生まれた身。それが黒田如水なのだ。

齢五十九の今まで、家康は自らの非才を痛感し続けてきた。織田信長の力と鬼気に恐れを作し、何を求められても諾々と従うより外になかった。豊臣秀吉には政略で追い込まれた。対決して退けてくれんと息巻いていたのに、秀吉に従う以外の道を知らぬうちに塞がれていたのだ。

ことほど左様に自分は凡庸である。そして、この家康以上の凡物・前田利家にさえ、人望という形のない力に於いて全く敵わなかった。

その非才が、過ぎた才を持つ如水に勝てるのか。あの秀吉を軍師として支え、後にその秀吉にさえ恐れられた男に。

「……いかん。勝てぬ。正信、どうしたら」

すがるような眼差しに、本多は小刻みに頷きながら返した。

「如水殿を野放しにしてはなり申さず。早馬早船を飛ばして、島津攻めをやめるようお命じなされませ。島津とは和議じゃと、八方に唱えることもお忘れなきように」

さすれば世の者は、徳川の思惑と違う如水の動きにこそ疑いを持つ。ただし、急がねばならない。

「分かった。正純、聞いたとおりじゃ。すぐに手配りを。それから長政を呼び戻せ。まだ城の中におるはずだ」

「は、はっ」

来た時と同じように、正純が慌てて駆け去って行く。広間に残った家康と本多は、ぐったりと背を丸めた。

島津との談合を手配しつつ、世にその旨を知らしめる。一方で如水には島津攻めを中止するよう命じ、黒田長政にも口添えを頼んだ。

すると、どうしたことか。如水はあっさりと兵を退いたばかりか、それまでに攻め落とした城も全て捨ててしまった。

何を考えているのか。何を以て自らの益としているのか。やはり分からぬままであった。

＊

関ヶ原の戦い、およびその裏側で行なわれていた合戦が終わり、世は徳川の天下に落ち着き始めた。そして年が明け、慶長六年（一六〇一）を迎えている。

陽春三月、伏見屋敷に日々を過ごす家康を訪ねる者があった。誰あろう黒田如水である。

「此度ご加増の儀、我が子・長政には身に余るお沙汰。ありがたき幸せと存じ奉ります」

黒田長政には、豊前中津十二万石から筑前名島五十二万石への加増を以て報いた。それに対する礼を述べ、如水は丁寧に頭を下げる。

「いやいや、長政には我が養女を嫁に出しておるし、関ヶ原でも戦功一番と認めておるのだ。過ぎた沙汰ではあるまいよ」

朗らかに応じつつ、家康の胸には疑いと戸惑いが渦巻いている。常に涼やかで平らかな眼差し、右目の周りに染み付いた痣――如水の顔を見ると、嫌でも関ヶ原の後の一件が思い起こされた。あれほど不可解な動きを見せた者と居室で差し向かい、他には廊下に小姓が控えるのみというのが、どうにも落ち着かない。この男、またぞろ何か企んでいなければ良いのだが。

「内府様？　如何なされました」

「ああ、いや……」

怪訝な声を向けられ、もごもごと応じた。だめだ。寸時の間に疑心が膨らんでゆく。胸の内から止め処なく湧き出す不安、この重さに果たして耐えきれるのか。

探らなければ。何が恐いと言って、訳が分からぬことほど恐いものはない。しかも、相手は人を超えた才を持つ男である。

「ああ……そうじゃ、思い出した。実は、我が家中の井伊直政から勧められてのう。長政とは別に、お主にも上方や東国に所領を宛がってはどうかと」

如水は軽く目を見開いた。が、少しの後に元の面持ちに戻り、ゆったりと首を横に振る。

「ありがたきお話なれど、ご無用に願います」

倅と黒田家に先々の道が開けた以上、他に何を望むでもない。そう言われて、なお戸惑いが深くなった。如水は自身の益のために動くと言っていたが、これで満足なのか。大幅な加増とは言え、たかだか五十二万石である。

だめだ。やはり、この男は分からない。この得体の知れぬ恐ろしさを消すためには――。

「ああ、ああ！　もう、無理じゃ」

自らの右膝を強く平手で叩き、家康は踏ん切りを付けた。

「お主、前に申しておったろう。前田屋敷でなく我が許に参ったは、己が益のためじゃと」

「ああ……あの時の話にござりますか」

「のう如水。お主の益、望みとは、所領なのか。五十万石もあれば十分なのか」

すると、向かい合う目に剣呑な光が宿った。見くびられては困る、とでも言うかのように。

「我が益とは、もっと大きなものにござる」

そして如水は、この上なく穏やかな笑みを浮かべた。戦に臨んで生涯負けなし、とはいえ好きで戦ってきた訳ではないのだと。

「戦とは命のやり取り、恐ろしきものにござる。争いごとなど、なければその方が良い。誰だとて同じでしょう」

「……まあ、確かに」

「日々を安んじて暮らしたい。そういう国になって欲しいと願って、それがしは戦って参ったのです」

若き日は、秀吉こそが平穏をもたらすと見込んで仕え、懸命に尽くした。やがて、世は豊臣の下にひとつとなった。しかし。

「前にも申し上げましたな。殿下は御自らに勝てず、災いの種を蒔いてしまわれた」

秀吉は次第に耄碌して歯止めが利かなくなった。自らの心と老いに流され、遍く世の平穏を思えない人になってしまうとは。如水は俯いて、何とも寂しそうに語る。そして、それを振り払うように軽く頭を振り、またこちらに顔を向けた。

「そして……。無礼とは存じますが、正直なところを申し上げましょう」

「頼む。聞いて楽になりたい」

如水は居住まいを正し、丁寧に頭を下げて口を開いた。

「内府様は、道を踏み外された頃の殿下と同じくらいのお歳にて。されば、この御仁に世を委ねたとして、我が身が安楽に暮らせるのかと。そこに少しばかり不安があったのです」

「殿下と同じに、わしが乱れはすまいかと？」

「失敬ながら左様です。して、今日のことですが」

恐らく、この如水を疑っているのだろう。石田三成との戦いが終わったと知りつつ、何ゆえ九州を平らげて回ったのかと。ゆえに心が落ち着かず、取り乱しているのではないか。そう指摘され、静かに頷く。気配で察したか、如水は頭を下げたままで言葉を継いだ。

「島津攻めの一件、実は御身からのご下命を待たず、既に和議を持ち掛けておったのです」

「何と。いつだ」

「ご下命の書状は、十一月十二日の日付にござった。その前日、十一日に」

そして言う。家康が豊臣家中に味方を集めていたのは、一度の戦に勝利を得るためではあるまい。豊臣を追い詰め、主従の立場を覆すため。この先も長く続くであろう、兵を使わぬ戦のためではなかったかと。

「さすれば、戦わずに済む相手は戦わずに従えるが肝要。御身がそこを弁（わきま）えず、治部を破った勢いに任せて戦を続けるような御仁であれば」

「わしも殿下と同じ、自らの心に負けたと」

如水は顔を上げ、ひとつ頷いた。

「その時は島津をも呑み込んで、御身を討つべく兵を動かしておりましたろう」

　家康の身が、ぶるりと震えた。折しも西国衆の多くは、三成に与して大敗した直後。これを併呑して力に変えるのは、如水には容易い話だったろう。そうなっていたら、関ヶ原を超える苦難の一戦を強いられたはずだ。

「わしには任せられぬと判ずれば、お主が成す……と。ぞっとするわい」

「されど御身は正しき道を選ばれた。ゆえに兵を退き、攻め落とした城も全て捨てたのです。我が益……平穏なる日々の望みは、どうやら満たされそうだと思いましたゆえ」

　大きく、安堵の息が漏れた。

「お主の存念を知って、幾らか楽になった」

「この国が栄え、我が身と子孫が安んじて日々を暮らせるなら、これ以上の所領は無用なのです。長政が頂戴した『子々孫々に至るまで粗略にせず』の感状、若き日より戦い続けたことが報われた思いにござりますぞ」

「そうか。思いは、わしと同じであったか」

　小さく笑みが零（こぼ）れた。かつて話した折、如水には底知れぬ恐れと共に、得体の知れぬ慕わしさも覚えていたものだ。何ゆえか、あの折は目星も付かなかった。だが今なら分かる。身の引き締まる思いに、ひとりでに背筋が伸びた。

「よし。お主が存念、きっと叶えてみせよう」

「よろしゅうお頼み申しますぞ。それがしが、此度の続きをせんで済むように」

如水はそう言って軽く「はは」と笑い、しかし眼差しには不敵なものを宿した。

「これは……何とも恐ろしき目付があったものよな」

家康は固唾を呑み、背に粟を立てた。やはり底が見えぬ男だ、と。

其之八　真田信繁

家康は長く息をついた。

「まあ、こんなところだ。十分か？」

いささか疲れを覚えつつ問えば、病床を見舞った側近の儒者・林羅山が静かに頷いた。

「まこと、ためになるお話にござりました」

自分がこの上なく恐れた男たちについて、語って聞かせていた。子孫への遺訓、そこに記した言葉の真意を、羅山が取り違えていたからだ。

この遺訓は家康の生き様そのものだと、羅山は言った。だが、それは違う。生き様になぞらえてはいるものの、実のところ、恐れた相手から学んだことの数々なのである。

羅山はこの先、家康の孫・竹千代に――徳川三代将軍となるであろう子に、学問を付ける。そうした立場の者が真実を知らず、この家康を大きく見過ぎたままで道を説くのなら、この遺訓はきっと子孫を締め付けるばかりになってしまうだろう。

「話して聞かせたとおり、わしとて初めから天下を狙っておった訳ではない。その場その場に応じ、生き様を変じてきたに過ぎぬ。それこそが肝要なのじゃ」

師となる者こそ遺訓の真意を踏まえ、孫の竹千代に、さらに次代に、教えを施して欲しい。さすれば子々孫々に至るまで、正しく世を恐れ、正しく世を導く者に育ってくれるだろう。

「将軍の位をすぐ秀忠に譲ったのはな、この国を如何に良く治めるか、時の流れに見合った形を作れると思うたがゆえじゃ。若き者……より多くの時が残された者にしか、できぬことぞ」

そして、どうやらそれには目鼻が付いた。未だ戦乱の気風を残してはいるが、皆が少しずつ徳川の治世に慣れ、泰平への道を歩み始めている。あとは、世の頂に立つであろう子らを如何に教え導くかだ。これに芯が通りさえすれば、豊臣の如くにはなるまい。世を治める形を仕上げきれず、幼い跡継ぎを残して黄泉に渡った太閤・秀吉のようには。

「お主ら儒者に拠るところは大きいぞ。定まった世を動かすは武にあらず、上に立つ者の徳と思慮じゃ。その大本となる心根を、正しく育ててやってくれ」

「しかと肝に銘じましょう。大御所様のご遺訓、その示すところを細かにお教えして参る所存」

遠からず、この家康は生涯の時を終えるだろう。それと承知しているせいか、羅山の眼差しは真剣を通り越して悲痛なほどであった。思わず苦笑が漏れる。

「おい。こと細かに教えるのは良いが、初めに申したとおり、わしの恥まで明かすでないぞ。飽くまで、教える側は訓示の底にあるものを知っておけという話じゃからな」

「無論……に、ござります」

受け答えをして、少しおかしな間が空く。家康の頰が緩むと、羅山もくすくすと軽く肩を揺らし、遺訓の記された紙を手に条々を読み上げ始めた。

「人の一生は重荷を負て遠き道をゆくが如し　いそぐべからず」

武田信玄に、それが如何に大事かを思い知らされた。

信玄は上洛の戦を起こすに当たり、決して急がず、自身が有利に運べる日を待った。待ちながら軍略の種を蒔き、道中の敵、つまりこの家康を完膚なきまでに叩いた男である。味方のみならず敵まで思いどおりに動かす軍略には、大いに震え上がったものだ。

「不自由を常とおもへば不足なし。こころに望おこらば困窮したる時を思ひ出すべし」

織田信長の姿から、それを教わった。

自分を認めて欲しい――信長は幼い頃からそれだけを望み続けた。だが「認める」とは、他者からの施しに他ならない。立場が上がるほどに、認めてやれる人は減るのが道理。かくて信長の望みは満たされぬようになり、その不自由を抱えて心も歪んでいった。

歪みは別の歪みを呼ぶ。徳川も大いに苦しめられたものだ。挙句、最後には明智光秀の謀叛で信長は討たれる。

本能寺の変を経て思った。信長の如き者が天下を握っても、世の中は良くならない。だからこそ天下を志すようになったのだ。

「堪忍は無事長久の基　いかりは敵とおもへ」

真田昌幸は策略に長け、表裏を使い分ける男であった。あまりの表裏者ぶりに、徳川も散々に翻弄された。それを以て怒りを抱き、怒りのままに真田攻めの兵を発して惨敗した。そして悟った。怒りは正しい断を妨げる。ならぬ堪忍、するが堪忍。心を平静に保つには、それが肝要なのだと。

「勝事ばかり知てまくる事をしらざれば害其身にいたる」

勝ちに慣れ、負けることを考えなくなる。そういう慢心が如何に恐ろしいかを、豊臣秀吉と石田三成の二人に突き付けられた。

信長亡き後、総じて思いどおりにことを運び、徳川は大きく力を増した。それによって己惚れた。秀吉を叩けば自らの天下がある、決して勝てぬ相手ではないと。しかし、その秀吉に屈することになった。気付かぬうちに政略を捻じ込まれ、雁字搦めにされて。

三成については関ヶ原の戦いが全てである。秀吉亡き後の政から弾き出し、この男には勝ったと思った。たとえ三成が兵を挙げても負けるものかと。だからこそ、石田方の数を聞いて真っ青になった。

思うに。人が地に足を付けて生きるには、慎重に、慎重に、常に負けた場合を念頭に置くくらいが良いのかも知れない。

「おのれを責て人をせむるな」

前田利家には、徳というものを教わった。

何か悪しきことがあった時、それを他人のせいにしたがるのが人というものだ。しかし利家は決して他人を責めず、何かあれば自らの不徳と考えて奔走し、周りの者を守っていた。豊臣家中で絶大な人望を集めたのも当然だったろう。それが羨ましかった。自らの味方が欲しくて、利家のやり様に倣った。

利家が死し、徳川の天下となった今、果たして自分はあれほどの人望を得られたのか。それは分からないが、子孫にも「利家を見習え」と諭すことはできる。

「終(しま)いに……。及ばざるは過たるよりまされり。改めて、良きご訓示と存じます」

家康は「ふふ」と笑った。

昔を思い起こせば、戦場を駆け巡った日々がありありと脳裏に浮かんだ。時には政略、謀略の只中にあって苦悩し、怯えたものだ。しかし、そのたびに乗り越えてきた。

「武田信玄に信長殿、真田昌幸。秀吉殿と石田三成。それに前田利家殿。どれも、それぞれに恐るべき男たちであった」

「終いの一文は、黒田如水殿でしたな」

「あやつの才は、まさに人を超えておった。されど勝ったのは、自らを非才だ凡夫だと認めてきた、この家康よ。とは申せ、正直なところ……如水はわしの天下を覆せたろうにな」

すると羅山は軽く笑い、如何にも儒者らしい答を返した。

「人は自らを何らかの器と思いたきもの。されど左様なものは思い違いにて、罠と申すより外になし。この落とし穴に嵌まると、巧くゆかぬことを自らの不徳と思えぬようになり申す。先にお話しあられた前田殿の逆ですな」

そうなると、人は世を恨むばかりで尽力を怠る。結果、何ごとも成せぬ木偶のでき上がりだ。

「されど大御所様は御自らを戒められ、前田殿に倣っておられました。加えて、ご自身の器が足りないと認めてもおられた。ゆえに如何なる時も懸命に力を尽くしてこられましたろう」

「だな。そこだけは胸を張れる」

「ゆえにこそ如水殿は、大御所様に思いを託されたのでしょう。正しく人であろうとする姿に感じて、このお方なら間違いない……と」

「そうであってくれると、良いのだがな」

あまりに持ち上げられて、いささか面映ゆい。家康は「はあ」と長く息を吐き、身を横たえて、病床の天井を見上げた。

恐れを抱いた面々の顔が、ひとりずつ思い出される。自然に笑みが浮かんだ。齢七十五を数えた今日まで、幾度となく戦ってきた。多くの者と競ってきた。何と忙しく、何と辛く、そして何と楽しい日々であったことか。

過ぎ去った日々を懐かしみ、湿っぽくも穏やかな心で過ごしていると、時を報せる寺の鐘が流れてきた。この駿府城の東方、宝泰寺の鐘であろう。

「……八つ、鳴った」

昼八つ（十四時）と知って、羅山が「あ」と目を丸くした。

「申し訳ござりませぬ。つい長居してしまいましたが、半時（一時は約二時間）の後に真田豆州殿の使者をお迎えせねばならぬのです」

伊豆守・真田信之。最も恐れた相手のひとり、真田昌幸の長子である。父の昌幸は関ヶ原の折に石田方となり、その咎を以て高野山へ配流となったのだが、子の信之はずいぶん前に徳川家臣としての別家を立てていた。

「使者とは、豆州は病でも得ておるのか」

「そのようです。されど何としても大御所様の病気をお見舞いしたいゆえ、嫡子の信吉殿を名代に立てると先触れがあり申した」

「これが死の床と承知しておる身が、人の病を心配するのもおかしなものだが……。豆州は四十過ぎから病がちになったのう。大坂の陣の折も」

そこまで発して、ぎくりと言葉が止まった。ぴくりとも動かぬ体、見開かれたままの目を見て、羅山が驚いた眼差しを寄越す。

「大御所様！　まだ、まだ死んではなりませぬ。お気を確かに」

家康の口元が、への字を描いた。

「違う、違う。まだ死なぬわ」

「こ、これは失敬を。されど……良うございました」

寸時の間に、羅山の額には焦りの汗が浮かんでいた。それを見て苦笑し、問う。

「して、信吉は明日にでも見舞いに来るのか」

「左様にござります」

「そうか。病人も楽ではないな。少なくとも明日までは生きておらねばいかん。ともあれ、早う参るが良い」

「はっ。然らば、これにて」

丁寧に一礼して、羅山が病室から下がる。それを見送り、家康はぶるりと身を震わせた。幾度も真田のことを思い起こした上で「大坂の陣」と口に出したせいであろう。とある男の名と、獅子奮迅（ししふんじん）の戦ぶりが思い起こされていた。

「病のせいかのう。あやつに慄いてから一年も経たぬのに、忘れておったとは」

その男の名は、真田信繁。真田昌幸の次男であり、此度の使者を寄越した真田信之の弟であった。

ことの起こりは八年前。慶長十三年（一六〇八）にまで遡る――。

*

「良くもまあ、飽きもせず。悪足掻きよな」

家康はにやりと目元を歪め、手中の書状を差し出した。本多正信が受け取り、さらりと目を通して呆れ顔を見せる。

「今度は大仏殿を建て直すと」

「秀頼は……と申すより、母御の淀殿であろうな」

大仏殿とは、かつて太閤・秀吉が京の東山に建立したものである。だが秀吉逝去の二年前、慶長元年（一五九六）の大地震で崩れ去った。あれから十二年、秀吉の追善供養としてこれを建て直そうと考えているらしい。

こうした普請は此度が初めてではない。東寺金堂や熱田神宮、北野天満宮、比叡山延暦寺の横川中堂など、既に八十五ヵ所に及ぶ。豊臣の財力と権威を誇示せんという狙いは明らかであった。

　とはいえ、である。

「今さら秀吉殿の権威を振りかざしたところで、流れは変わらんと申すに」

「では好きにさせますか」

　本多の値踏みするような眼差しに、家康は「いや」と薄笑いを浮かべた。

「むしろ、ぜひ普請なされよと勧めてやるか。財を使い果たさば、淀殿の如き頑固者にも分かるはずよ。徳川に膝を折るしかない……とな」

　関ヶ原の戦いで石田三成を打ち破り、家康は天下を手中に収めた。家康の天下と認めたからこそ、朝廷も将軍位を宣下するに至ったのだ。江戸に幕府を開いたのが五年前、その二年後には三子・秀忠に将軍位を譲って「将軍家」の形を打ち立てた。諸国は藩に分けられて幕府の傘下に組み込まれている。

　だが形の上では、徳川は未だ豊臣の家臣という格好であった。豊臣秀頼の生母・淀殿が屈しないからだ。関ヶ原の戦いは家康と三成、すなわち豊臣の家臣が相争ったに過ぎず、家康が勝ったところで豊臣が徳川の下に付いた訳ではないのだと言い張っている。そうした意地を張れるのも、ひとえに太閤・秀吉が残した財の力ゆえであった。

　この意地の土台を崩すべし。そう聞いて、本多が口の端をにたりと持ち上げた。

「然らば、できるだけ多くの財を吐き出すように仕向けましょう。亡き太閤様の大仏殿を超える普請にしては如何かとお勧めする。で、よろしいか」

「加えて、徳川も力を貸すと言うてやれ」

こちらの肚を見透かされては話にならない。淀殿を巧く踊らせるための助力である。

家康は、こう申し出た。大仏殿を飾るには多くの金銀を使うだろうが、豊臣はその鉱石を支度してくれるだけで良い。あとは徳川が骨を折り、江戸の工人に鋳造させよう、と。単なる助力ではない。江戸の工人に技を磨く場を与え、京や大坂に勝る力を育むためでもあった。

また諸大名にも、賦役その他の負担を命じた。これは諸藩の力を殺ぐ目的である。大名衆には未だ豊臣の恩を重んじる者もあり、秀頼が——淀殿が徳川打倒を呼び掛けたら、応じる者が出る恐れがあった。普請で疲弊させれば、それを防ぐ一手になり得よう。

この狙いは図に当たり、淀殿は家康の勧めを容れて大仏殿の普請を決めた。諸大名も各々の負担を受け容れている。豊臣への恩返しのため、という思いの者も多かったのかも知れない。

大仏殿の普請には、実に五年余りの月日を費やすことになった。その間、浅野長政、堀尾吉晴、加藤清正など、豊臣恩顧の面々が相次いで世を去っていった。

そして、慶長十九年（一六一四）五月のこと。

「何と。利長もか」

加賀の前田利長が逝去したと聞いて、家康は目を見開いた。利長は齢五十三、生涯の時を迎えてもおかしくない歳ではある。ただ、前年には浅野長政の嫡子・幸長も三十八歳で病に斃れており、自分より若い者が立て続けに没したという話には、いささかの驚きがあった。

もっとも、一報を取り次いだ本多正信には、そうした揺れはなかった。

「そろそろ、では？」

本多の目が語っていた。豊臣の世を作った者や、その子らもずいぶんと欠けてきた。諸大名家に於いて、秀吉の恩も薄れてきたであろう。ならば、豊臣の息の根を止める頃ではないかと。

「かも知れぬ」

家康は半ば目を伏せ、腕を組んだ。

昨今、淀殿と秀頼は牢人を集めて雇い入れ、また兵糧を買い込んで蓄えているという。何の断りもなく朝廷から官位を賜るなど、幕府との間に一線を引く動きも目立っていた。自分の身は自分で守るとでも言うかのようである。秀吉恩顧の者が相次いで逝去し、孤立を感じているのに違いあるまい。本多が言うとおり、まさに「そろそろ」だ。

「とは申せ、大義名分がない」

形ばかりでも豊臣は主家なのだ。これに手を下すとなれば主殺しであり、それが正しいことだと世に唱えねばならない。

　すると本多の目が、さも楽しそうな光を放った。

「なければ、作れば良いだけのこと」

「どうやって」

「先月、件の大仏殿が仕上がりましたろう。あとは梵鐘に銘文を刻むのみだとか。これを使っては如何かと」

　普請の総奉行・片桐且元は、豊臣と徳川の橋渡し役として、大仏殿に関わる話を逐一報告してきている。少し前には、高僧・文英清韓に梵鐘の銘文を選定させると書状があった。

「我ら武家にとって諱はことさらに重きもの、ゆえに人の名を冒すことは避けますな」

　主君が臣下を重んじるため、自身の苗字を与えることがある。太閤・秀吉も、褒賞に於いてこの手管は多く使った。また諱の一字を与える偏諱も、主従の繋がりや人の縁を重んじる大切なものである。

　家康はひとつ頷き、眼差し鋭く問うた。

「なるほど。仏法には、その考え方がない。わしの名を冒すように仕向けて火種を作るか」

「片桐殿を通じて注文を付けるのです。豊臣と徳川が共に栄えるよう、秀頼殿と大御所様の名を巧く銘文に入れてくれ、と」

仕上がった銘文を誰かに読み解かせ、敢えて曲解させる。家康近習の儒者・林羅山が良かろうと、本多は薦めた。

「あの者なら、我らが意を汲んでくれましょう」

仏法の側からは、難癖と受け取られよう。だが知ったことではない。武家の立場から見て正当な言い分であれば十分である。

「豊臣は徳川を疎んじ、滅ぼさんとしている……。定まりかけた世を、またも大きく乱さんとしていると唱えるのです」

泰平は遍く皆の願い、それを損なおうとする者が、果たして天下の主たり得るのか。そう示せれば大義名分としては十分だろう。年老いた本多の顔が、陰湿で狡猾な謀略家の笑みを湛えていた。

そして三ヵ月、八月を迎える。

駿府城では、林羅山が大仏殿梵鐘の銘文に目を落としていた。身動きもしないでいるのは、文言を吟味していると言うより息を詰まらせているように映った。

やがて羅山は、意を決したとばかりに顔を上げた。

「間違いございませぬ。これは大御所様への呪詛にございます」

敢えて曲解するという役目ゆえか、蒼白な顔であった。いささか不憫ではあるが、それでも必要なことである。家康はひとつ頷き、眼差しで続きを促した。

「まず……。右僕射（うぼくや）源朝臣（あそみ）家康、この書き方です」

徳川は清和（せいわ）源氏・新田（にった）氏の庶流を謳っている。つまりこの一文は「右の僕（しもべ）源家康を射る」の意である、という解釈であった。

家康は、くす、と笑った。

「唐土では右大臣を右僕射と申す。まことの意は我が官位と名を記したのみ。秀頼も同じ右大臣なれば、二人を取り違えぬようにしたのだろうな」

羅山は、すまし顔を硬くして首を横に振った。

「唐土では我が国の武家以上に、諱を冒すことを嫌い申す。されどこの銘文、はっきりと大御所様の諱が記されておりましょう」

家康の諱を記すのなら日本の慣例に則（のっと）るべきで、唐土の官位である右僕射という書き方をするのはおかしい。逆に右僕射が右大臣の意であるなら、唐土の慣例に従って諱を記すことも避けるべきだ。羅山の言葉を聞いて、家康は「ほう」と感心した。

「さすがだな。向こうが言い逃れをしても、退けられるだけの訳を支度しておるとは」

「お褒めのお言葉、恐悦至極」

緊張した顔のまま、羅山は次いで二つの文を取り上げた。

「この一文に含まれる、国家安康。これは言語道断ですぞ」

家康の諱を冒すばかりか、安の一文字で分断している。つまりは「家康の首を刎ねて国を安んじる」という呪詛であると断じた。

「そして、ここです。君臣豊楽、子孫殷昌（いんしょう）」

殷も昌も「盛んなる」の意で、つまり「子孫殷昌」とは子孫が大いに栄えること。この銘文が呪詛であるなら、その前に記された「君臣豊楽」とて「主君も家臣も豊を楽しむ」とは受け取れない。これは「豊臣君楽」と置き換えるべきであり、次の「子孫殷昌」と併せて――。

「豊臣を君として子孫の殷昌を楽しむ、と読むべきにあらずや」

言い終えて、羅山が長く安堵の息を吐く。家康は手を叩いて「天晴（あっぱれ）」と讃（たた）えた。

慶長十九年八月、家康は羅山の説を以て、豊臣に強い遺憾の意を突き付けた。すると両家の橋渡し役・片桐且元が急ぎ駿府に参じ、申し開きを願い出た。

「如何なされます」

本多は「皆まで言わずとも」という笑みである。ならばと、家康も薄笑いで頷いた。

「徳川が如何に失望しておるか、敢えて会わぬことで示すべし」

「承知仕った。ああ、それから使者の支度をしておきますぞ」

「十分じゃ」

交わされた笑みのどちらにも、真っ黒な肚の底が滲んでいた。

片桐の目通りを拒む一方、本多正信の嫡子・正純、および幕政に重きを成す僧・以心崇伝を大坂に遣わして強硬に抗議した。大仏殿の普請でも明らかなように、徳川は誠心誠意、主家・豊臣に尽くしている。然るに豊臣は徳川を疑い、目の敵にするばかり。それこそが諸悪の根源ではないのか――と。

これでは水掛け論、泥仕合にしかならない。しかし、それで良いのだ。淀殿の怒りを煽り、豊臣の側から殴り掛からせることが狙いなのだから。

さて、どう転ぶか。相手の出方を待っていると、ひと月足らずで重大な報せが届けられた。

「片桐殿が大坂を追われたと」

本多の嫌らしい笑みを受け、家康は「よし」と膝を打った。

両家の間を取り持つために奔走した男、片桐且元が改易され、豊臣から追放された。慶長十九年、十月一日であった。

片桐は梵鐘銘文の一件で申し開きに参じながら、目通りを断られ、虚しく大坂に戻った。だが何より豊臣家の存続を願う男ゆえ、全くの無策ではない。この上は徳川に膝を折るより外になし、秀頼を江戸に参覲させるか、淀殿が人質として江戸に赴くか、さもなくば秀頼が大坂城を退去するか、三つのうちひとつを選ぶように頼み込んだという。

家康は遠くを見る目で「そうか」と嘆息した。

「戦にならず、豊臣も滅ばぬ道を思うたか。切れ者とは申せぬが、誠のある男よ」

いつかは豊臣を潰さねばならない。だが、もし片桐の示した三案のいずれかが容れられていたなら、少なくとも秀頼の命がある間は手を下さなかっただろう。しかし淀殿は激怒し、片桐を裏切り者として扱った。改易はその結果である。

「片桐殿は如何に扱われます」

「もちろん、徳川に迎える」

柔らかな笑みで返す。寸時の後、その面持ちは戦場に臨む大将のものとなっていた。

「且元は徳川と豊臣を繋ぐ男であった。それを追放するとは、豊臣の側から手切れを申してきたに等しい」

最早、主従ではない。豊臣は幕府に抗うただの敵。その格好になった以上、成すべきことはひとつだけであった。

「諸国大名に戦触れを発せよ」

本多が「はっ」と応じ、一礼して下がる。天下統一と戦乱の終結、その総仕上げが始まろうとしていた。

＊

地に撃ち込まれた幾多の杭、その内に備えられた楯、馬防柵と逆茂木、丸太を組んだだけの櫓。大坂城の南方・茶臼山に築かれた陣城である。陣屋は壁も屋根も薄い板張りで、冬十一月の隙間風が冷たい。こういう場にあると若き日の戦を思い出す。年老いた身には堪えるものだが、気持ちだけは昔に戻ったかのようであった。

二代将軍・秀忠、および本多正信・正純父子が陣屋に参じ、軍評定に及んでいる。中央の台に置かれた地図、大坂城が記された周りに、本多正信が味方陣所の目印として白の碁石を置いていった。

「斯様に取り囲んでござります。明日には木津川口の砦を攻め落とし、城の西側も裸同然とする手筈にて」

正面から寄越される声に、家康は「ふむ」と頷いた。

「大坂湾と城の間を断たば、海から兵糧を運び入れるも儘なるまいが……」

ちらりと左に目を流す。本多正純が「ええ」と眉を寄せた。

「敵は先んじて上方の米を買い占めております。手持ちの兵糧のみでも、恐らく春まで持ち堪えるのではないかと」

「城方の数は？」

「徳川の治世でお取り潰しとなった者、および諸国牢人、雇い入れた足軽、合わせて十万」

それだけの数を春まで食わせられるとは。豊臣方が米を買い占めたというのも、言葉どおりに受け取らねばなるまい。徳川方の兵糧が足りぬようになったとて、上方の商人から都合することはまず無理であろう。長陣は張れない。

右手から、秀忠が「大御所様」と声を寄越した。

「豊臣は手あたり次第に檄（げき）を飛ばしておりましたれど、幕府に従う大名の中には、応じた者はおりませぬ。然らば敵はまさに寄せ集め、備えを組んで戦うのは難しいかと」

家康は「ふん」と鼻を鳴らした。

「関ヶ原では、おまえの遅参で、わしの隊がそのようになった。さすがに学んだな」

「いえ。あの折は、その」

口籠る我が子に苦笑を向け、顎で「続けよ」と示す。咳払いひとつ、秀忠は続けた。

「さすれば、ですな。城方がそこ彼処に築いておる砦を、ひとつ二つ置きに落としてやるというのは如何にござりましょうや。寄せ集めの弱みが見える砦なら、然して手を掛けずに落とせるものと存じますが」

三つ四つも落としてやり、残る砦を孤立させる。砦と砦の間が寸断されれば、城の内外で連絡も取れなくなるだろう。豊臣方は全ての兵を引き上げさせ、籠城するより外になくなるはずだと言う。

関ヶ原の戦いから十四年、秀忠も頼もしくなった。将軍位を継がせ、立場が人を作ったのだろうか。家康は満足して「任せる」と頷いた。

「さて、敵を城に押し込めた後だが……」

大坂城のように壮大な構えの城であれ、やはり籠城は城兵の息を詰まらせる。とはいえ、それを待つことはできそうにない。敵は十万の兵を春まで食わせられるが、こちらはそれに付き合ってやれるほど兵糧を持っていないからだ。何としても年内に決着を付けなければ。

「力押しに攻め立てて、早めに気を腐らせるしかない」

呟いて地図に目を戻せば、大坂城の東南、平野口の外に覚えのない出丸が描かれている。家康は首を傾げ、左に目を遣った。

「おい。この出丸は何だ。斯様なものは、なかったはずだが」

本多正純が「はっ」と頭を下げた。

「此度の戦に先立ち、城方が築いたものにござります。真田丸と申すとか」

真田。その名を聞いて、家康と秀忠の面持ちが曇った。

遠い昔、家康は真田昌幸に完敗し、煮え湯を呑まされている。しかし豊臣に臣従の後は真田を寄騎に付けられ、これを以て両家の間から諍いは消えた。真田昌幸も、長子・信之を――往時は「信幸」と書いた――徳川に出仕させ、家康を立てる姿勢を見せてきた。にも拘らず、関ヶ原の戦いに於いて、真田は家康の敵に回っている。徳川本隊を率いる秀忠を翻弄し、石田三成との決戦に遅参させたのも、全ては真田昌幸なのだ。

「……嫌な名じゃわい」

本当なら関ヶ原の後で斬首に処したいところだった。だが徳川家臣となった真田信之、および信之に娘を嫁がせて岳父となった本多忠勝の取り成しを容れ、高野山への流罪に留めている。

何年か前、昌幸が没したと聞いて、幾らか溜飲を下げたのを思い出す。なのに、どうして今なお真田の名が。忌々しくてならない。

「真田丸と申すからには、昌幸と共に流罪となった次男だな？」

「はい。真田信繁の出丸にござります」

正純に確かめて、家康は「よし」と床几を立った。

「まずは秀忠に任せて幾つかの砦を落とす。次いで諸将の陣を前に移し、城を間近に囲むぞ」

然る後、まずは真田丸を落とす。出丸があると城を攻めにくいためだ。が、真田の名を蹴散らしておかねば気が済まぬから、でもあった。

評定から八日後の十一月二十六日、徳川勢は大坂城の東・今福と鴫野で戦い、また二十九日には城西の野田・福島にある敵を蹴散らして、当初の目論見どおりに幾つかの砦を落とした。すると見通し違わず、三十日、豊臣方は他の砦を捨てて城に戻って行った。

以来、徳川勢は少しずつ陣を前に進め、城に詰め寄っている。そうした中、十二月三日、家康の許に一通の密書が届いた。大坂城内にあって徳川に内通する男、南条元忠からである。

「見よ。真田の倅が打って出たそうだ」

真田丸を離れて前進、城南にある小高い丘・篠山に入ったという。徳川勢が陣を移す隙を狙い、襲い掛かる肚だと記されていた。

書状を手渡すと、本多正信は穴が開くほど目を凝らしている。

「うん？　どうした」

「いえ。南条殿が我らに通じておると露見して、策のために密書を装ったのではあるまいかと。されど、南条殿の右筆が記したものに間違いなさそうです」

穿ちすぎかも知れないが、こと戦場に於いてはそのくらい慎重な方が良い。家康は満足してひとつ頷いた。

「篠山は利常の正面か」

利常——今年五月に逝去した前田利長の弟である。大藩・加賀を受け継いだ身ゆえ、この戦でも一万二千の兵を連れ、徳川方の主力に数えられていた。これを叩けば戦の流れを変えられると、真田信繁は睨んだのだろう。だが信繁は、その動きが徳川方に筒抜けであることを見破れずにいる。父・昌幸ほどの頭はないらしいと、家康は嘲り嗤った。

「ちょうど良い。利常に命じ、今宵のうちに夜討ちを仕掛けさせい」

そして夜を迎え、吉報を待った。真田信繁を蹴散らしたという、その一報を。だが如何に待てども、闇の向こうに戦の喧騒が湧き起こらない。

どうしたのか。訝しく思いつつ、一睡もせずに朝を迎える。と、前田の伝令が参じた。空が白み、朝餉を取り始めた頃であった。

「申し上げます。お下知に従い夜討ちを仕掛けましたれど、篠山に真田勢はおりませなんだ」

「何と。いや……人がおった跡は？」

「ございました。我らが動きを察し、早々に引き上げたものかと」

まずい、と家康の背に嫌な寒気が走った。前田隊は今、他の陣所から離れて前に出ている。そこに不意打ちを仕掛けられたら――。

「え？　今の音は」

すぐに退かせなくてはと思った矢先、遠く銃声が渡ってきた。正面、大坂城南詰の辺りである。ひやりとして床几を立ち、湯漬け飯の椀を小姓に渡して陣屋を出る。

「あ……あ、阿呆めが！」

遠く見渡す先、真田丸に兵の群れが突っ掛けていた。一団の後方には梅鉢紋の大旗が翻っている。間違いない、前田利常が仕掛けているのだ。

家康は前田の伝令に向け、怒鳴り付けるように命じた。

「其方が主に申し伝えよ。いったん兵を退き、味方の援兵が来るのを待てと」

「ぎょ、御意！」

次いで小姓を呼び、先手の位置にある諸将に伝令を命じた。兵を動かし、前田隊を助けるようにと。

少しすると、仔細を知って本多正信が駆け付ける。家康は「うむ」とだけ応じ、せかせかと歩き回りながら、時折遠く大坂城を見遣った。

真田丸に突っ掛ける兵の足が、時に著しく鈍る。少し遅れて、鉄砲の斉射と思しき音が届いた。射貫かれて斃れた者に足を取られ、突撃が緩んだのだろう。足の遅くなった兵は弓矢の良い的になっている。前田隊は明らかに苦戦の体であった。

「あの伝令、何をしておる。まだ下知を伝えられぬのか」

怒りのままに吐き捨て、右手親指の爪をぶつりと噛み切った。

もうすぐだ。今に幾つかの隊が動き、前田を助ける。そう思って自らを落ち着かせようとしていたのに。諸隊が向かったのは、前田隊の許ではなかった。

真田丸から左、西側にある八丁目（はっちょうめ）口に井伊直孝（なおたか）、谷町（たにまち）口には松平忠直（ただなお）と思しき隊が仕掛けている。合戦の始まりを察し、家康の伝令が到着するより前に仕掛けてしまったのか。

こうなると、どうしようもない。家康は再び伝令を発し、皆に「下がれ」の下知を発した。しかし半時ほどが過ぎ、朝日がすっかり顔を出す頃になっても、どの隊も兵を下がらせようとしない。城方の猛然たる抗戦によって、退くに退けなくなっているようだ。

「むう？」

うろうろ歩き回っていると、本多が驚いたような唸り声を上げた。何かあったかと、本多の眼差しの先を見遣る。

大坂城の内に、紅蓮の火柱が上がっていた。それと見る間もなく、大筒をまとめて放ったような音が、ドドンと大地を揺るがす。

「何だ、あれは」

「城の蔵ではござらぬか。矢玉の蓄えに火が回ったのやも」

家康の目が大きく見開かれた。

「さては寄せ手に応じ、元忠が火の手を挙げたか」

内通している南条元忠が攪乱したのかと、頬に歓喜の朱を湛える。対して本多は「まだ分からぬ」と言うように、腕組みをしたままだった。

もっとも、矢玉の飛び交う中にある兵は、斯様な変事を見れば「奇貨おくべし」と判じ、自らの益に転じようとする。多くの兵を損じながら、寄せ手はなお城に詰め掛けていった。

南条の内応か、それとも——固唾を呑んでしばし見守る。

見通しが正しかったのは、本多の方であった。あれだけの爆発があったにも拘らず、城方は大きく乱れていない。勇んで突っ掛けた寄せ手が悉く退けられてゆく。

「……どうやら、謀られましたな。南条殿の密書は偽りにござろう。我らの寄せ手を誘き寄せる罠、拙い戦を強いて兵を削る策だったのです」

「おい。お主、申しておったではないか。書状は元忠の右筆が手に間違いないと」

青くなった家康に、本多は苦々しく頭を振った。

「南条殿が豊臣に寝返った。さもなくば、我らに通じておるのが露見して討たれた。その、いずれかにござろう」

どちらにせよ、右筆が書状をしたためることはできる。南条が寝返ったのなら、南条に命じられて書いた。南条が討たれているなら、豊臣方に脅されて書いた。それだけの話に過ぎない。

「では、先の火柱も？」

「それは分かり申しませぬな。されど」

本多の眉間に、見たこともないほどの皺が寄った。

「あの書状から今まで、要になっておるのは真田信繁にござる」

全ては真田の倅が仕組んだことだと、考えられまいか。家康はぶるりと身震いし、奥歯を強く噛んで「おのれ」と唸った。

「伝令！　全ての寄せ手に命じよ。早々に退け、聞かぬなら取り潰すと」

大坂冬の陣。真田丸の戦いに於いて、徳川方は手痛い敗北を喫した。

そして、以後も徳川方は城を攻めあぐねた。大坂城は平城ながら、二重の堀に守られた堅城である。厳冬十二月、しかも有利に進められない戦、かつ兵糧も不足し始めて、味方の士気が見る見る落ちてゆく。

十二月十九日、家康は命じた。

「致し方ない。城に大筒を撃ち込んでやれ」

もっと楽に勝てると思っていた。徳川幕府の威を見せ付けるには、大筒などという大仰なものを使うべきではなかった。だが、背に腹は代えられぬ。

家康の下知を受け、英吉利（イギリス）や阿蘭陀（オランダ）から買い入れた大筒が一斉に火を噴いた。轟音が轟音を呼び、壁と言わず屋根と言わず、城のあちこちに風穴を開けてゆく。

これを以て戦は終わった。合戦そのものは豊臣の優勢だったにも拘らず、淀殿が大筒の威を恐れ、和議に逃げたためであった。

大坂城は本丸を残し、二之丸と三之丸は破却する。惣構（そうがまえ）の南堀と西堀、東堀は埋める――城方の出してきた条件は、徳川に大きく譲る格好だった。ゆえに秀頼と淀殿、並びに豊臣に与した諸将を赦免して欲しい、と。

本丸のみ残し、堀も埋めた裸城にする。いつでも攻め落とせる形にするとは、つまり、豊臣はもう徳川と戦を構える気がないと示したに等しかった。

＊

「もう刃向かわぬと、そういうことではなかったのか」

豊臣の使者を前に、家康は明らかな怒りを湛えた。

大坂冬の陣から三ヵ月余り、慶長二十年（一六一五）も初夏四月を迎えている。このひと月ほど前、不穏な報せがあった。大坂城が堀や塀を構え直している、と。

豊臣は徳川に屈したが、滅んだ訳ではない。先の戦に際して召し抱えた牢人も、そのままになっていた。その上で城に普請を加えているとは、つまり。

家康は、ぎろりと目を剝いた。使者が平伏し、畳に額を擦り付ける。

「何とぞ平にご容赦を。豊臣は最早――」

「最早、何じゃ。わしは一日も早うこの国を鎮めたい。ひとり、わしが願うのみではないぞ。この国に日々を暮らす皆の願いじゃ。だからこそ穏便に済まさんとしておったと申すに」

「されど大坂城は、亡き太閤殿下が残された城にて。とても秀頼公の国替えは……」

なお口を開く姿に業を煮やし、すくと立って「たわけ」と大喝した。

「何が何でも国替えじゃと、誰が申した」

召し抱えた牢人の全てに暇を出すか、或いは秀頼が大坂を退去して国替えに応じるか、いずれかを呑んで欲しいと求めたのだ。再び戦を構えるつもりがないのなら、選べるであろう。然るに国替えは呑めないと言い、牢人も大坂に留まっている。

「話にならぬ。下がるが良い。徳川として如何に返答するか定め、追って使者を送るであろう」

がたがたと震える使者を置き去りにして、家康は広間を去った。足音も荒く廊下を進む。如何に返答するか――とは言ったものの、肚の内は既に決まっていた。

豊臣は徳川に屈した。だが未だ自らが主家、徳川を家臣と思っているらしい。秀頼ではなかろう。全ては淀殿である。頑なになった女の何と愚かなことか。

この先、如何に談合したとて解決の道は見えまい。ならば、取るべき手管はひとつである。家康はその日のうちに戦触れを発し、鳥羽・伏見に兵を参集せよと命じた。

五月、徳川方は総勢十五万五千を二手に分けて進軍し、南から大坂城に迫った。構えの小さくなった城では籠城も覚束ないと見えて、敵の諸隊も城外に陣を築いている。

「申し上げます。先手、井伊直孝殿、および藤堂高虎殿、敵の伏せ勢を蹴散らしてござります」

進軍の最中、豊臣方・長宗我部盛親が鉄砲兵を率い、徳川の先手衆に不意打ちを仕掛けていた。五月六日の朝、霧の中でのできごとである。先手の二隊、井伊と藤堂の損兵は大きく、また藤堂隊では幾人かの将が討ち死にしたが、それでも緒戦に勝利を得たことは大きい。

「よし。両名には追って感状を取らせる。それから、明日より先手を免じると伝えよ」

矢面から外されるのは武士にとっての恥、しかし大きく損耗した隊が先鋒では戦の流れを摑み損なう。この沙汰は、決して両名を貶めるものではない。感状の一枚には、それを示す値打ちがあった。

ともあれ、井伊と藤堂の奮戦によって、徳川方はその日のうちに大坂城を間近に望む地まで辿り着き、陣を構えるに至った。

城の東南、岡山口には前田利常や細川忠興、黒田長政、加藤嘉明、後詰に二代将軍・秀忠。城南の天王寺口には松平忠直や水野勝成、本多忠政らが備えた。家康は両所の間を埋めるように本陣を置き、前方を守るように本多忠朝や榊原康勝、小笠原秀政、酒井家次らを布陣させた。

「今日も霧が濃いな」

翌五月七日の明け方、家康は床几に腰掛けて長く息をついた。霧といえば、嫌でも関ヶ原の戦いを思い出す。あの時は前の晩に降った雨ゆえの霧で、日が高くなった頃には晴れてきた。対して大坂は川と湿地が多く、夏の蒸し暑さゆえに霧が立ちやすいのだろうか。だとすれば、晴れるには長くかかる。

「先手衆に伝えよ。敵が霧を味方に付け、不意打ちを仕掛けると思うておけ。火縄を絶やすことなく、常に物見を出すべし。以上だ」

小姓たちが「承知」と応じ、伝令に走った。

朝餉を終え、霧が晴れるのを待つ。しかし巳の刻（十時）を過ぎても、なお辺りは見通しが利かない。物見を放ち、敵陣の位置は概ね摑んでいるが、斯様な有様ゆえに「掛かれ」の号令を下せずにいる。

敵にも未だ動きは見えない。豊臣方は相変わらずの寄せ集めである。昨日、長宗我部の伏せ勢が退けられたことを以て、霧の中で仕掛けるのを躊躇っているのだろうか。

「いや。油断こそ最大の敵ぞ」

長きに亘る人生に於いて、それは幾度も思い知らされてきた。昨年の戦とて、忌々しい真田の次男・信繁の策で苦戦を強いられている。家康は自らを戒め、いつ消えるとも分からぬ乳色の濁りに目を凝らし続けた。

すると一時ほどの後、午の刻（十二時）も近くなった頃――。

「む。始まったか」

家康本陣の正面遠く、鉄砲の音が唸りを上げた。先手・本多忠朝の陣がある辺りだろうか。或いは、もっと向こうかも知れない。

　この銃撃を機に戦が始まった。霧の中の鉄砲でなし崩しに始まる辺りも、関ヶ原と同じだった。

「注進！　敵、毛利勝永。味方先手の物見に仕掛けた由」

「戦いの様子は？」

「敵味方、入り乱れておりまする」

　混戦、乱戦の様相だという。見通しが利かず、兵を動かしにくい時は、将たる者の武勇が大きくものを言う。その点、毛利勝永は手強い。あの織田信長が存命の頃から戦場を駆け回っており、太閤・秀吉の死に際しては貞真の刀を形見分けされたほどの猛者である。こちらの先手・本多忠朝も、徳川四天王に数えられた本多忠勝の子であり、父に劣らぬ勇将だが、如何にせん勝永とは踏んだ場数が違い過ぎる。

「伝令。二番手から一隊、前に出るよう申し伝えい」

　先手の本多隊を助けるべく、家康は小笠原秀政を動かした。しかし、以後も味方の不利を伝える注進ばかりが入ってくる。

「申し上げます。小笠原秀政様、横合いより襲われ苦戦。深手を負われたとのこと」

「討ち死に！　本多忠朝様、討たれてござります」

　報せを受けるほどに、家康の面持ちは厳しく固まっていった。

「康勝に伝えい。前に出て敵を食い止め、秀政の兵が逃げる時を稼ぐべし」

二番手から別の一隊、榊原康勝を動かす。そして、ぼそりと独りごちた。

「……戦が、巧すぎる」

始まりは、毛利勝永が本多忠朝の物見に仕掛けたことであった。とはいえ物見は幾度も放つもの、一隊だけ阻んだところで相手方の目は晦ませられない。また物見は数が少なく、これを叩いても味方の益にはなりにくいのだ。

自らの陣容を包み隠そうとしたのではない。また、何らかの戦果を得んとして仕掛けたのでもない。つまりは——。

「とうに陣所を出ておったか」

毛利勝永は、既に本多隊の近くまで兵を進めていたのだ。頃合を見て襲い掛かるはずのところを、兵が先走り、戦いが始まってしまったということだろう。敵方にしてみれば目算が狂ったはずだ。が、そこを見事に立て直している。

「わしの打つ手を見越しておったからだ」

二番手から動かした小笠原隊は、それゆえに横合いを取られたのだ。本多忠朝と毛利勝永では分が悪い、こちらがそう判じると読まれていた。増援が出ることを考え、先んじて伏兵を置いていたのに違いない。

誰が指図しているのか。恐らくは。

「またも真田か。おのれ」

家康は、ぎりぎりと歯嚙みして戦場を見遣った。少しずつだが、霧が晴れ始めていた。

今、味方は大いに苦戦している。が、もう少し見通しが良くなれば流れは変わろう。

言うなれば、敵はこれまで不意打ちに次ぐ不意打ちで戦を進めてきた。取りも直さず、
それこそ豊臣方の弱みなのである。

こちらは総勢十五万五千、相手方は此度は五万五千。まず数が違う。加えて徳川方は
多くの将を擁し、それぞれが個々に隊を統制している。豊臣は牢人を多く召し抱えてい
るが、隊を率いるに足る者が徳川より多いとは思えない。二、三隊を蹴散らすだけで、
敵の連携は潰し得る。

そのためには霧が晴れ、戦場を見通せることが何より大事である。

「あと半時もすれば……。それまで持ち堪えれば、きっと」

だが、その半時を待たず、最悪の注進が入った。

「榊原康勝様、突き崩されましてござります」

先手の本多忠朝、次いで動かした小笠原秀政に比べれば、大いに気を吐いたと言える。

しかし、あと少しを粘りきれなかった。

「も、申し上げます。三番手、乱れてござります」

先手と二番手の敗兵が逃げ込んだせいだという。霧で見通しの悪い中、一目散に駆け

て来る兵があれば、陣所では「敵か」と身構えるものだ。味方の敗兵と分かるまでは時を食い、下手をすれば同士討ちの恐れすらある。

三番手まで壊乱の体では、この本陣を守る者がない。急所が丸見えになっているようなものだ。家康は「何たる」と拳を震わせ、手近にある小姓に向けて早口に命じた。

「秀忠に伝えい。二……いや三だ。三隊、兵五千ほど、こちらに回すようにと」

小姓が「畏まりました」と駆け去って行く。

家康は左手の親指を口に運び、苛立って爪を嚙んだ。早く、一刻も早くと、焦れる気持ちを宥めながら待つ。その間に、また少しずつ霧が晴れていった。

じわり、じわりと遠くが見渡せるようになる。あと少しで北西遠く、冬の陣で自らが陣取った茶臼山が見えてくるだろう。

だが山影が見えるより早く、家康の目に飛び込んでくるものがあった。黒々とした塊、兵の一団である。

「掛かれい！」

大音声に号令ひとつ、その隊が家康本陣を目掛けて突撃して来た。徒歩勢に指図する騎馬武者がひとり、戴く兜に六文銭の前立てが光っている。

「真田……信繁」

ぞくりと寒気を覚え、床几を立った。本陣の旗本衆が「すわ」と槍を構え、各々の手勢を率いてこの敵に向かって行った。

「ぶち当たれ」

信繁の声に応じ、敵の足軽衆が長槍を掲げた。徳川旗本衆の兵が槍の石突を右下に、穂先を左上に——雌鳥羽(めどりば)の形に組んで備える。次いで、がらがらと槍のぶつかり合う音。耳が壊れるかと思うほどの叩き合いが、二度、三度、四度。そのたびに、敵の一撃を受け損なった兵が濁った叫び声を上げ、倒れて転げ回った。

「何の！　当たれ」

少しずつ本陣が乱されてゆく中、横合いから真田隊に挑み掛かる者があった。これにて敵にも少しの乱れが生まれ、徳川方の気勢が幾らか持ち直す。そして敵味方入り乱れ、揉み合いへと転じていった。

「下がれ。退けい」

下知ひとつ、真田隊が踵(きびす)を返す。見れば敵も損兵が多い。が、家康本陣はそれ以上に兵を損じており、容易に追い討ちを仕掛けられない。それと察してか、真田信繁は鮮やかに兵をまとめ、さっと退いて行った。

「やれやれ……命拾いしたわい」

家康は大きく息をついた。が、悠長に構えている暇はない。四方八方に下知を与え、本陣の態勢を立て直してゆく。

そうした中、耳を疑う一報が届いた。

「注進！　浅野長晟様、敵に寝返ったとの報せが」

南から大坂城に迫る徳川方の中、一番西に布陣した一隊である。しかもその数、実に五千。これだけの数が寝返ったとなれば、浅野隊の前にある諸将は後ろを取られて壊滅するばかりだ。

「……どうなってしまうのだ」

旗本衆の誰かが、ぽつりと呟いた。ざわ、と皆の気配が乱れる。家康はキッと目を吊り上げ、周囲を一喝した。

「狼狽えるな。敵の流言に決まっておる」

大御所・徳川家康の威に押され、皆が背筋を伸ばした。が、気配の乱れは残っている。さもあろう、これが流言でなければ徳川勢の左翼は挽がれたに等しくなる。敗北は必至なのだ。

どうしたものか――思ったところで、遠く一声が渡ってきた。

「掛かれ」

皆が驚いて目を向ける。またも真田信繁であった。

「皆の者！　あれこれ思うておる暇はないぞ。防げ」

厳かに命じると、旗本衆は再び防戦に走って行った。誰もが心を揺らしており、頼りないこと、この上ない。

もっとも、誰より動揺が激しいのは当の家康であった。総大将の自分が逃げる訳にはいかないと、それだけを支えに震えを捻じ伏せている。床几に腰掛け、腿の上に置いた右手が小刻みに膝頭を叩く。足先も忙しなく上下に動き、幾度も地を踏んでいた。

「よし、下がれ！」

真田は家康本陣を掻き乱すと、また退いて行った。

「兵はどれほど残っておる」

何とか己を保って問えば、少しして、無傷の者は一万足らずだと報じられた。当初の一万五千からずいぶんと減ってしまった。残る兵も度重なる真田の突撃に怯え、また浅野が寝返ったという一報に気もそぞろの様子である。

この上、さらに襲われては――。

「突っ込め！」

その「さらに」だ。三度に亘って真田隊が突っ掛けて来た。

「お、大御所様！　もう、いけませぬ」

周囲の旗本衆、二度の突撃で兵を失った者たちが、逃げてくれと勧める。家康は「何を」と目を剝いたが、ひとりでに体が動き、床几を立って後ずさりしていた。

「……い、致し方、あるまい」

確かに慄いている自分を恥じつつ、威厳を取り繕う。旗本衆が両脇に回り、こちらの身を抱えるようにして「馬曳け」と声を上げた。

「参りますぞ」

促されて蒼白な顔で頷き、馬の腹を蹴って猛然と走らせた。付き従うは十騎に満たず、敗軍の将という格好であった。向かうは東南、平野の地。岡山口に布陣した秀忠隊の後方である。

「待て、家康！　首を置いて行かぬか」

喧騒を突き抜ける声、真田信繁の飛ばす修羅の咆哮に首を縮めて、家康は幾度も鞭を使う。そのたびに馬の背が激しく上下し、年老いた身を容赦なく苛んだ。

「い、いかん。背が。腰が」

逃げる先まで道半ばにも至らぬというのに、骨が悲鳴を上げている。あちこち痛む身で懸命に手綱を引き、馬の背から転げるように下りると、家康は這いつくばって喚いた。

「わ、わしは腹を切る。もういかん、負けじゃ。腹を切る」

従う面々が血相を変え、ばらばらと集まって来た。

「お気を確かに」

「大御所様！」

身を抱えられ、動きを封じられつつ、家康は首から上だけを振り回した。

「放せ！　討ち死になどして堪るか。腹切って威を、たも、保たねば！」

そういう錯乱の時を、いかほど過ごしたろう。

ようやく落ち着いた頃には汗まみれであった。洟汁（はなじる）が流れ、涙目になって、喉はからからに嗄れている。皆の手に身を抱えられ、これを振り解こうとするだけの余力も、気力すら残っていない。

「すまぬ。世話をかけた」

ただ大きく息をして、静かに詫びるのみ。皆が汗みどろの顔に安堵を浮かべた。

「立てましょうや」

「早う逃げねば」

労わりと焦燥の言葉に軽く頷くも、両脚が言うことを聞かない。踏ん張って起き上がろうとするたびに腰が砕け、を繰り返している。

と、旗本のひとりが遠くを指差して叫んだ。

「大御所様、あれを。ご覧くだされ」

未だ虚ろなままの目を向ければ、戦場の様相が先とずいぶん違った。ずっと押し続けていた敵の勢いが鈍り、味方が持ち直している。各々の旗印を見れば、秀忠が寄越したのだろう援軍が奮戦しているのだと分かった。

「お、おお。おお……」

脚に力が戻り、荒い息のまま立ち上がる。ふらつきながら見守るうちに、徳川方が敵を押し返すようになった。

この一戦では、敵味方共に多くの兵を損じている。兵を損なえば、残る者共の鋭気も鈍ってゆくものだ。そうした時に何よりの力となるのは、やはり元々の数であった。数に勝る徳川方は、以後、次第に敵を蹴散らしていった。右翼からは秀忠以下が進み、中央では松平忠直が気を吐き、左翼では浅野長晟以下が奮戦する。報じられていた浅野の寝返りは、案の定、敵の流言でしかなかった。

夕刻を前に、豊臣方は城に押し込められた。徳川方は城に詰め寄り、鉄砲、大筒を撃ち込んでゆく。

そして明くる日、豊臣秀頼は敗北を認め、母・淀殿を促して共に自害した。

慶長二十年、五月八日であった。

＊

大坂の陣——豊臣を滅ぼした戦を思い起こし、病床の家康は汗を浮かべていた。にも拘らず、身は寒気に震えるばかりである。

「落ち着け。落ち着け」

静かな声で自らに言い聞かせ、深く呼吸を繰り返す。しばらく後に掌で汗を拭い、長く息を吐き出した。

「……これは、羅山に聞かせてやるべきか」

真田信繁に追い詰められて切腹を口走ったことは、近習なら誰もが知っている。林羅山に話すとしたら、信繁の何を恐れたのか、そこのところだが。

これまでの人生、齢七十五を数えた今まで、多くの者を恐れてきた。そして恐れた相手からは、押し並べて何かを学んできた。天下をこの手に握ったのは、言うなれば自分が恐がりだったからこそ。恐れた者たちのお陰なのかも知れない。

「いやさ。話すまでもないか。信繁から学んだことなど」

真田信繁は、余の面々とは少し違う。何しろあの時、大坂夏の陣に於いては、単に命の危機を恐れたに過ぎないのだ。

「されど」

呟いて、ぼんやりと天井を眺める。では、何ゆえ腹を切るなどと口走ったのだろう。討ち死にするも自害して果てるも、死ぬなら同じであろうに。

――否。同じでは、ないのかも知れない。

耐え、忍び、望みを押し殺して生きてきた。ことある毎に自らを戒め、怒りを呑み込もうと四苦八苦していたものだ。追い風でないと判ずれば、時が来るのをひたすら待った。待って、待って、待って、ようやく世の流れを摑んだのである。

斯様に苦しんで生き、やっと辿り着いた徳川の世。その末に討たれては、自らの人生が間違いだった、何の意味もなかったと思いながら死ぬことになる。斯様な死に様だけは嫌だ、そのくらいなら潔く最期を飾りたいと、心が叫んだのではあるまいか。

——然り。そう、なのだろう。

口の右端が、にやりと持ち上がる。

「やはり、わしは凡夫よな」

悔しいとは思わない。自らの生に満足し、そして死んでゆくのが何よりではないか。生涯の時を悪いものにしたくないというのは、人として当然の願いであろう。

「おや？　どこか……」

少し引っ掛かる。

何が、と考えを巡らして。

しばしの後、家康は「あ」と眉をひそめた。

「参った。だとすると、わしは」

腹立たしいことだが、どうやら真田信繁を恐れ、自害し損ねて、ひとつを学んでいたらしい。自らの生を愛で、懸命に生きてこそ人なのだということを。

非才ゆえに人を恐れ、恐れたからこそ生き延びた。生き続けた末に、世の頂という座に就いた。全ては、常に懸命だったからだ。自らの生を慈しんできたがゆえなのである。

無論、誰もが何かを成せる訳ではない。才ある身だとて、道半ばで斃れる者は多いのだ。況や非才の身に於いてをや。

しかし、それを以て真剣に生きることに「否」と言えようか。あまりにも愚かしいことだ。

「わしが最も恐れた男たち。あの面々に」

呟いて、止まった。どこか、おかしい気がする。

「最も、なのに大勢いて良いのか？」

ぽかん、と考える。

が、少しの後に「構わんか」と笑いが漏れた。武田信玄、織田信長、真田昌幸。そして豊臣秀吉、前田利家、石田三成、黒田如水——林羅山に語って聞かせた面々、さらには大坂の陣でこの身を追い詰めた真田信繁も含め、全てが徳川家康という人生を形作ったのだから。

最も恐れた男たちは、既に全てが「向こう側」である。そして遠からず、我が命もあちらへ旅立つであろう。

「皆に、冥土で胸を張りたいものよな」

そのためには、終いまで生き様を貫くことだ。ただ死を受け容れるのみでなく、わずかに残された時でさえ、懸命に生きるのみである。

「まずは明日、見舞いを受けてやらねば」

駿府城、病床の寝屋、畳の匂い。見上げる天井に皆の顔を思い浮かべ、家康は「ふふ」と笑って目を閉じた。懸命に生きるため、今は身を労わるべし。少し眠ろう、と。

解説

末國善己

徳川家康のイメージは、権謀術数を駆使した〝狸親父〟と、苦労を重ねて天下人になった〝忍耐の人〟に引き裂かれている。

江戸幕府は初代将軍の家康を神格化していたため、家康を苦しめた真田家三代の歴史を追った『真田三代記』や、真田幸村が家康を追い詰めた大坂の陣を題材にした『難波戦記』などの軍記物は書かれていたが、家康への批判や論評はタブー視されていた。

こうした状況が変わるのは、旧弊な江戸幕府を倒し新時代を築いたのが明治維新との歴史観が広まる明治以降である。家康が〝狸親父〟とされるのは、豊臣家が再建した方広寺の鐘銘に「国家安康」とあるのは家康の諱を分断する呪詛だとして大坂冬の陣を始め、大坂城の外堀を埋めるのが冬の陣の講和条件だったのに内堀まで埋めるなど、強引に豊臣家を滅ぼしたのが最大の理由だろう。江戸時代には敵を欺いた絶妙の一手とされてきた家康の詐術も、近代になると福本日南『大阪陣　前篇』のように、「陰忍・冷酷にして、而も深謀・遠慮に富める彼老猾」と批判されるようになり、〝狸親父〟的な家康像が広まることになる。

家康批判が高まると、彰義隊に加わり戊辰戦争を箱館まで転戦した幕臣の父を持つ山路愛山『徳川家康』のように、家康を擁護し名誉回復をはかる動きも出てくる。賛否渦巻くなかで、現代に繋がる家康像を提示したのが徳富蘇峰である。蘇峰は織豊時代から明治初期までの通史を全百巻で記した『近世日本国民史』の「家康時代中巻」の中で「関原役は、いかにも悠揚として英雄らしき行動であった。大阪役に至りては、いかにもこせこせとして、なんらのゆとりなく、余裕なく、小人の行動であった」と家康を批判する一方で、「家康時代下巻」では信長を「非凡の英雄」とするなら家康は他の武将の戦略戦術を「応用・適合」させた「偉大なる平凡人」であり、「喜怒哀楽のために動揺し、煩悶せずして、概して精神的中庸を保持した」ところを評価している。

蘇峰の歴史観は、苦労と我慢を重ねながら平和国家を築いた武将として家康を捉えた山岡荘八の大作『徳川家康』にも影響を与え、現代人が知るスタンダードな家康像になった。ただ山岡の描く家康は次第に聖人君子になっていき、苦労や忍耐、敵から学んだことを「応用・適合」させる「平凡人」の顔が忘れられていった。最新の歴史研究を踏まえながら、天才的な武将に敗け続けた「凡庸」な家康が、自分を恐れさせた八人の男たちから天下人になる秘訣を吸収したとする本書『家康が最も恐れた男たち』は、〝忍耐の人〟にして「平凡人」の側面を強調しつつ現代人が共感できる物語を作っている。

本書は、病床で「人の一生は重荷を負て遠き道をゆくが如し」から始まる有名な「遺訓」を書いた最晩年の家康が、側近で儒者の林羅山に「遺訓」は「我が恥」を参考にしたとして、過去を回想しながらその真意を語る形式で進んでいく。現代に伝わる家康の「遺訓」は、二代将軍徳川秀忠に仕えた井上正就が、使いで駿府城を訪れた時に家康から聞いた話を、浪人の松永道斎が「井上主計頭覚書」にまとめ、それを福岡藩の儒者・貝原益軒が改訂した「東照宮御遺訓」である（写本として流布したため、「御教訓」「御遺戒」などと題され、内容も微妙に違う異本も少なくない）。この「遺訓」は、家康の言葉ではなく、旧幕臣の池田松之助が明治維新後に水戸藩二代藩主徳川光圀の遺訓とされる「人のいましめ」を参考に創作し、それを幕末の三舟の一人・高橋泥舟が日光東照宮に納めたことで全国的に知られるようになったとの説もある。

まず家康が語るのは、武田信玄である。三方ヶ原の戦いをクライマックスにした「武田信玄」は、室町幕府十五代将軍足利義昭が出した織田信長追討の御内書を受け取り上洛するため家康領の三河を侵攻する信玄と、それを食い止める家康の戦いが描かれる。

三方ヶ原の戦いは寡兵の家康が信玄の大軍に野戦を挑んだが、本来なら籠城戦を選ぶのがセオリーである。家康が無謀な戦いに出た理由は、信玄の挑発に乗った、物見が小競り合いに巻き込まれ仕方なく本格的な戦闘に突入したなど諸説ある。著者は、武田の侵攻を阻む最前線にいた山家三方衆を調略し、今川義元の死後、北条、今川と結んだ甲相駿三国同盟を破棄し武田が駿河を侵攻したため険悪になっていた北条と和議を結ぶなど、信玄が打った一つ一つの布石が、家康を信玄の大軍と戦わざるを得ない状況に追い込んだとしており、点と点が意外な形で繋がる終盤はミステリ的な面白さもある。

本書の収録作は、家康の視点で進むので、家康が知っている情報は読者に開示されるが、知らない情報はまったく描かれない。敵の陣容をさぐるために物見を出したり、外交のため書簡を出したりしても、その結果が分かるまでにタイムラグがあり、その間も刻一刻と状況が変化しているので、家康が予測や経験に基づいて難しい判断をするケースも少なくない。これが敵味方双方を俯瞰(ふかん)的に描く一般的な歴史小説の記述とは異なっているので、一歩先が読めないスリリングな展開が楽しめるはずだ。

続く「織田信長」は、信長の娘・五徳と結婚していた家康の長男の松平信康が、切腹に追い込まれた事件を通して、これまでにない信長像が描かれる。

信康切腹は有名だが、その理由ははっきりしていない。五徳は今川と縁続きの家康の正室・瀬名と折り合いが悪く、信長に夫との不仲を嘆き、瀬名が武田家と内通しているという手紙を送った。家康は弁明の使者を送るが認められず、信康は信長の要求とも、家康が詰め腹を切らせたともいわれる形で自刃した。ただ当時、同盟を結んでいた家康と信長の関係は良好で、娘と信康が不仲というだけで自刃を命じるとは考え難(にく)い。また五徳の讒言(ざんげん)で信康が切腹したとするなら、江戸幕府樹立後、五徳が家康の息子・松平忠(ただ)

吉から約二千石の所領を与えられたのも不可解である。著者は、信長が抱える心の歪みに気付き、信長が出世すればするほど歪みが大きくなると確信した家康が、親子の情より、家臣領民の命を選んで信康を切ったとしている。信長の歪みは、順調にいっている時ほど陥りやすいので、我が身を振り返りたくなる読者もいるように思えた。

「真田昌幸」は、功なり名を遂げ大軍を持った家康が足をすくわれた第一次上田合戦が描かれる。真田昌幸は、仕えていた武田が滅亡した後、北条、織田、上杉とめまぐるしく主君を変えている。そのため昌幸は「表裏比興の者」と評されたが、大大名を天秤にかけながら生き残りをはかるのは戦国の小勢力では当り前のことで、「比興の者」にも否定的なニュアンスはなく、策略家くらいの意味とされている。依田信蕃を介して家康に接近した昌幸だが、徳川と北条が和睦し、北条が上野の明け渡しを求めると、家康は西上野を握る昌幸の説得をはかった。だが昌幸は家康の説得を拒否し、上杉と結んだ。これに激怒した家康が、昌幸を討とうとしたのが第一次上田合戦である。

徳川軍八千に対し、真田軍は二千弱。だが昌幸は巧みな戦術を駆使し、兵の数では圧倒している徳川軍が翻弄されてしまう。家康は、怒りにまかせて家臣に出兵を命じた自分と、感情と策を切り離して冷静に対処した昌幸の差が、合戦の結果になったと考える。これはイライラや怒りの原因を冷静に分析し、誰かに怒りの感情をぶつけないようにするアンガーマネージメントに近い発想なので、怒りで何か失敗したことのある方は、家康が失敗から学んだ教訓が役立つのではないだろうか。

家康、秀吉の両雄が直接対決した小牧・長久手の戦いから、家康が秀吉に臣従するまでを追った「豊臣秀吉」は、「織田信長」と同じく秀吉の心の闇を浮き彫りにしていく。信長の死後、事実上、織田政権を簒奪した秀吉は、多くの大名を味方につけ、自分の命令に逆らう大名がいれば十万を超える大軍で討伐できるまでになっていた。それなのに秀吉は、妹を嫁がせ、敬愛する実母を人質に送ってまで家康を懐柔しようとする。まず家康は、硬軟を織り交ぜた秀吉の外交戦略に驚かされる。だが秀吉は懐柔策の中に家康を陥れる罠を張り巡らせており、難しい舵取りを迫られる家康との間に息詰まる心理戦、頭脳戦が繰り広げられていくので、静かながら圧倒的なサスペンスがある。

秀吉との暗闘を続けた家康は、低い身分から関白にまで出世した秀吉が、どこまで上に行っても満たされない果てしない欲望を抱えていると見抜く。心に闇を抱える信長では世を平穏にできないとして天下を目指す決意を固めた家康は、欲望に突き動かされている秀吉も泰平の世を作れないと確信。秀吉の欲望が豊臣政権の弱点になるとして、機が熟すまで待とうとする。秀吉のように飽くなき上昇志向を持ち、苦労を乗り越え成功したが故に自分にも他人にも厳しいトップは現代の日本にもいるが、完璧主義が時に組織の風通しを悪くしたり、ブラックな職場環境を作ることもある。その意味で、秀吉的な価値観を壊したいという家康の考え方に、賛同する方も少なくないだろう。

本書は、それほど歴史に詳しくない人でも、家康に勝利したり、屈服させたりしたことを知っている武将を取り上げているが、そのイメージが薄い「前田利家」は異彩を放っている。家康は、古くから友人だった秀吉の家臣になった利家は、傾奇者だった若い頃とは打って変わって義理堅く情に篤い男になったと考えていた。そして文禄・慶長の役（いわゆる朝鮮出兵）の後方担当を利家と共に務めた家康は、利家が秀吉が怒るような報告をした人物が理不尽に処罰されないよう尽力するなど、組織を円滑にまわすための潤滑剤になっていることを知る。目立たないところで上と下を繋ぎ、自分が盾になって相手を守る利家は、豊臣家中で人望を集めるが、その人望こそ家康が望んでも手に入れられないものだった。

家康が半ば諦めているように、利家のような人望や徳を身に付けるのは難しいが、だからこそ目指すべき理想になっているのである。

「石田三成」は、秀吉の死から関ヶ原の合戦の終結までを追っている。家康が予測した通り、秀吉の欲望が引き起こした文禄・慶長の役に参加した諸将は、無理難題を押し付けた晩年の秀吉へ怨みを抱き、若い頃に受けた恩を忘れがちになっていた。豊臣家中の武将に縁者を嫁がせるなどして多数派工作を進める家康の前に立ちはだかったのが、秀吉の遺言を守り一子・秀頼を後継者にすべく動いている石田三成だった。三成は朝鮮半島に渡った武将たちから嫌われており、挙兵しても人が集まらないと家康は見ていた。

だが秀吉が能力を認めた三成は、凡将ではなかった。捕らえられた三成が、秀吉と比較しながら家康の戦略の甘さを指摘する後半は、物事を有利に進めている時ほど油断がないか確認することの大切さを教えてくれるのである。

　ミステリのトリックの一つに、あやつりがある。これは黒幕が手足のように動く人間を使って犯罪を実行するもので、優れた作品になると、実行犯は自分が何者かにあやつられていることにさえ気付いていない。秀吉を天下人にした天才軍師と、その薫陶を受けた息子の長政が暗躍する「黒田如水」は、人を自在にあやつり歴史を動かす鬼謀が活写されている。如水は、調略の極意を「人の心に付け込むこと」と語り、これを実践していくのだが、事前に手の内が分かっていても如水がめぐらす謀略の結末を見抜ける人は少ないだろう。如水と対峙した家康は、才能の違いを見せつけられるが、自分の分を知り嫉妬に苦しむことはなかった。成果主義を導入する日本の企業も現れ、恐ろしいほどの実力者が同僚や部下になる可能性も増えたが、こうした時代だからこそ、家康のように彼我の違いを見極め、自分が得意な分野を見付け伸ばすことが重要になるのだ。「真田信繁」は、真田昌幸の次男で大坂夏の陣では家康を後一歩まで追い詰めた真田信繁（幸村の通称で有名）の活躍を描いている。謀略戦や外交を軸にした収録作もある本書だが、「真田信繁」は合戦のスペクタクルが連続するので掉尾を飾るに相応しい。

　信繁は父譲りの巧みな戦術で徳川本陣に肉薄し、家康は自刃を考えるほどだった。死が迫る極限状態の中で家康は、人にとって最も大切なことを学ぶ。ごく近くにあり、当り前すぎて気付き難い大切なことを知ると、人生の輝きが増してくるように思えた。

家康は自分を窮地に陥れた偉大な男たちから学び、我慢する、怒りで我を忘れない、勝ちに驕らない、人望を集めるよう動くなど自分の方針を常に修正しながら天下人になった。これに対し現代の日本は、先の大戦にしても、バブル崩壊から始まる経済の長期低迷にしても、少子高齢化にしても、毎年のように起こる自然災害への対策にしても、総括して問題点をあぶり出し次に活かすプロセスを踏まず、場当たり的な対応や前例踏襲で社会を動かしている。失敗を認めるのは難しいが、その原因を検証して改善していかないと、個人にも、社会にも明るい未来はない。凡庸さを認め、失敗を糧にステップアップした家康は、勇気を持って失敗と向き合う重要性に気付かせてくれるのである。

（すえくに・よしみ　文芸評論家）

集英社文庫

家康(いえやす)が最(もっと)も恐(おそ)れた男(おとこ)たち

2022年10月25日　第1刷
2023年1月17日　第2刷

定価はカバーに表示してあります。

著　者　吉川永青(よしかわながはる)

発行者　樋口尚也

発行所　株式会社 集英社
東京都千代田区一ツ橋2-5-10　〒101-8050
電話　【編集部】03-3230-6095
【読者係】03-3230-6080
【販売部】03-3230-6393（書店専用）

印　刷　大日本印刷株式会社

製　本　ナショナル製本協同組合

フォーマットデザイン　アリヤマデザインストア　マークデザイン　居山浩二

ISBN978-4-08-744446-9 C0193